KAZADI KALALA

Le salariat africain

Comparaison internationale

novum ◢ pro

www.novumpublishing.fr

© 2022 novum maison d'édition

ISBN 978-3-99107-369-7
Relecture: Kathleen Moreira
Photographie de couverture:
Roman Prysiazhniuk,
Nuthawut Somsuk | Dreamstime.com
Création de la jaquette:
novum maison d'édition
Illustration:
p. 51: K. ISHIKAWA, 1984
p. 54: B. Monteil & AL., 1985
p. 59: K. ISHIKAWA, 1984; Kazadi K., 1994
p. 139: J: M: Juran, 1986
p. 184, 243: B. Coriat, 1990

www.novumpublishing.fr

A mon père,

Mulami Kalala Muamba wa Tshonji Bulalukasu,
pour m'avoir donné le goût de la recherche.

AVERTISSEMENT

Ce livre reproduit presque intégralement ma thèse « L'essai de description d'une voie africaine de formation des rapports salariaux : comparaison internationale » en deux volumes, soutenue pour le doctorat d'université en Sciences du Travail à l'Université Libre de Bruxelles. Il conserve l'essentiel de la recherche, en particulier l'évolution des modèles de management des hommes, la comparaison des modèles salariaux Europe – Japon et la proposition de modèle subsaharien d'intégrer les populations non salariées dans la société industrielle naissante.

Un si lourd travail ne va pas sans des remerciements multiples.

Je remercie, en premier lieu, Monsieur le Professeur Robert Gubbels d'avoir accepté de diriger ces travaux.

Je voudrais, en deuxième lieu, adresser une marque de reconnaissance toute particulière à Mesdames Gisèle De Meur, Professeur à l'Université Libre de Bruxelles, Andrée Holper, Administratrice à la Fondation Dominique Pire, Monique Lecomte, et à Messieurs Xavier Hubaut, Professeur à l'Université Libre de Bruxelles, Pierre Galand, ancien Secrétaire Général d'Oxfam Belgique, Jean Marie Lecomte, Michel Veys, à tous mes amis pour leur action en vue de la régularisation de mon séjour en Belgique.

Pour m'avoir éclairé de ses suggestions pertinentes sur l'orientation à suivre, je remercie Monsieur Simon Moors, Collaborateur scientifique à l'Institut pour l'Amélioration des Conditions de Travail.

Pour le temps qu'ils ont bien voulu réserver à ces travaux, je remercie Messieurs Mateo Alaluf, Pierre Desmarez et les autres Professeurs membres du jury, ainsi que Madame Bouvier, Africaniste, Madame Bayens, Sinologue et Monsieur Delcourt, Sociologue à l'Université Catholique de Louvain-LaNeuve.

Que soient remerciés toutes celles et tous ceux qui, au Congo Démocratique, ont rendu mon séjour de travail profitable.

Pour avoir accepté le travail de mise en page, je remercie Madame Aline Goosens, Historienne.

Que soient remerciés de tout cœur, ma femme et mes enfants pour le sacrifice qu'ils ont enduré et surtout pour leur soutien moral inestimable.

Ceci dit, j'assume seul, sereinement et sans aucune réticence, la responsabilité des idées ici défendues.

INTRODUCTION

Dans les pages qui suivent, je propose une voie africaine vers le progrès, à travers le fonctionnement interne de l'entreprise, qui soit adaptée aux contraintes socio-économiques et aux traditions nationales, elles-mêmes liées à la culture communautaire africaine. Il est important de rappeler que les diverses techniques de gestion qui ont fait leurs preuves dans d'autres contextes sont peu adaptables à l'espace socioéconomique subsaharien actuel. Il est indispensable à mon avis de doter l'Afrique subsaharienne de son modèle d'industrialisation capable de lui permettre d'assurer un transfert adéquat du taylorisme.

Ce concept de taylorisme n'est pas employé ici au terme usuel et restreint de morcellement des tâches, le petit ouvrier immortalisé par *Charlie Chaplin*, mais au sens du paradigme organisationnel, c'est à dire le point de passage vers le progrès.

Pour pouvoir apprécier l'importance du taylorisme dans les activités économiques dans les sociétés européenne et japonaise et envisager son élargissement en Afrique subsaharienne à l'aube de l'ère industrielle, j'ai utilisé les approches de l'effet sociétal et culturaliste. Ces approches sont une des critiques à l'encontre de la thèse sur la convergence des sociétés liée à celle du déterminisme technologique[1].

L'approche de l'effet sociétal appliquée à l'entreprise européenne montre que l'évolution de cette entreprise est liée à celle de modes de production, à savoir le passage de mode de production artisanale

---

1 I. Goetschy, 1989

basée sur la commande manuelle et sur le métier traditionnel, à la production de masse basée sur l'automatisation rigide, sur l'éclatement des qualifications et sur la déqualification et, enfin, à la production flexible plus la qualité, qui est basée sur l'automatisation programmable, sur la recomposition et le nouveau professionnalisme. Autrement dit, la vraie source de profits dans le capitalisme post-industriel ne réside pas dans l'ampleur de la production, mais dans la différenciation, avec toutefois un paradoxe où les produits et services originaux font rapidement l'objet d'imitations. La durée de vie réduite des produits fait partie de la problématique de l'emploi. Il y a une dizaine d'années, elle était de sept ans en moyenne, mais aujourd'hui, elle est tombée à environ trois ans. Il y a lieu de souligner que cette évolution des modes de production correspond elle-même à celle de l'environnement socio-économique et non à un quelconque déterminisme technologique.

Pour survivre, l'entreprise doit innover sans cesse pour se distinguer et s'adapter aux changements survenant dans la société, et pour ce faire, elle a besoin de modes de travail flexibles et d'un « noyau de compétence », c'est-à-dire l'ensemble des connaissances et des savoir-faire d'une entreprise[2].

Il est important de faire remarquer que le taylorisme est apparu dans cette évolution comme un fait de civilisation qu'il faut analyser dans ses liens avec d'autres faits de civilisation, inséparables des sociétés industrielles, à savoir la salarisation de populations non salariées. Dans cette optique, le taylorisme n'est pas dépassé, surtout pour la société africaine subsaharienne à la recherche de son modèle d'industrialisation.

Par contre, les principes tayloriens, en tant que techniques d'organisation du travail ou comme ensemble de recettes de management

---

2 I. Katsuhito, 2007

social, présentent des lignes de fracture, essentiellement l'émiettement des tâches ouvrières et la coupure entre la conception et l'exécution.

Quant à l'approche culturaliste, elle analyse directement les formes du lien social en mettant à jour ce que chaque pays a de spécifique dans les règles du jeu qui régissent la manière de vivre ensemble et non pas ce qui est particulier aux systèmes productifs locaux. Cette approche a le mérite de montrer que le fonctionnement interne de l'entreprise se fonde dans chaque société sur des éléments de stabilité qui constituent la base de son identité et de son autonomie relative. Ces éléments ne sont pas nécessairement les mêmes d'une société à une autre ; enfin que les techniques d'organisation et de gestion ne sont pas des modèles d'une applicabilité standard, elles doivent être adaptées à chaque espace socio-économique. Le plus grand mérite de cette approche est de montrer qu'il n'existerait pas une *one best way* à la taylorienne dans le domaine de l'organisation du modèle salarial. C'est la grande leçon du Japon pour nous.

Quant à la voie japonaise vers le progrès, appelé ohnisme du nom de Taiichi Ono, ingénieur chez Toyota, elle a pris naissance dans un contexte fort différent de celui qui a vu naître le taylorisme. Le contexte japonais fut caractérisé par l'aggravation de l'instabilité des marchés de grande consommation et par la présence marquée dans la société industrielle des traditions nationales liées à la civilisation de l'agriculture collective du riz. C'est ainsi que les rapports sociaux ont été caractérisés essentiellement par l'emploi à vie, le système de salaire et de promotion basé sur l'ancienneté, le système de syndicat maison et par le processus de prise de décision collectif. Pour pouvoir répondre à l'aggravation des marchés de grande consommation, Ono par rapport à Taylor a développé la pratique d'innovation permanente et de flexibilité organisationnelle à travers les techniques de production « juste à temps » ou méthodes Kanban et l'auto activation de la production. De ce fait, cette voie est fondamentalement performante dans la diversité par rapport au modèle taylorien fordien performant dans la production en série de biens standards.

Ce modèle japonais, il faut le rappeler, a été conçu dans un but de rattraper le peloton de tête des pays occidentaux industrialisés. Ce but a été atteint et ce modèle est entré en crise depuis le milieu des années 90 à cause essentiellement de l'entrée du Japon dans l'ère du capitalisme post-industriel. Quant aux rapports sociaux, ils sont des instruments de l'activité de production, qu'ils sont sensés soutenir et favoriser, et ils sont condamnés à évoluer et/ou à disparaître s'ils ne remplissent pas leur fonction, comme on le verra par la suite. En définitive, il est intéressant de rappeler que la société japonaise a son système de production, alors qu'elle s'efforçait naguère d'assimiler le modèle occidental. Par rapport à notre démarche, ce modèle conforte la thèse selon laquelle il n'existe pas un cheminement universel dans le domaine du développement industriel.

Contrairement aux idées reçues qui donnent l'image figée de la culture africaine communautaire et/ou qui la considèrent comme un obstacle aux innovations technologiques, il y a lieu de souligner qu'elle dispose, au-delà de la diversité culturelle, des éléments socio-économiques susceptibles de favoriser l'émergence d'un type singulier de modèle d'organisation salariale à travers l'organisation du travail qui soit compatible avec la manière de vivre en société. Cette manière spécifique de vivre ensemble, il faut l'exprimer par un terme nouveau. Celui de « Cercle de Qualité » a été choisi parce qu'il a acquis le droit de cité, mais vous aurez compris que ce terme a une signification sensiblement différente de celle qu'on lui donne généralement dans les sociétés européenne et japonaise.

Concernant le modèle africain proposé, les dimensions essentielles de l'africanité, à savoir l'esprit communautaire, la palabre africaine et la hiérarchisation sociale, constituent une certaine permanence dans cette manière de vivre ensemble. Qui plus est, les pressions qu'elles exercent dans l'environnement socio-économique, et qui arrivent jusque dans l'entreprise, influencent considérablement le management de l'entreprise africaine. L'approche utilisée ici consiste à les valoriser au lieu de les détruire, mais en puisant l'énergie qui s'y trouve et en neutralisant des effets moins positifs par l'introduction de certains aspects empruntés aux méthodes des Cercles de Qualité. Ces aspects vont agir à la fois sur ces dimensions en les adaptant à l'évolution socio-économique et sur la manière dont les travailleurs africains conçoivent leur relation avec l'entreprise moderne. En éliminant progressivement les causes de non-conformité, les éléments positifs de ces dimensions socio-économiques serviront de référence à la création d'un type nouveau de management de l'entreprise africaine, ce que l'on verra plus loin.

Il faut insister sur le fait que cette voie africaine vers le progrès n'est pas statique, elle devrait évoluer avec le contexte socio-économique subsaharien ; elle devrait également subir certaines modifications en vue de s'adapter à la diversité culturelle pour répondre aux besoins exprimés par les économies africaines. Le but poursuivi est d'orienter au moins le début de l'ère industrielle, car l'absence d'une voie africaine clairement définie constitue une faiblesse qui ne peut pas favoriser un développement industriel durable.

Je termine cette introduction par cette double citation de l'économiste Mamadou Dia : « quelle que soit la voie choisie, il n'y a pas de développement durable sans une prise en compte des besoins et de la culture des bénéficiaires », et plus loin : « on devrait songer à transposer le concept de Cercle de Qualité, lequel vise à augmenter la production par le jeu de petits groupes ».

Ce livre comporte quatre parties :

- La première analyse la dynamique des modèles de management selon qu'ils correspondent à la production, au système sociotechnique et/ou à la demande ;
- La deuxième partie est consacrée à la naissance et au développement de l'organisation salariale en Europe ;
- La troisième partie porte sur la manière dont la société japonaise a assuré le transfert du taylorisme en tenant compte de ses traditions nationales ou le passage du monde féodal au monde de production capitaliste industriel ;
- La quatrième et dernière partie examine l'état des relations entre l'entreprise africaine et les traditions communautaires en recherchant les points de rencontre sur lesquels l'organisation du modèle salarial pourrait s'appuyer.

PREMIÈRE PARTIE

L'ÉVOLUTION HISTORIQUE DU MANAGEMENT

L'histoire du travail nous apprend que l'humanité a connu depuis fort longtemps une certaine forme de division des tâches. Avant d'entrer dans le vif du sujet, rappelons qu'il s'agira d'expliquer en quoi l'approche de l'effet sociétal de l'entreprise, c'est-à-dire l'entreprise dans ses rapports à la société, montre que ce seraient les changements socio-économiques qui contribuent à l'évolution des techniques managériales, celle-ci conduisant à son tour à la transition vers un nouveau modèle de l'entreprise. Cette approche sociétale permet de distinguer, selon qu'on se réfère aux modes de production, deux grandes périodes[3].

La première est celle de la « production de masse » associée à l'état du marché et de la consommation de l'époque : de marchés croissants et demandeurs de produits standardisés[4], « un état social et économique dans lequel le rapport salarial joue un rôle central ». Il y a lieu aussi « d'estimer que cette logique socio-économique ait pu correspondre à l'association du paradigme technologique de la mécanique et que le développement de la technologie ne pouvait se concevoir que comme le progrès de la technique ou comme la modernisation de l'appareil productif ; alors que le système taylorien de production est apparu comme étape nécessaire de la rationalisation de l'organisation du travail et de la gestion de la production »[5].

Cette étape de la production de masse, reliant entre elles les variables diverses de ce modèle de société industrielle, est entrée en

---

3 M. Maurice, 1989
4 B. Coriat, 1990
5 M. Maurice, 1989

déclin depuis la fin des *Trente Glorieuses*. Il y a lieu de considérer que la cause principale de ce déclin est l'organisation, celle-ci prise dans son sens plein et entier à savoir « l'organisation du système producteur de richesse »[6].

La deuxième période, qui débute avec la crise des années 1970, est celle de la « production flexible » ; elle marque « l'entrée dans l'ère des croissances plus lentes et de la différenciation, l'ère de la concurrence par la qualité, des produits spécifiés et de la fabrication par lots »[7]. Cette spécialisation flexible correspond à une polyvalence de la qualification ou de la professionnalité[8]. Quant à l'organisation du travail, elle tend à devenir, elle aussi, flexible et matricielle ou en réseaux, favorable à la mobilité de la main-d'œuvre et aux groupes de travail associés à des projets technologiques.

Il importe de rappeler que « les années 1980 constituent un tournant dans l'approche des rapports entre technologie et travail, du fait à la fois de l'essor de la microélectronique, de l'informatique et des restructurations que connaissent les entreprises après la crise des années 1970 »[9]. Selon certains auteurs, nous assistons à « un double changement de paradigme : celui de la technologie et celui de l'entreprise, avec le passage de la mécanique à l'électronique et la transition du modèle taylorien à un modèle post-taylorien de production », en gestation.

En ce qui concerne la technologie, contrairement à la première période où elle était analysée comme une variable indépendante et exogène, « elle est plutôt saisie dans un mouvement d'appropriation par l'entreprise qui, à travers ses choix ou ses stratégies,

---

6 P. Lorino, 1989

7 B. Coriat, 1990

8 M. Maurice, 1989

9 Idem

combine à la fois des objectifs économiques des moyens techniques, organisationnels et professionnels, et des formes particulières de rapports sociaux ou de régulation sociale »[10].

Ainsi, la critique et la remise en question du système taylorien de l'organisation du travail « libèrent un terrain immense pour la recherche de nouvelles pratiques et de nouveaux concepts en organisation »[11].

A partir des années 1970, période dite de « l'humanisation du travail »[12], nous avons assisté à un début des expériences dans les entreprises sur les techniques nouvelles ou sur les techniques qui ont été inventées longtemps avant de devenir à la mode. Parmi ces innovations organisationnelles, nous en citerons quelques-unes qui paraissent importantes : adopter un style de commandement démocratique, motiver l'homme au travail, segmenter et cibler une clientèle, faire un brainstorming, faire un marketing-mix, mettre en place un système de participation et d'intéressement des salariés aux fruits de l'expansion, développer une politique de formation professionnelle continue, analyser le système entreprise environnement, mettre en place une organisation *staff and line*, gérer par objectifs, enrichir et élargir les tâches ouvrières, améliorer les conditions de vie au travail, organiser les groupes semi autonomes et autonomes de travail...[13]

Au cours des années 1980, il s'agit de décentraliser la prise de décision, recentrer une entreprise sur son métier, automatiser et robotiser, rendre la production et le temps de travail plus flexible, diffuser la micro-informatique et la mettre en réseau (atelier flexible), organiser les ouvriers en Cercle de Qualité, pratiquer

---

10 Idem
11 B. Coriat, 1990
12 M.Saias,1988 et M. Villette,1988
13 M. Villette, 1988

la gestion totale de la qualité, rechercher le zéro défaut, supprimer les stocks tampons par la méthode Kan Ban, formuler un projet d'entreprise, définir et remodeler la culture d'entreprise, mobiliser les hommes, faire des dirigeants des personnalités médiatiques, gérer le temps des dirigeants, les sortir de l'état-major (*management by walking around*), favoriser l'intraprise, et tant d'autres qui ont fait la preuve de leur vitalité et de leur faisabilité[14].

Cette évolution de modèles de management a été accompagnée d'une autre évolution dans des écoles de pensée dans les domaines d'organisation et de gestion d'entreprise.

En adoptant la distinction entre la production de masse et la production flexible, les approches managériales peuvent être réparties de la manière suivante, bien que cette répartition ne soit pas aussi nette :

• Les approches adaptées à la production : le Taylorisme ou l'Organisation Scientifique du Travail (O.S.T.) ; la Rotation et l'Elargissement des Tâches ouvrières ;
• Les approches axées sur le système sociotechnique : l'École des Relations humaines, l'Enrichissement des Tâches, les Groupes Semi autonomes et Autonomes de Travail ;
• Les approches axées sur l'adaptation à la demande : les méthodes des Cercles de Qualité, la Gestion Totale de la Qualité, la Flexibilité des Systèmes Productifs et la Flexibilité de la durée du Temps de Travail.

---

14 R. Sainsaulieu, 1983

1. LE SYSTÈME TAYLORIEN DE PRODUCTION

Contrairement à ce que certains croient volontiers, l'O.S.T. ne se limite pas à l'étude des travaux répétitifs du type de ceux qui sont exécutés sur une chaîne de production. Elle couvre toutes les activités industrielles, commerciales ou de transit et elle intéresse l'ensemble de la hiérarchie de l'entreprise.

Elle vise ensuite à aménager un double flux, celui de matières subissant ou non la transformation et celui de papiers véhiculant les informations et transmettant les principaux ordres, d'où trois grandes subdivisions[15] :

* L'organisation des ateliers avec Taylor comme figure de proue. S'il est vrai que l'O.S.T. s'est enrichie progressivement par des apports successifs, celui de Taylor fut, néanmoins, le plus important. Il connut une telle notoriété que ce mode d'organisation du travail est désigné sous l'appellation du Taylorisme ;
* L'organisation administrative : deux doctrines, disons trois coexistent actuellement, le système dit bureaucratique et le système du management, entre les deux, le Fayolisme ;
* La mise en place des organismes de contrôle et de coordination, la direction participative par objectifs représentait donc une des tentatives de réaliser un tel système.

Il convient également de rappeler que parmi les premiers auteurs significatifs de l'ère moderne à avoir abordé la question de l'organisation

---

15 A. Ogus, 1988

scientifique du travail, il y a lieu de détacher Adam Smith et Charles Babbage. Ils développèrent dans leurs ouvrages respectifs *(An inquiry into the nature and causes of the wealth of nations,* 1776 et *On the Economy of Machinery and Manufactures,* 1835) des avantages de la division du travail et de la spécialisation des emplois.

Smith présente dans son ouvrage l'exemple devenu célèbre de « la fabrication des épingles » et il tira la conclusion suivant laquelle « les gains de productivité étaient attribuables à trois facteurs :

- La dextérité accrue de l'ouvrier lorsque sa tâche est limitée à un petit nombre d'opérations ;
- Le temps moindre consacré à passer d'une tâche à une autre ;
- L'utilisation de machines et d'équipements spécialisés »[16].

Quant à Babbage, il énonça un certain nombre des principes qui furent repris plus tard par Taylor, et enfin, une partie de ses travaux furent réunis après sa mort sous le titre de *Dynamic administration*[17].

Frédéric Winslow Taylor (1856-1915) passe pour être le fondateur de l'O.S.T. et d'une profession nouvelle, celle d'ingénieur en organisation. Pour réaliser la production de masse au moindre coût, il « proposa de subordonner chacun des éléments constituants de l'entreprise, y compris les travailleurs, à un système rigoureux, établi sur des bases scientifiques orienté vers l'efficacité maximum : la *one best way* »[18]. Rappelons avant d'aller plus loin que Taylor a commencé sa carrière comme ouvrier en 1878 à la Midvale Steel Works. Avant de devenir ingénieur, il fut successivement commis, machiniste et contremaître[19]. Ceci pour signaler qu'il a tenu compte de son expérience du travail dans

---

16 M. Paquin, 1986
17 R. Gubbels, 1977
18 M. Villette, 1988
19 M. Paquin, 1986

l'atelier dans le développement de son système de management. Ceci étant, les points essentiels de son mode de production liés à la fabrication de masse sont les suivants :

- La séparation entre la conception et l'exécution des tâches ;
- L'esprit scientifique ;
- L'individualisme ;
- La recherche d'une certaine harmonie dans les rapports de travail[20].

Un autre point important qu'il faut relever est que la logique taylorienne de production illustre parfaitement l'esprit libéral de l'époque, dominée essentiellement par la recherche du profit : les employeurs et les salariés furent tous à la recherche des moyens susceptibles d'optimiser leurs gains.

Taylor avait compris cela et il a appliqué cette logique sur le plan industriel. Une logique contraire à celle-ci n'aurait pas réussi dans cet environnement caractérisé par :

- La production de grande série dont l'enjeu est plus le rendement et la productivité que la qualité ;
- La technologie relativement stable ;
- La main-d'œuvre peu formée[21].

Il est aussi important de faire remarquer que si le système taylorien de production est remis en question, c'est essentiellement le principe basé sur l'émiettement des tâches ouvrières qui est sévèrement critiqué à cause des changements intervenus dans l'environnement socio-économique et du niveau de formation relativement élevé de l'ouvrier d'aujourd'hui, par rapport à celui de l'ouvrier de l'époque taylorienne.

---

20 R. Gubbels,1977
21 B. Monteil et al.,1983

Par contre, l'esprit scientifique et l'individualisme le sont beaucoup moins et la recherche d'une harmonie dans les rapports de travail reste un principe qui est valorisé encore actuellement. De ce fait, il y a lieu de considérer l'évolution de techniques managériales comme un approfondissement continu d'un projet, poussé toujours plus loin en vue de réduire l'imprévisibilité du facteur humain afin d'assurer l'amortissement des investissements productifs.

Un autre nom associé généralement au système taylorien de production est celui de Ford. Il fut parmi les premiers industriels à avoir appliqué les méthodes tayloriennes : il les expérimenta d'abord à la chaîne de fabrication pour la production de pièces automobiles ; ensuite il les appliqua au processus de production de l'automobile en 1913. C'est le développement des principes tayloriens qui n'est pas dû à Taylor lui-même[22].

Enfin, le système taylorien fordien de production a été largement adopté par la plupart des pays actuellement industrialisés, car il présente des avantages économiques évidents, dont la productivité.

Selon l'approche de l'effet sociétal et contrairement à la thèse de la convergence des sociétés associée à celle du déterminisme technologique, le taylorisme n'a pas eu nécessairement dans chacun des pays industrialisés la même signification. Chaque société s'est appropriée cette technologie sociale et organisationnelle en tenant compte de ses propres ressources et de ses propres contraintes.

À ce titre, il serait intéressant d'examiner l'introduction du taylorisme dans la société européenne. Le cas de la France a été choisi.

L'introduction des méthodes tayloriennes sera examinée comme un transfert de technologie. Car comme le rappelle Fridenson,

---

22 M. Villette, 1988

aucun transfert de technologie n'est jamais total, il est toujours partiel. Ceci pour dire que le pays d'accueil doit sélectionner dans les innovations, les conditions qui rendent une adaptation possible : les réactions des acteurs sociaux, le jeu des possesseurs de la technologie d'origine, l'attitude de certains entrepreneurs, cadres, contremaîtres et ouvriers ; il faut tenir compte également de leurs savoir-faire et des positions des organisations syndicales.

En ce qui concerne la France, c'est sous « le Second Empire, au Creusot, qu'apparaissaient les premiers essais d'organisation rationalisée des ateliers »[23].

Il faut signaler qu'il y avait une pratique proprement française de l'organisation de la production à la fin du XIXème siècle. Celle-ci reposait essentiellement sur l'expansion du machinisme, le développement des œuvres sociales à l'intention du personnel, le contournement des positions ouvrières, etc. Cette pratique organisationnelle a opposé une certaine résistance à l'introduction des méthodes tayloriennes. C'est pendant la Première Guerre mondiale que le système taylorien a trouvé l'occasion de s'appliquer principalement dans la production en masse des obus de canon, moteurs d'avions, où les tolérances s'exprimaient en centièmes de millimètres[24].

Après la Première Guerre mondiale, Le Chatelier et ses collègues vont assurer la promotion de ce qu'ils qualifièrent de « la rationalisation de l'industrie en créant, en 1932, le Comité National de la Productivité Française (CNPF), organisé comme une société savante »[25].

Ce comité est à la base de « la création de deux écoles d'organisation scientifique du travail à Paris en 1934 et à Lille en 1938 ». Il

---

23 P. Fridenson, 1987
24 C. Bricard, 1927
25 M. Villette, 1988

suscita aussi la création du Bureau des Temps Elémentaires (BTE), qui devait s'occuper de la standardisation des méthodes d'analyse du travail et de chronométrage et les comparaisons entre usines[26].

Un autre organisme qui contribua à l'accueil du taylorisme en France est l'Association France Amérique, avec la publication d'une revue du même nom, à partir de 1910[27]. Quant aux principes fordiens de production, Michelin semble être parmi les premières industries à les avoir appliqués en France.

Ainsi se sont diffusées les méthodes tayloriennes fordiennes de production qui se sont amalgamées à la tradition nationale basée sur le fayolisme.

2. LA ROTATION ET L'ÉLARGISSEMENT DES TÂCHES

La Rotation des Tâches est une des premières approches à avoir été proposée pour lutter contre la fatigue due à la monotonie, c'est-à-dire aux effets dus au travail répétitif à cycle court, décrits sous le nom de « la fatigue industrielle »[28]. Les premières études ont été effectuées en Grande-Bretagne à l'*Industrial Fatigue Research Board* après la Première Guerre mondiale.

Ces travaux ont permis d'établir une certaine relation entre la monotonie et le degré de la mécanisation : « une tâche complètement mécanisée permet à l'employé de parler à ses compagnons de travail, par contre, une tâche absorbante provoque l'ennui. Les études concluent également que c'est dans la fabrication

---

26 Idem
27 P. Fridenson, 1987
28 G. Fredmann, 1949

par procédés semi-automatiques que la monotonie est de plus en plus grande »[29]. La Rotation des Tâches consiste à « accroître la variété du travail en déplaçant les employés d'une tâche à l'autre à intervalle régulier »[30]. Elle est utilisée dans la plupart des cas pour redéfinir des tâches basées sur un autre type d'approche, par exemple le groupe autonome du travail.

C'est dans cette optique que les entreprises japonaises l'utilisent : les nouveaux venus dans l'entreprise ne sont pas immédiatement affectés à des postes précis, afin de parfaire leurs aptitudes.

Elle est enfin utilisée pour permettre aux ouvriers de passer des tâches fatigantes à des tâches moins fatigantes au cours de la journée de travail : elle est appliquée dans ce sens pour réduire les maux de dos et les autres malaises ressentis par les personnes affectées au rembourrage[31].

Par rapport aux modalités tayloriennes de production, la Rotation des Tâches n'apporte pas un changement dans le contenu des tâches et elle ne modifie pas les gestes effectués par le travailleur. Cependant, elle tend à neutraliser les dysfonctionnements dus à la parcellisation très poussée des tâches et ses conséquences immédiates comme la monotonie, la fatigue musculaire, etc[32].

La deuxième approche qui fut proposée pour lutter contre l'appauvrissement du contenu des tâches est l'élargissement des tâches.

Elle consiste à définir le travail de l'ouvrier de telle sorte que celui-ci ait plusieurs opérations différentes à effectuer sur un même produit, ce qui allonge le cycle de travail et réduit, par conséquent,

---

29 M. Paquin, 1986
30 B. Monteil et al., 1983
31 I.A.C.T., 1985
32 M. Paquin, 1986

l'insatisfaction due au caractère répétitif du travail et à la monotonie qu'il engendre[33].

Lorsque cette approche est appliquée à la chaîne de production, elle correspond au travail sur poste individuel d'assemblage : l'ouvrier pourrait adopter la cadence qui lui convient, tout en se conformant aux normes de production. Il peut arriver que l'ouvrier dispose de plus de liberté dans le choix des méthodes de travail et, parfois, qu'il ait la charge d'inspecter son propre travail.

Chez IBM, cette approche a abouti à une augmentation de la productivité, à une amélioration de la qualité et à une plus grande satisfaction des employés[34].

Par rapport aux principes tayloriens de production, l'Élargissement des Tâches cherche, comme la Rotation des Tâches, à atténuer les effets du système taylorien sur l'émiettement des tâches.

---

33 Idem
34 G. Friedmann, 1964

1. INTRODUCTION

Les modèles qui seront développés dans ce chapitre, accordent autant d'importance au contexte social qu'à l'individu. Ils retiennent comme unité de base de l'analyse « le groupe de travail », car ils reposent sur la conception de l'organisation en tant que « système sociotechnique ouvert » dans lequel le groupe de travail est considéré comme un sous-système ayant les mêmes propriétés[35].

Ces approches sont nées à partir des travaux des chercheurs du Tavistock Institute à Londres ; ce courant de pensée prend ses racines dans la sociologie des organisations, la théorie des groupes de K. Lewin et la théorie des systèmes[36]. Organiser le travail selon ces modèles, « c'est insister sur les relations mutuelles entre technologie, environnement, sentiments des participants et structures organisationnelles »[37].

Cette conception de l'organisation du travail est facilitée, en grande partie, par la flexibilité de l'appareil de production (voir la flexibilité des systèmes productifs) ; il s'agit de la capacité de modifier le volume de production, la nature des produits, la gamme de produits, le type et le nombre d'employés à recruter[38]. En d'autres termes, le composant technologique qui transforme

---

35 M. Paquin, 1986
36 B. Monteil et al.,1983
37 Idem
38 P. Massine, 1989

les entrées en sorties remplit un rôle-clé dans la capacité d'auto-régulation de l'organisation.

Dans ce sens, comme nous le verrons plus loin, dans le système de groupe autonome de travail, c'est le groupe qui permet l'autorégulation du système productif.

La contribution essentielle de ces modèles, axés sur le système Sociotechnique, est d'avoir mis en évidence la nécessité de prendre en compte les contraintes technologiques et les contraintes psycho-sociales ainsi que les relations et les implications des unes sur les autres. Ils montrent également « les interactions organisation environnement et le rôle de ce dernier sur les structures et les procédures organisationnelles »[39].

1.1. L'école des relations humaines

Les correctifs les plus significatifs apportés au système taylorien de production datent des années 1930 et sont l'œuvre de l'École des Relations humaines, sous l'impulsion, en particulier, d'Elton Mayo et ses collaborateurs de la Harvard Business School. C'est à eux que l'on doit la naissance de la sociologie industrielle moderne.

Le thème central de ce courant de pensée était « la recherche de la satisfaction du travailleur ». Autrement exprimé, l'École des Relations humaines « fait prendre conscience du fait que l'accroissement de production des postes de travail pourrait être aussi bien obtenu en cherchant à mieux satisfaire les besoins de l'homme au travail et à l'intégrer à l'entreprise »[40].

39 B. Monteil et al., 1983
40 A. Ogus, 1988

Cette constatation a été formulée à la suite des travaux réalisés sur le comportement du personnel ouvrier, en grande partie féminin, de la Western Electric. II s'agit de l'expérience dite Hawthorne. Celle-ci a consisté dans « une première phase à appliquer systématiquement les lois et principes de l'économie des mouvements et à rechercher l'environnement le mieux adapté, puis à revenir progressivement aux anciennes méthodes et à l'environnement initial »[41]. Alors qu'on aurait dû retrouver les anciennes normes de production, au contraire, la productivité ne baissait pratiquement pas, et même, augmentait dans certains cas.

Les raisons de *cette anomalie* ont été recherchées en menant des interviews, qui donnèrent à peu près la conclusion suivante : « Évidemment qu'on travaille mieux, on s'occupe de nous ». Ils cherchèrent alors à faire adhérer le personnel ouvrier aux objectifs de l'entreprise en utilisant un certain nombre de moyens tels que le journal d'entreprise, le système de rémunération, la boîte à suggestions, les services sociaux, la formation professionnelle, le dialogue entre la direction et le personnel[42].

Parallèlement, ils s'efforcèrent de pallier les lacunes psychologiques du taylorisme en améliorant l'environnement, en variant les tâches et en renforçant la sécurité. Dans la logique taylorienne se sont développés : « le salaire à primes, le chronométrage et la maîtrise fonctionnelle ».[43] La grande leçon de ces travaux est que désormais les seuls avantages matériels (salaire, ambiance de travail) ne suffisent pas à l'ouvrier pour qu'il donne le meilleur de lui-même, « sa part de responsabilité et son rôle dans la structure sociale de l'entreprise deviennent déterminants quant à son implication »[44].

---

41 Idem
42 Idem
43 Idem
44 Idem

Il faut rappeler qu'un des grands mérites de cette école est d'avoir mis au jour « le rôle de l'organisation non formelle »[45]. Ce facteur sera développé plus tard dans les approches axées sur le groupe de travail.

Ce courant de pensée a également des limites, notamment le fait de n'avoir pas accordé d'attention à la société dans laquelle s'insèrent les organisations industrielles qu'il étudie[46]. Enfin, il faut rappeler que les correctifs apportés par l'École des Relations humaines n'ont pas concerné les méthodes de production, car l'impératif technologique était tenu pour certain. « L'attention se concentrait sur ce qui était censé être le seul aspect variable »[47].

1.2. L'enrichissement des tâches

Cette approche propose l'idée de « la polyvalence horizontale et surtout verticale »[48]. De manière à permettre au travailleur d'avoir une certaine influence sur le planning de son travail, les méthodes utilisées, le mode opératoire, le réglage, l'entretien des machines et le contrôle de qualité[49].

L'Enrichissement des Tâches est un modèle basé sur la motivation interne au travail. Il a été développé à partir des années 1960 et il est dominé notamment par deux théories : la théorie valorisants-ambiance et la théorie des caractéristiques des tâches[50].

La théorie valorisants-ambiance fut la première à être formulée par Herzberg, qui introduisit également l'expression d'Enrichissement

---

45 R. Gubbels, 1977

46 P. Desmarez

47 C.E.E.,1974

48 B. Coriat, 1990

49 I.A.C.T.,1985

50 M. Paquin, 1986

des Tâches qu'il opposa à l'Élargissement des Tâches[51]. Dans leur ouvrage intitulé *The Motivation to work,* Herzberg et ses collaborateurs publièrent en 1959, les résultats d'une étude qui a conduit à la formulation d'une théorie bidimensionnelle de la motivation. Sept ans plus tard, Herzberg publia *Work and the Nature of Man,* dans lequel il présenta les résultats d'une étude additionnelle à l'appui de sa théorie dans le but de répondre aux critiques formulées à l'endroit de sa théorie et d'introduire la notion d'Enrichissement des Tâches[52].

Ce modèle consiste à restructurer le travail, notamment en confiant à l'employé des tâches réalisées habituellement au niveau supérieur. « Cet enrichissement est réalisé par des modifications apportées aux tâches à effectuer permettant aux valorisants de se manifester »[53]. Afin de guider les expériences sur ce modèle, Herzberg propose les huit ingrédients suivants : le feed-back direct, la relation avec le client, les apprentissages nouveaux, la planification du travail, le savoir unique, le contrôle sur les ressources, le pouvoir de communiquer directement avec d'autres et la responsabilité personnelle.

Cette théorie a donné lieu à de nombreux autres travaux, l'un d'entre eux est la théorie des caractéristiques des tâches. Celle-ci a été formulée par Hackman et Oldham en 1976. Ils se sont basés sur d'autres études effectuées en 1965 par Turner et Lawrence et celle de Lawler et Hackman réalisée en 1971, ainsi que d'autres recherches visant à développer un instrument appelé *Job diagnostic Survey*[54]. Cette théorie « postule que la motivation interne au travail dépend de trois états psychologiques critiques à savoir : la signification du travail, la responsabilité pour les résultats du

---

51 Idem
52 D. Boeri, 1987
53 M. Paquin,1986
54 Idem

travail et la connaissance des résultats effectifs des activités du travail ». Il résulte qu'un travailleur, pour être motivé, devrait trouver son travail significatif en fonction de son système de valeurs [55].

Un autre élément qu'il faut prendre en considération est la manière dont le travail est organisé, elle peut avoir des effets sur ces trois états psychologiques critiques. Ainsi, la motivation au travail peut donc être en fonction de la manière dont les tâches sont réparties et gérées.

Les auteurs de cette théorie ont retenu cinq caractéristiques des tâches qu'ils considèrent comme étant reliées directement aux trois états psychologiques critiques de la manière suivante : la variété des habilités, l'intégrité de la tâche, l'importance de la tâche, sont reliées à la signification du travail ; l'autonomie l'est à la responsabilité et le feed-back à la connaissance des résultats effectifs[56].

En pratique, la restructuration des tâches nécessite la réalisation d'un diagnostic préalable, puis la conduite d'une expérience pilote. Les conditions à analyser concernent la technologie, l'organisation du travail, la préparation et la formation du personnel, la préparation et l'entraînement de la maîtrise à un rôle moins opérationnel. Les services fonctionnels devront être étroitement associés[57].

Il faut enfin rappeler que l'Enrichissement des Tâches s'applique aux postes de travail qui sont, par nature, individuels, par exemple la conduite d'un tour[58]. Ce point constitue aussi une de ses limites, il ne s'agit pas d'un modèle conçu pour un travail en groupe où les personnes agissent en interaction. Sur un autre plan, l'Enrichissement

---

55 M. Paquin, 1986

56 Idem

57 B. Monteil et al., 1983

58 C.E.E., 1974

des Tâches « est synonyme de modification du système d'organisation technologique que l'école des Relations humaines avait laissé intact »[59].

1.3. Les groupes semi-autonomes de travail

Ce modèle est apparu aux yeux de beaucoup comme base d'une démarche vers la démocratisation de la vie économique.

Les premiers essais visant à organiser le travail en groupe semi-autonome, idée glanée en Norvège, furent entrepris dans les années 1970[60].

Dans le domaine de l'organisation du travail, cette vision peut être résumée de la manière suivante : un groupe de travailleurs et le reste de l'entreprise se mettent d'accord sur la quantité et la qualité de produits que le groupe devrait fournir ; la direction s'abstient d'intervenir dans la manière dont le travail sera organisé, par contre, elle doit fournir tous les moyens nécessaires à la bonne exécution des tâches. Concernant la répartition des tâches à l'intérieur de l'espace concédé, le groupe organise son travail sans l'intervention de la maîtrise. Il réglera le rythme du travail, il s'aidera mutuellement en cas de besoin, il aménagera son temps de repos, etc.[61]

Dans ces conditions de travail, aucun membre du groupe ne pourrait subir plus de surcharge temporaire, car personne ne se verrait obligé de se tirer d'affaire tout seul[62].

Il faut rappeler que ce modèle a l'avantage de rendre le travail

---

59 C.E.E., 1974
60 O.B.A.P., 1975
61 I.A.C.T., 1980
62 Idem

plus significatif pour celui qui l'exécute, dans la mesure où il voit le produit qu'il fabrique, ce qui lui permet aussi de comprendre certaines difficultés qui se posent en amont et en aval de son poste de travail[63].

L'avantage le plus important est de permettre aux individus de se réaliser en adoptant les objectifs fixés par l'entreprise.

Enfin, une tâche élargie et enrichie confiée à un groupe formé sur base d'attirance personnelle, suscite l'intérêt et fait appel à toutes les fonctions de la personnalité[64].

Quant aux limites, il convient de signaler que ce modèle nécessite l'augmentation du nombre des machines lors de la mise en œuvre des microgroupes. En Suède, ces expériences ont montré qu'il fallait plus ou moins 40 % de surface supplémentaire[65]. Ce coût peut constituer un frein à l'application de ce modèle.

1.4. L'intrapreneuriat

Depuis quelques années, nous assistons au développement d'un type d'organisation du travail basé sur des Groupes Autonomes de travail. L'Intrapreneuriat est un des modèles considéré comme la concrétisation du système de boîte à suggestions proposé par l'école des Relations humaines.

Ce modèle intrapreneurial répond à deux impératifs majeurs de l'époque actuelle : le premier, d'ordre économique, est la nécessité, pour toute entreprise qui veut rester performante et compétitive, d'innover sans cesse[65] ; le deuxième impératif, d'ordre

---

63 G. Prost, 1976
64 Idem
65 G. Pinchot, 1986

humain, est que l'individu devient, depuis quelques années, de plus en plus instruit[66], il éprouve de ce fait, le désir de se réaliser et de s'affirmer davantage dans son travail quel que soit le niveau hiérarchique qu'il occupe dans l'entreprise.

Ces individus, porteurs d'idées riches, motivés et capables de bousculer le *statu quo,* de contourner ou de faire sauter certains obstacles du système existant pour pouvoir innover au sein de leur entreprise, sont appelés des intrapreneurs, c'est-à-dire « tout rêveur qui agit, qui imagine comment transformer une idée en activité rentable »[67]. Ils se distinguent des entrepreneurs par le seul fait qu'ils agissent au sein de la grande entreprise.

En tant que modèle d'organisation du travail, l'intrapreneuriat apparaît comme un des vecteurs capables de dynamiser les grandes entreprises apathiques sur le plan de l'innovation, en utilisant des réservoirs insoupçonnés de bonnes idées dans le chef des cadres et employés. En pratique, ces idées arrivent rarement à se réaliser à cause de la présence de structures excessivement hiérarchisées et cloisonnées et, surtout, à cause de la présence, dans l'entreprise, de la culture traditionnellement paternaliste[68].

C'est pourquoi, il nous semble utile d'examiner, ci-après, deux points qui paraissent essentiels pour tout intrapreneur désireux d'introduire une innovation dans son entreprise. Il s'agit du plan opérationnel et de la manière dont l'intrapreneur devrait contourner certains obstacles pour pouvoir réaliser son projet. Le plan opérationnel est un instrument important qui contient toute la vision intrapreneuriale. Il doit contenir les points suivants[69] :

---

66 P. Messine,1989 et G. Pinchot, 1986
67 G. Pinchot, 1986
68 D. Linhart, 1991
69 G. Pinchot,1986

- L'objectif concret et mesurable,
- Les stratégies pour réaliser cet objectif,
- Les différentes étapes avec des délais précis,
- Les obstacles éventuels et les moyens de les surmonter.

Ce plan devrait être élaboré en tenant compte des différents avis des membres de l'équipe intrapreneuriale. Vient ensuite l'étape la plus difficile, obtenir l'approbation de la direction générale.

En pratique, l'autorisation est confiée à plusieurs niveaux hiérarchiques au-dessus de celui qui possède l'idée d'innover. L'intrapreneur devrait s'adresser à son propre chef direct et ainsi de suite jusqu'à ce que l'on parvienne à l'ultime décideur.

Le résultat final peut être que les détails importants de la vision soient perdus tout au long du processus d'approbation multiple.

Ainsi, plusieurs solutions sont envisageables :

- La première est d'établir une relation directe entre l'intrapreneur et celui qui décide en dernier ressort. Cette relation n'est pas toujours facile à établir à cause des luttes d'influence au sein de l'entreprise ;
- La deuxième solution est de trouver un ou plusieurs *sponsors actifs,* dont le rôle est de défendre l'intraprise contre les attaques politiques[70] ;
- La troisième solution est de commencer la réalisation du projet sans attendre l'approbation.

Concernant les avantages et les inconvénients de ce modèle, il y a lieu de signaler d'abord la liberté accordée aux employés de la grande entreprise d'innover en utilisant les moyens dont dispose

---

70 P. Sahnoun, 1986

l'entreprise. Ensuite, ce modèle peut contribuer à l'augmentation des salaires et à la création de nouveaux emplois.

Enfin, comme tout travail effectué en groupe autonome, l'intrapreneuriat permet aux individus de s'épanouir ; il peut également augmenter le stress.

Parmi les inconvénients, il y a lieu d'épingler le dévouement de l'intrapreneur qui s'accompagne dans la plupart des cas d'une tendance à privilégier ses objectifs et à ne pas tenir compte suffisamment des hommes qui l'entourent[71].

Dans ce sens, l'intrapreneur ne peut pas être considéré comme manager au sens décrit par Blake et Mouton[72] dans leur grille de management comme 9/9 : une personne engagée vis-à-vis des personnes et du projet, capable de satisfaire les deux engagements. Un autre inconvénient a trait au risque financier : la réalisation de certains projets peut nécessiter beaucoup d'investissements, alors que la commercialisation n'en est qu'à ses débuts.

---

71 G. Pinchot, 1986
72 R. R. Blake et J. S. Mouton, 1987

CHAPITRE III

Les approches axées sur l'adaptation à la demande

1. LE MODÈLE DES CERCLES DE QUALITÉ

L'histoire des pratiques managériales révèle que depuis la fin de la Deuxième Guerre mondiale, les milieux industriels se sont passionnés, au moins dans l'ordre du discours, pour les modèles venus des Etats-Unis.

Après un bref intermède sur le modèle allemand dont les maîtres mots furent « la rigueur, le sérieux et la cogestion », la pratique managériale s'est tournée plus tard dans les années 1970 vers les pays nordiques.

La démocratie industrielle à la Suédoise a retenu l'attention et le système d'organisation du travail dans les usines Volvo Kalmar, qui fut souvent cité en exemple.

Il est à noter qu'à cette même époque, le progrès réalisé dans l'efficacité, le sérieux et la rigueur de la gestion, n'a pas suffi à atténuer la déstabilisation de l'environnement socio-économique amorcée dans les années 1970 par la crise économique, c'est-à-dire, par la crise de la productivité.

Face à cette mutation profonde des sociétés en général et des activités industrielles en particulier, l'entreprise est apparue comme cadre idéal pouvant permettre d'expliquer l'inadéquation entre la production et le marché[73].

---

73 P. Lorino, 1989

C'est dans cet environnement socio-économique perturbé, que les méthodes des Cercles de Qualité sont apparues comme un des éléments pouvant permettre à l'entreprise de s'adapter à l'évolution du marché caractérisé par la demande différenciée.

En matière d'organisation du travail, le changement par rapport au système taylorien s'inscrit dans la façon dont l'entreprise moderne réaménage son fonctionnement d'ensemble et dans les qualités qu'elle prête à ce changement.

Autrement dit, il s'agit de rechercher une nouvelle forme de cohérence affirmée autour de l'impératif commercial[74].

Dans le même registre, « les nouvelles technologies investissent le champ de l'articulation même de ces différentes fonctions, phénomène jusque-là inédit »[75].

Il y a lieu de noter que « c'est de cette conjonction entre une refonte organisationnelle appuyée sur des technologies de pointe et sur un recours fort spécifique aux exécutants, qu'a surgi l'idée d'une rupture avec le taylorisme »[76].

Pourtant, les entreprises modernes qui visent une flexibilité dynamique par le biais des nouvelles technologies informatiques, devront pour être efficaces, renforcer la codification, la bureaucratie et la centralisation. Donc, se tayloriser en formalisant toutes leurs activités sur des bases scientifiques[77].

---

74 D. Linhart, 1991
75 Idem
76 Idem
77 Idem

Cependant, ces mêmes entreprises se lancent dans des grandes manœuvres participatives dans lesquelles les Cercles de Qualité ont une place de choix[78].

Dans cette optique, les Cercles de Qualité apparaissent comme un moyen de générer des attitudes scientifiques jusqu'à la base de la hiérarchie. De ce fait, « ils constituent les lieux de l'indispensable mise en commun des savoirs partiels, parcellisés ; de savoir-faire éparpillés qui, précisément parce que trop épars, deviennent inopérants »[79].

1.1. La définition des Cercles de Qualité

D'une manière générale, les Cercles de Qualité sont définis comme étant « des petits groupes d'employés qui ont un lien d'interdépendance entre eux, soit qu'ils travaillent dans une même section, soit qu'ils travaillent au même produit ou au même processus ». (R. Kregoski et al., 1982)

Les éléments suivants de la définition tiennent compte des considérations propres à la France[80]. « Le groupe peut comprendre des ouvriers, des agents de maîtrise, des techniciens d'atelier, voire même des délégués du personnel, etc. :

- Qui se réunissent de façon régulière sur base du volontariat et durant le temps de travail ;
- Pour discuter et étudier des problèmes rencontrés dans le travail ou liés aux résultats de ce travail ;
- Qui déterminent le type de problèmes qu'ils vont étudier ensemble ;

---

78 Idem
79 Idem
80 R. Kregoski et al., 1982

- Qui reçoivent une formation (de 10 à 20 heures minimum) aux techniques de résolution de problèmes en groupe, à l'étude des solutions, au recueil statistique des données et à la préparation des rapports présentant des suggestions pour la résolution de ces problèmes ;
- Qui font des propositions transmises au niveau le plus haut de la hiérarchie dans leur organisation ;
- Qui participent à la mise en œuvre des solutions retenues ;
- Qui ont reçu de la hiérarchie un engagement concernant :

a) Le libre accès à certaines informations de gestion relatives aux problèmes étudiés (statistiques de défauts, rapports d'études, etc.) et le libre accès à certains experts internes à l'entreprise (cadres des bureaux d'études, du service qualité, du contrôle de gestion et de la comptabilité, etc.) ;
b) Le soutien actif apporté aux travaux du Cercle, sous forme de participation à certaines réunions, entretiens, promotion des activités du Cercle ;
c) La mise en œuvre de certaines des solutions proposées ».

1.2. Les outils, les fondements et les principes généraux des Cercles de Qualité

Avant d'examiner de manière opérationnelle les principaux outils des Cercles de Qualité, il semble important de rappeler brièvement les fondements essentiels des méthodes des Cercles de Qualités et ses principes généraux.

Les méthodes des Cercles de Qualité se sont développées au Japon dans le prolongement de la stratégie d'amélioration de la qualité et de la mise en place des structures de gestion de la qualité qui avait débuté vers la fin des années 1940[81].

---

81 B. Monteil et al., 1985

Elles se sont ensuite développées aux États-Unis vers le milieu des années 1970, et au début des années 1980 en Europe[82]. Elles pourraient être introduites en Afrique avant la fin des années 1990.

Il y a lieu de noter qu'en ce qui concerne les États-Unis et l'Europe, les méthodes des Cercles de Qualité s'inscrivent dans la démarche vers le management participatif qui avait débuté au cours des années 1970, dans le cadre de ce qu'on a appelé l'humanisation du travail.

Selon certains auteurs, la portée de cette démarche est restée limitée, tandis que les méthodes des Cercles de Qualité vont plus loin et proposent une certaine rigueur, une méthodologie pour le traitement de problèmes et s'inscrivent dans la stratégie globale de progrès et de performances socioéconomiques[83].

En effet, pour faire des Cercles de Qualité un management participatif, il faut que l'entreprise, par sa direction générale et son encadrement, intègre profondément les objectifs des Cercles de Qualité : opérationnels, relationnels et d'intégration[84].

Le principe de management. Ce principe peut être compris en reprenant les propos d'un chef d'entreprise japonais lorsqu'il disait : « le management n'est pas l'art de faire passer les idées des chefs dans les mains des travailleurs (…), mais l'art d'engerber toute l'intelligence de l'entreprise au profit de tous. La première richesse de nos usines », a-t-il poursuivi, « ce sont les hommes et les femmes qui les composent ». En d'autres termes, la compétitivité de l'entreprise dans le contexte socioéconomique actuel passe par l'esprit d'équipe.

---

82 J. M. Douchy, 1986
83 B. Monteil et al., 1985
84 Idem : voir infra Cercles de Qualité au Japon et les principes généraux suivants dans la conception de la stratégie globale de l'entreprise.

Le principe économique. Le ralentissement considérable des rythmes de croissance observé à partir des années 1970, exige de la part des compétiteurs, qui deviennent de plus en plus nombreux sur un marché qui croît de moins en moins, de se battre essentiellement sur le plan de la qualité, qui correspond elle-même à l'évolution de la demande.

Le principe culturel. En partant des éléments socioculturels dont dispose chaque pays, il y a lieu d'inventer un mode de management adapté au tempérament de chaque peuple comme les Californiens ont inventé le relaxmanagement[85].

Examinons à présent les deux outils essentiels du modèle des Cercles de Qualité.

1.2.1. Le groupe de travail

Dans les méthodes des Cercles de Qualité, le premier outil est le groupe de travail. L'effort de tous dans le groupe garantit l'efficacité des Cercles de Qualité et permet sa réussite. Cet outil est très important car il n'est pas possible de créer un Cercle sans groupe de travail[86].

En tant que tels, les Cercles de Qualité ont une structure interne composée de l'animateur, chef direct des membres du Cercle. Ils connaissent assez bien leur lieu de travail pour y avoir passé de nombreuses heures. Leur participation volontaire au Cercle de Qualité permet une prise de conscience de leur responsabilité dans l'entreprise et de leur appartenance à cette même entreprise.

---

85 H. Serieyx, 1983
86 B. Monteil et al., 1985

Enfin, les Cercles de Qualité ne sont pas seulement des groupes de travail livrés à la capacité d'animation de leur chef, ce sont surtout, des groupes qui utilisent des outils statistiques dans leurs activités.

1.2.2. Les méthodes statistiques

Il faut rappeler que ces outils sont la deuxième composante des méthodes des Cercles de Qualité et leur support essentiel. Ce sont eux qui donnent une crédibilité objective aux travaux réalisés par les Cercles de Qualité. En même temps, ils montrent aux participants la réalité économique de l'entreprise à laquelle ils doivent obéir.

Mais quels sont ces outils ?

Il s'agit en fait des techniques d'organisation et de contrôle de la qualité que la hiérarchie utilise quotidiennement. Le changement réside en ceci : à travers les méthodes des Cercles de Qualité, elles sont mises à la disposition du personnel exécutant, qui accomplira des tâches d'études et de conception traditionnellement réservées à la hiérarchie.

Les outils les plus utilisés dans les activités des Cercles de Qualité sont les suivants[87] : le brainstorming, la collecte des informations, le diagramme de Pareto et le diagramme Ishikawa.

1.2.3. Les Remue-méninges ou Brainstorming

Cette méthode a été formulée pour la première fois en 1957 par l'américain Osborn, qui avait été frappé à l'époque par le caractère stérile des réunions classiques ; elle a été ensuite mise au point

---

87 Idem

dès 1958. Le terme « brainstorming » signifierait « tempête sous les crânes ». En Inde, il est connu sous l'appellation « Prai-Barshama »[88].

Dans le cadre des activités des Cercles de Qualité, cette technique est utilisée par l'animateur pour jouer son rôle de meneur de jeu, c'est-à-dire permettre aux participants de produire un maximum d'idées pour la recherche, notamment :

- De problèmes à traiter et qui sont communs aux participants ;
- De données relatives à ces problèmes et de faits ;
- De causes ;
- De moyens de vérification ;
- De solutions et de moyens de mise en œuvre ;
- D'une représentation et d'un mode d'analyse ;
- De suivi ;
  etc.

Cette liste non exhaustive des activités des Cercles de Qualité montre que cette méthode est un outil de stimulation et de créativité. Il est utilisé tout au long des activités des Cercles de Qualité, c'est-à-dire de l'identification du problème jusqu'à la présentation de la solution à la direction générale.

Son application au cours de la séance du Cercle se fait de la manière suivante : l'animateur définit et écrit sur les tableaux de papiers tout le sujet de façon lisible, claire, concise et précise. Chaque participant précisera les termes du sujet pour être sûr d'avoir bien compris la même chose que les autres participants[89].

Avant de commencer le tour de table, l'animateur rappelle le respect des règles principales suivantes[90] :

---

88 Idem
89 Idem
90 Idem

- Pas de critique d'idées, qu'elle soit verbale ou gestuelle ;
- Toutes les idées, même les plus farfelues sont les bienvenues ;
- Une personne donnera une seule idée à la fois ;
- Chaque participant s'exprimera à tour de rôle ;
- Toutes les idées seront écrites sur les tableaux ;
- Lorsque l'on n'a pas d'idée, on dit « je passe » ;
- Le remue-méninge sera terminé lorsque tout le monde dira « je passe ».

Après ce rappel à l'ordre, le déroulement de la session de brainstorming peut commencer, elle s'effectuera en plus ou moins quatre phases[91] :

- 1ère phase : elle est celle de la présentation du problème par l'animateur ou la personne qui conduit la session de remue-méninges, en se servant éventuellement de matériel de démonstration ;
- 2ème phase : elle consiste à mettre en condition. Deux à trois minutes seront laissées aux participants pour réfléchir en silence et consigner par écrit leurs idées ;
- 3ème phase : les participants exposent leurs idées ;
- 4ème phase : les participants traitent les idées émises en les regroupant par idées semblables et en établissant des relations entre elles. Les idées moins intéressantes seront écartées après leur examen.

Après ces quatre phases, l'animateur peut reformuler le problème de manière à susciter des idées nouvelles.

Comme il a été constaté, cette méthode fait largement appel à l'intelligence des participants. Ils sont, pour cela, entraînés à cette technique de brainstorming au cours de leur formation (voir ci-après).

---

91 R. Kregoski et al., 1982

1.2.4. La collecte des informations

Après avoir défini le problème qui sera traité, les participants doivent rechercher des informations relatives à ce sujet. Il faut rappeler que cette étape est fondamentale pour le traitement du problème.

Dans la collecte des informations, la collecte des données est distincte des relevés d'informations[92].

La collecte des données a trait aux activités de fabrication ou plus généralement à tout ce qui est écrit, fait, dessiné, dont les différents services de l'entreprise ont conservé les traces. C'est une partie de la mémoire de l'organisation[93].

La méthodologie de résolution de problèmes propose une démarche qui oblige les participants à se poser avec précision les questions suivantes : Pourquoi ? Où ? Comment ? Quoi ? et Quand ?[94]

Cette série de questions non limitative, permet aux participants de cerner la qualité et le type de données qui seront utiles à l'action qui sera entreprise.

Il peut arriver que certaines questions restent sans réponse, soit parce que les données ne sont pas disponibles, soit parce qu'elles ne peuvent pas être divulguées. Ces détails doivent être clairement expliqués aux participants.

Quant aux relevés d'observations, ils consistent dans la plupart des cas à compléter la collecte des données.

---

92 R. Kregoski et al., 1982
93 B. Monteil et al., 1985
94 Idem

Il est très important de conserver les données recueillies sur les feuilles de relevés pour se rappeler toujours leur origine exacte[95]. Après cette étape, les données recueillies seront analysées pour en extraire les éléments nécessaires à la solution du problème. Pour cela, les participants utiliseront les représentations graphiques : elles sont un moyen de décrire la réalité dans ses aspects mesurables. Un proverbe chinois dit à ce propos qu' « une image vaut mille mots » et dans le même sens, Napoléon disait qu' « un bon croquis vaut mieux qu'un long discours »[96]...

1.2.5. Le Diagramme de Pareto

Dans le processus de résolution de problèmes par les Cercles de Qualité, le diagramme de Pareto est le principal outil d'identification des causes essentielles et des causes accessoires. Il constitue la première phase de mise au point des actions pour l'amélioration de la qualité[97].

Il est représenté sous forme de graphique à colonnes ordonnées de façon décroissante. Sur l'axe horizontal sont indiqués les différentes causes ou les différents défauts sur lesquels les Cercles de Qualité doivent agir, sur l'axe vertical, leur fréquence[98].

Prenons l'exemple d'un atelier[99], dans lequel les feuilles de relevés font apparaître un nombre important de pièces rebutées pour des défauts divers. Les participants vont relever d'abord le nombre de défauts par type de défauts, et les représenter sur le diagramme par importance décroissante comme le montre le tableau ci-après.

---

95 J. M. Douchy, 1986
96 I.A.C.T., Moors, 1987
97 Idem
98 Idem
99 B. Monteil et al., 1985

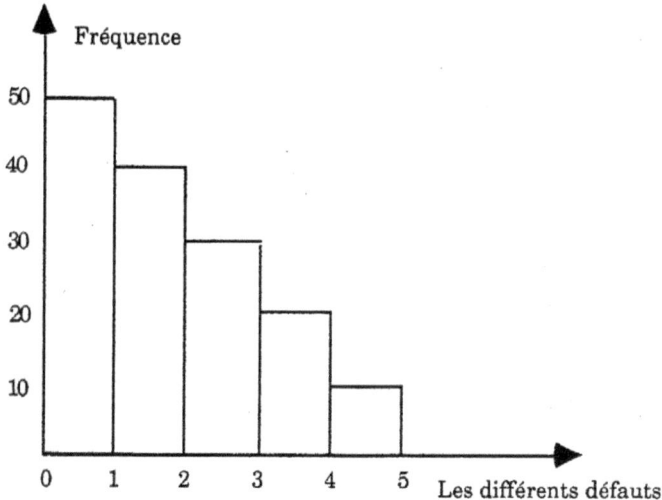

Ce graphique met en évidence le fait qu'un grand nombre de défauts est dû à un petit nombre de types de défauts. Les participants savent qu'ils doivent agir en premier lieu sur le défaut numéro 1, ce faisant, ils amélioreront de 80 % la qualité des pièces en agissant sur 20 % de types de défauts, suivant la loi des 80/20[100].

Cette loi découle des travaux de Pareto sur la répartition de la propriété terrienne dans l'Italie de l'époque. Pareto arriva à la constatation suivant laquelle 80 % des terres appartiennent à 20 % de la population[101].

Dans le domaine de l'amélioration de la qualité, il a été démontré que 80 % des erreurs sont dues à la hiérarchie, 20 % aux travailleurs de la base[102]. Autrement dit, dans « une population contribuant à un effet commun, seuls quelques éléments contribuent à

100 I.A.C.T.,1987
101 J. M. Juran, 1983
102 B. Monteil et al., 1985

la masse de l'effet »[103]. Ceci étant, il est recommandé de limiter le nombre de colonnes à 7, la septième colonne sera réservée aux autres causes de moindre importance ou divers[104].

Les participants doivent ensuite chercher la réalité qui peut être cachée ou non visible : c'est la pondération[105].

Enfin, le diagramme de Pareto a l'inconvénient principal suivant : l'attention du groupe est attirée sur le défaut considéré par tous comme important. Il peut arriver que les défauts moins importants aient un effet considérable sur la qualité du produit et ces défauts peuvent être oubliés. En plus, ce diagramme permet de détecter la non-conformité (effet) mais ne permet pas de rechercher les causes.

1.2.6. Le diagramme causes-effet ou Ishikawa

La deuxième phase de mise au point des actions pour l'amélioration de la qualité consiste à détecter les causes.

Les participants utiliseront le diagramme appelé diagramme Ishikawa ou diagramme en arête de poisson à cause de sa représentation graphique, ou encore diagramme causes-effet en raison de l'objectif recherché par le groupe : les causes et les conséquences du problème[106].

À ce titre, ce diagramme est considéré comme « l'arbre généalogique »[107] des causes d'origine et/ou provoquées dont la conjonction

---

103 J. M. Juran, 1983
104 B. Monteil et al., 1985
105 I.A.C.T.,1987
106 Idem
107 R. Kregoski et al., 1982

aboutit à la moins bonne qualité du produit ou du service. Ce diagramme peut s'appliquer à de très nombreux problèmes de coûts et de profits et dans différents domaines où peut exister une logique des causes. Il convient également d'insister sur l'importance de ce diagramme : il est l'outil pédagogique par excellence et un instrument efficace dans le processus de prise de décision en groupe[108].

Il est composé de plusieurs flèches, la grande flèche horizontale forme l'axe principal au bout duquel est indiqué « l'effet ». Celui-ci peut être la qualité, la caractéristique, l'opération, bref, l'objectif que le groupe désire atteindre ou le problème qu'il cherche à résoudre[109]. Les autres flèches sont dirigées en arête de poisson vers la flèche principale, elles représentent les branches principales ou les causes supposées de la non-conformité. Sur chaque branche principale, sont indiquées les flèches supplémentaires qui représentent les sous-branches, les variables correspondantes ou les causes secondaires[110].

Sur les sous-branches, sont indiquées les branchettes qui représentent les causes plus détaillées, ainsi de suite, jusqu'à ce que toutes les causes soient indiquées.

Pour classer les causes du problème sur le diagramme Ishikawa, il existe deux méthodes : la première est celle qui a été définie par le Professeur Ishikawa lui-même ; elle consiste à classer les causes en quatre catégories, les 4 M : Matières, Méthodes, Machines, Mesures. La deuxième méthode dite « européenne » ajoute une cinquième catégorie : la Main-d'œuvre. Cette cinquième catégorie s'explique par l'influence plus grande de la culture taylorienne de production dans les entreprises européennes[111].

---

108 Cegos, 1982
109 K. Ishikawa, 1984
110 J. M. Douchy, 1986
111 Idem

Figure A :   Diagramme causes-effet. Méthode Ishikawa 4 M [1]

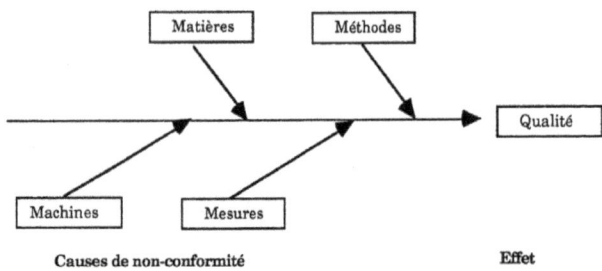

Causes de non-conformité   **Effet**

Figure B : Diagramme causes-effet. Méthode Européenne 5 M [2]

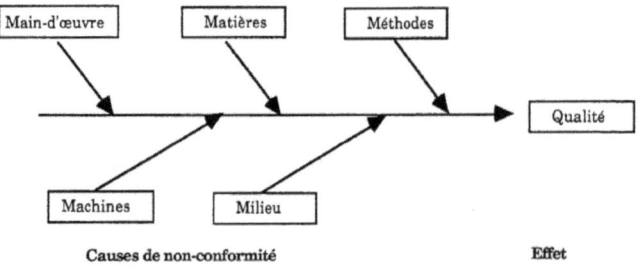

Causes de non-conformité   **Effet**

Dans le classement des causes de dispersion selon ces deux méthodes, il faut faire remarquer que la façon de regrouper ces causes
dépend des définitions que le groupe donnera à ces 5 M et selon
le cas étudié. D'une manière générale, ces 5 M peuvent être définis de la manière suivante[112] :

• Main-d'œuvre : le personnel, la hiérarchie et toutes les personnes qui contribuent au fonctionnement de l'entreprise ;

---

112 B. Monteil et al., 1985

- Matières : tout ce qui entre dans le processus de fabrication : matière première, matière auxiliaire, fluide, papier, électricité, etc. Il s'agit de tout ce qui est consommé et non amorti ;
- Méthodes : le procédé ou la manière de fabriquer le produit ou de rendre service : les gammes, les spécifications, les modes d'emploi, les notices, les instructions. On ajoutera le facteur temps ;
- Machines : les équipements : les appareils et les installations, ce qui est amorti ;
- Milieu : l'environnement physique et humain, les relations internes et externes (clients/fournisseurs), l'ambiance de travail, l'ergonomie, etc.

Dans la définition des causes de dispersion, il est recommandé de ne pas dépasser six grandes familles. Au-delà, les flèches donnent l'impression qu'il est difficile de bâtir un diagramme causes-effet et le processus peut même se compliquer, car le diagramme doit montrer la dépendance ou l'enchaînement des causes de dispersion.

Ensuite, les participants devront déterminer la méthode pour étudier la cause qui a été choisie en premier lieu ; il s'agit d'une étude qui nécessite une connaissance suffisante des outils statistiques.

C'est ici qu'apparaît l'utilité du programme de formation des participants tel que les méthodes des Cercles de Qualité le proposent. Car il faut savoir utiliser les tests et les procédures si la cause est mesurable et savoir mener une enquête, un sondage, un questionnaire si la cause n'est pas mesurable.

Après cette étude de la cause, les participants vérifieront le degré de sa non-conformité avant d'appliquer la solution et/ou la proposer à la direction générale[113].

---

113 K. Ishikawa, 1984

1.3. Le programme de formation à la qualité

1.3.1. La formation de l'animateur à la qualité

Vu le rôle important que l'animateur est appelé à jouer pour la réussite des activités des Cercles de Qualité, sa formation porte sur trois points essentiels[114] :

- La psychologie du groupe et les méthodes de travail en groupe ;
- Le rôle du faciliteur ;
- Les techniques de travail propres aux CQ et les méthodes de formation des membres à ces techniques.

Sujets traités	Durée indicative
- Présentation des participants, connaissance des Cercles de Qualité, utilité pour le travail.	20 min.
- Le problème de la participation des exécutants : comment le poser ?	2 à 3 h.
- Historique des Cercles de Qualité.	30 min.
- Qu'est-ce qu'un Cercle de Qualité ? Définition de base (fonctionnement, structure).	1 h.
- Le travail en groupe : Comment travailler ensemble dans un Cercle de Qualité ?	2 h.
- Les comportements et les rôles dans un groupe de travail.	2 h.
- Comment traiter « les participants difficiles ».	30 min. à 1h.
- La prise de décision en groupe.	3 à 4 h.

---

114 R. Kregoski et al., 1982

- Comment travailler en groupe.	2 à 3 h.
- La formation des adultes.	1 h.
- Le rôle de formateur.	1 h.
- La motivation.	1 h.
- Les techniques de brainstorming.	2 h.
- Exercices appliqués d'études de problèmes.	1 h 45
- Synthèse.	30 à 60 min.

À la fin du séminaire, un exemplaire de mémento sera remis aux futurs animateurs.

1.3.2. La formation des participants à la qualité

Selon R. Kregoski, avant de former les participants volontaires à la qualité, il faudrait préalablement répondre aux trois questions suivantes : qui fera la formation ? Comment la formation sera faite et organisée, et enfin, quel contenu donner à cette formation ?

1. En ce qui concerne la première question, il est préférable que la formation soit assurée par l'animateur, avec l'aide et sous la supervision du coordinateur, il s'agit de la « formule mixte ».
2. Quant à l'organisation, différentes manières sont prévues.

a) Libérer les participants en continu pour pouvoir traiter d'un coup tout le programme. L'exemple de programme de formation repris ci-après est prévu pour trois journées initiales de formation ;
b) Il y a lieu aussi d'intégrer complètement le programme aux réunions des Cercles de Qualité en commençant par les modules importants : le travail en groupe, la méthode de brainstorming

et l'étude de problème. Les autres modules seront abordés selon les besoins ;

c) Une autre manière consiste à donner aux participants plusieurs modules au cours de la première journée de la formation, ce qui permet d'avoir une bonne base dès le départ.

3. Enfin, le contenu est divisé en cinq modules.

- Module n° 1 : Comment travailler ensemble dans un Cercle de Qualité ?
- Module n° 2 : Comment sélectionner les problèmes à étudier ?
- Module n° 3 : Comment analyser les problèmes ?
- Module n° 4 : Comment recueillir les données et les analyser ?
- Module n° 5 : Comment trouver des solutions ?

Vu l'importance de ce programme, il est conseillé de ne pas arrêter la formation après le lancement des Cercles de Qualité, mais de la poursuivre de façon permanente.

2. LA GESTION TOTALE DE LA QUALITÉ

Ce modèle est considéré comme démarche complémentaire à celle des Cercles de Qualité ; elle est appelée *Total Quality control* (TQC) ou *Company Wide Quality Control* (CWQC), c'est-à-dire « la maîtrise de la qualité dans toutes les fonctions de l'entreprise »[115].

Dans ce système de Gestion Totale de la Qualité, l'idée maîtresse peut se résumer de la manière suivante : la recherche permanente de l'amélioration de la qualité du produit ou du service

---

115 G. Archier et H.Serieyx, 1986

peut être obtenue en améliorant sensiblement préalablement tous les rouages de l'appareil productif[116].

Dans cette section nous allons montrer la complémentarité entre les deux démarches Total Quality Control et Cercles de Qualité.

Rappelons que parmi les différents types de défauts qui se rencontrent dans l'entreprise, il y a lieu de distinguer ceux dont l'amélioration éventuelle dépend de la direction (hiérarchie) et ceux dont l'action dépend des opérateurs[117].

La Total Quality Control concerne le premier type de défauts, et les Cercles de Qualité le second type. Supposons qu'après le processus de diagnostic, 20 types de défauts aient été décelés, parmi lesquels 5 types de défauts vitaux comptant pour plus de 2/3 des défectuosités (rapport 80/20) ont été identifiés.

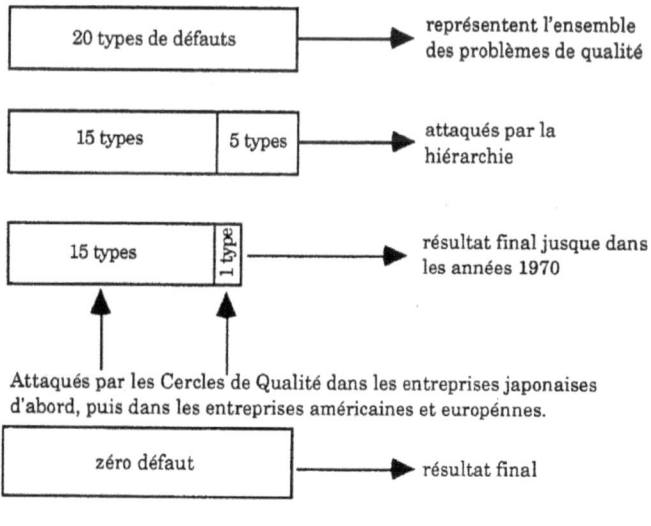

---

116 Idem
117 J. M. Juran, 1983

L'action curative de la direction (hiérarchie) a réduit efficacement leur incidence sur l'ensemble des défectuosités. Jusque-là, aucune action n'a été entreprise pour les 15 types de défauts mineurs.

3. LA FLEXIBILITÉ DES SYSTÈMES PRODUCTIFS

La naissance des systèmes flexibles de production se situe dans un contexte socio-économique assez connu pour qu'il soit possible de ne le rappeler que brièvement.

L'évolution récente de l'environnement économique et social a conduit les producteurs à rechercher l'adaptabilité des systèmes productifs à la demande jugée incertaine, que ce soit en nature ou en volume des produits[118] en vue d'accroître la productivité.

Pour comprendre la nature des systèmes flexibles de production, jetons un coup d'œil sur l'évolution historique de l'automation. Celle-ci se divise, à grands traits, en trois grandes générations[119] :

- La première est celle qui concerne la décennie 1950. Elle voit naître et s'affirmer des innovations majeures, à savoir la ligne transfert et la machine-outil à commande numérique. Ces innovations marquent l'entrée dans l'âge moderne de l'automatisation et concernent l'automatisation des tâches de fabrication dans les industries de série ;
- La deuxième génération est celle des années 1960 jusqu'au milieu des années 1970. Il s'agit de l'informatisation de la conduite et du pilotage des processus dans les industries de propriété. Cependant, l'automatisation des tâches de la première

---

118 D. Gerwin et J. G. Tarondeau, 1981
119 B. Coriat, 1990

génération continue de progresser par ajouts sur des concepts et des techniques de base non substantiellement modifiés.

Ces deux générations, ayant chacune ses objets-clés, ses domaines d'application propres, se sont ainsi succédées, et dans les deux cas, l'informatique et l'électronique ont fait leur entrée. Telle est la situation à la fin des années 1970. Au cours de celles-ci, la crise économique éclate, mettant fin à la spécialisation rigide.

- La troisième génération se situe dans ce mouvement de rupture[120]. Elle tire parti des deux précédentes générations en faisant fusionner leurs ressources potentielles tout en projetant l'automatisation dans une ère nouvelle, celle de la micro-électronique[121]. Cette dernière est appelée non seulement par la flexibilité de la demande et des systèmes productifs, mais aussi par la tendance à une reprofessionnalisation du travail[122]. Ces nouvelles technologies sont regroupées sous le vocable de la « *Nouvelle Révolution Industrielle* » ou sous celui de la « *Productique* » : système de l'automatisme programmable, c'est-à-dire la technologie née du mariage entre l'informatique et l'électronique[123].

Parmi ces moyens, il y a lieu de mentionner les systèmes de production suivants[124] :

- « Les techniques d'exécution : les robots et les manipulateurs ;
- Les moyens de transfert et de circulation : ligne asynchrone et chariots filiguidés ;
- Les moyens de calcul, de commande et de pilotage ;

---

120 M. Maurice, 1989
121 B. Coriat, 1990
122 M. Maurice, 1989
123 P. Cohendet et al., 1987
124 B. Coriat, 1990

- Les automates programmables industriels ;
- Les moyens d'aide à la conception : X-HO ».

Ces quatre séries de moyens constituent un bond considérable en avant, car toutes les possibilités de l'automatisation ont été démultipliées avec l'entrée de l'informatique, de l'électronique, puis de la microélectronique[125].

4. LA FLEXIBILITÉ DE LA DURÉE DU TEMPS DE TRAVAIL

L'organisation du temps de travail, basée sur la flexibilité, se situe à la conjonction des deux mouvements constitués par les récentes innovations technologiques appelées la « Nouvelle Révolution Industrielle » et les conséquences économiques et sociales de la crise des années 1970, dont les plus importantes sont la montée du chômage et un certain changement de mentalité chez les travailleurs[126]. Avant de poursuivre, signalons que dans cette section sera examiné le cas de la Belgique.

Face à cette situation, les organisations syndicales proposèrent la réduction globale de la durée du travail principalement pour les raisons suivantes : la solidarité dans la répartition du travail devenu de plus en plus rare d'une part, l'amélioration de la qualité de la vie[127], d'autre part.

Cette nouvelle revendication telle qu'elle a été formulée n'a pas reçu l'appui favorable des organisations patronales. Pourtant, une tendance à la réduction de la durée du temps de travail

---

125 Idem
126 F.E.B., 1985
127 J. L. Stalport, 1987

s'opérait progressivement dans la plupart des entreprises provoquant des « *trous de production* » qui nécessitaient des embauches supplémentaires[128].

C'est ainsi que les organisations patronales ont proposé en deux étapes des nouvelles formes d'aménagement de la durée du temps de travail : le travail à temps partiel et la flexibilité de l'organisation du temps de travail[129].

Ceci étant, les différentes manières d'organiser la flexibilité peuvent être regroupées au moins en cinq catégories principales[130].

La première catégorie comprend les modifications spatiales dans l'organisation du travail. Dans cette catégorie figure le télétravail : il s'agit d'un travail effectué à distance, le plus souvent à domicile.

La deuxième catégorie comprend les modifications temporelles dans l'organisation du travail :

- La réduction du temps de travail et la réduction de la durée de norme réglementaire du temps plein presté dans l'entreprise, mais aussi des systèmes divers tels que les accords 5-3-3 ;
- Le travail à temps partiel : il s'agit d'un travail effectué dans une durée relativement courte, mais pas nécessairement la moitié de la durée normale du temps de travail. Comme nous l'avons signalé plus haut, ce système a été proposé par le patronat et semble être accepté pour diverses raisons par les jeunes travailleurs et une grande partie de femmes travailleuses. Selon le B.I.T., le travail à temps partiel quotidien représente 10 % du total des emplois dans les pays de l'O.C.D.E. et la tendance

128 M. Alaluf, 1987
129 F.E.B., 1985
130 S. Peles, 1987

est à l'augmentation[131]. Rappelons avant de poursuivre que le patronat avait proposé, dans un second temps, la flexibilité de l'organisation du temps de travail : ce système était nécessaire pour pouvoir s'adapter à des circonstances nouvelles, notamment répondre aux aspirations individuelles de travailleurs et, surtout, pour dégager de nouveaux gains de productivité par une utilisation du capital investi au maximum[132].

Ceci étant rappelé, figurent également dans cette catégorie :

- Le job-sharing, le partage d'emploi à deux ou à plusieurs personnes de la même fonction avec le partage du temps et de la responsabilité de l'exécution de l'emploi ;
- Le travail en équipe ou le travail posté : introduction ou augmentation du nombre d'équipes dans une entreprise en vue de faciliter l'introduction et/ou l'utilisation maximale des nouvelles technologies ;
- La journée continue, réduire au minimum l'amplitude de la journée de travail ;
- Des horaires variables : ils permettent aux travailleurs de composer eux-mêmes l'horaire journalier en respectant des minima journaliers, hebdomadaires ou annuels ;
- La semaine condensée et son application extrême, le travail de week-end, « les expériences Hansenne » ;
- L'horaire modulaire : le travail est découpé en unités autonomes appelées modules ;
- Le système Rovak ou rotation des vacances : ce système propose la suppression de la fermeture des entreprises pour cause de congés annuels. Il propose que soit divisée l'année en trois blocs de quatre mois. Chaque bloc travaille trois mois et prend un mois de vacances.

---

131 B.I.T., 1987
132 J. L. Stalport, 1987

La troisième catégorie comprend les variations dans les types de contrats :

- Le travail intérimaire ;
- Le contrat à durée déterminée ;
- Les sous-statuts du secteur privé et les travailleurs à « statut précaire » du service public :

a) Les chômeurs mis au travail ;
b) Les stagiaires O.N.E.M ;
c) Les contractuels subventionnés ;
d) Les travailleurs du Cadre Spécial Temporaire ;
e) Les travailleurs du 3ème circuit de travail.

La quatrième catégorie comprend la variation dans la carrière :

- L'interruption de carrière : c'est la possibilité pour certains travailleurs d'interrompre momentanément leur carrière avec garantie de réintégrer l'entreprise (pause-carrière) ;
- La flexibilité de fin de carrière : c'est la possibilité d'aménager la cessation des activités professionnelles en fonction des aptitudes physiques et intellectuelles propres.

La cinquième catégorie comprend les mesures d'assouplissement du droit au travail. Dans cette catégorie se trouve la loi de redressement du 22 janvier 1985 contenant des dispositions sociales apportant une série de modifications dans la loi du 3 juillet 1978 relative aux contrats de travail[133].

Une autre catégorie de mesure est la convention collective de travail n°42, adoptée par le Conseil National du Travail le 2 juin 1984, et la loi du 17 mars 1987 relative à l'introduction de nouveaux régimes de travail dans les entreprises.

---

133 F.E.B., 1985

Cette mesure est contenue dans l'article 7 de la loi : « tout projet d'organisation d'un nouveau régime de travail établi par l'employeur est communiqué par écrit à chaque travailleur … ». La loi permet aussi aux organisations syndicales d'avoir un droit de regard sur la façon dont s'exerce l'assouplissement du travail (article 6). Il convient de faire remarquer que le système basé sur la flexibilité de la durée du temps de travail, tel que nous venons de l'examiner, a tendance à privilégier l'entreprise comme cadre de réalisation des accords entre l'employeur et les travailleurs concernés par l'organisation de la flexibilité[134].

CONCLUSION DE LA PREMIERE PARTIE

Il a été question, dans cette première partie, de souligner le lien entre les techniques managériales et l'évolution socio-économique. Autrement dit, les techniques de management sont un produit de la manière de vivre en société traduit dans le système productif.

Il a été rappelé l'importance du taylorisme dans les activités professionnelles.

Comme il sera analysé au cours de la deuxième partie, le système taylorien-fordien est apparu dans la société européenne comme un fait de civilisation qu'il ne faut pas incriminer ni exalter, mais qu'il faut reconnaître dans sa nécessité historique et sociale, dans ses liens avec d'autres faits de civilisation inséparables des sociétés industrielles[135], à savoir la salarisation des populations non salariées.

La crise économique des années 1970 a mis fin à la production en série de biens indifférenciés et au modèle taylorien-fordien correspondant. Elle marque aussi l'entrée dans l'ère de la

---

134 Idem
135 P. De Woot, 1988

concurrence par la qualité, de la différenciation et de la personnalisation de produits.

Dans ce contexte socio-économique, les voies tayloriennes-fordiennes semblent dépassées, mais pas leurs objectifs fondamentaux : si une des motivations, l'efficacité, trouve aujourd'hui de nouvelles réponses plus adaptées à l'introduction de management participatif, la structure de pouvoir n'est cependant pas modifiée dans l'entreprise[136].

Dans cette phase transitoire du modèle taylorien en déclin vers un nouveau modèle post-taylorien en définition, les nouvelles technologies sont apparues comme moyen pouvant faciliter l'émergence de ce nouveau modèle de l'entreprise et la tendance à la reprofessionnalisation du travail.

Sur un autre plan, cette façon d'analyser a montré suffisamment la manière dont la société africaine devrait résoudre, en fonction de ses traditions, de son histoire et de ses institutions, la question posée par la crise de gestion de l'entreprise africaine.

---

136 P. Messine, 1989

DEUXIÈME PARTIE

LA SOCIÉTÉ EUROPÉENNE

Dans cette deuxième partie, l'analyse portera sur le développement de l'organisation du modèle salarial. C'est-à-dire, le passage du monde agricole féodal au monde industriel capitaliste.

Rappelons que « l'évolution qui conduit le travailleur à la forme capitaliste de dépendance a en effet pour origine l'expropriation des cultivateurs »[137]. Dans ce sens, la première révolution fut celle de la production agricole, avant d'être celle de la production industrielle.

Ce mouvement a mis trois siècles, du XVIème au XVIIIème siècle, pour se réaliser et pour faire du mode de production capitaliste la loi régulatrice de la production agricole. Ce contrôle n'étant d'ailleurs pleinement assuré qu'après l'implantation du capitalisme dans le monde industriel[138].

Qu'il s'agisse de la manufacture décentralisée (ancêtre du travail à domicile), ou de la manufacture centralisée qui tend à supprimer l'artisanat comme principe régulateur de la production industrielle, une division du travail se dessina qui trouvera plus tard dans le taylorisme, son expression scientifique : « le capitalisme cherche à diminuer le temps de travail socialement nécessaire à la production ; il y parvient en décomposant le métier en ses différentes composantes et en rassemblant en un même lieu un nombre important de travailleurs, le travailleur lui-même

---

137 M. Maurice, 1988
138 Idem

devenant finalement l'exécutant d'une opération parcellaire, le produit du travail collectif constituant la marchandise »[139].

Il faut faire remarquer que l'évolution de modes de production que nous venons de retracer à grands traits n'est pas linéaire : à côté des manufactures subsistent partiellement les métiers et la production artisanale des campagnes ; à côté des grands pâturages existent, aux XVIème et XVIIème siècles, les petits paysans indépendants[140].

Pourtant, la reproduction du capital nécessite la disparition de toutes les anciennes structures de production.

Selon Mandel, « le capitalisme ne peut survivre et s'épanouir que lorsque sont réunies les deux caractéristiques fondamentales suivantes : monopole de moyens de production au profit d'une classe de propriétaires privés ; existence d'une classe coupée de moyens de subsistance et de ressources qui lui permettraient de vivre autrement qu'en vendant sa force de travail »[141].

Ce processus de disparition de structures de production féodales a atteint son apogée au XIXème siècle dans le sillage de la Révolution Industrielle.

Parmi les facteurs ayant contribué à la formation du modèle salarial, il y a lieu de souligner l'absence d'ingérence de l'Etat dans l'auto-organisation de l'économie : « après une brève période de protectionnisme à l'égard de certaines corporations de métier, le législateur de l'époque a pratiqué une politique de laissez-faire qui autorisa finalement une libre détermination du salaire ; c'est sans doute là l'une des caractéristiques importantes du salariat à ses origines... »[142].

---

139 Idem
140 Idem
141 E. Mandel, 1988
142 M. Maurice, 1988

Au cours de cette période de la Révolution Industrielle, « le mode de production se définit en effet par deux mécanismes complémentaires, l'organisation du travail et l'économie de marché »[143]. Ainsi, l'accumulation ne porte plus seulement sur les moyens directs de production ou sur les moyens d'échange, mais surtout sur l'organisation du travail. Avec Taylor puis Ford, la rationalisation prend toute son ampleur, par la détermination des meilleures méthodes (*one best way*) et par l'introduction des chaînes de production[144].

Un autre point qui mérite attention est que, si les pays industrialisés ont progressé dans la même direction, l'organisation du travail constitue un des domaines où leurs chemins ne convergent pas : « Certes, les ouvriers utilisaient les mêmes machines d'un pays à l'autre, mais ils n'étaient pas organisés de la même façon. Ces modes d'organisation différents ont été dictés par des compromis, qui variaient eux-mêmes selon l'expérience que chaque pays avait fait de la guerre, de l'inflation et des menaces d'effondrement »[145].

A ce propos, il faut faire remarquer que certains auteurs ont accordé plus d'importance aux similitudes constatées dans l'utilisation de la technologie et des institutions de régulation, qu'aux spécificités des voies de développement et des systèmes d'encadrement de la main-d'œuvre[146].

Depuis quelques années, il a été démontré que ces éléments déterminent, au fur et à mesure des échecs de la technologie de la production en série et de l'effritement de ses institutions de régulation, la façon dont les économies réagissent à la crise[147].

---

143 A. Touraine, 1988
144 Idem
145 M. J. Piore et C. F. Sabel, 1984
146 Idem
147 Idem

En ce qui concerne l'économie de marché, « l'activité industrielle est caractérisée par l'entreprise, le produit accumulé est investi conformément à l'image que cette société se forme de la créativité, c'est-à-dire le progrès, l'ouverture du marché, la liberté des échanges, des mouvements de capitaux, de travailleurs et d'idées »[148].

Autrement dit, c'est l'époque des grandes firmes industrielles créées dans le but de produire en masse des biens standardisés.

Ce mode de production en série, correspondant à la demande de l'époque, a permis aux industriels de réaliser d'énormes gains de productivité, gains qui n'ont pas cessé de croître en même temps que ces industries. « Tout au long de ce processus, le progrès a dispensé ses bienfaits : augmentation des profits, hausse des salaires, diminution des prix à la consommation et apparition de tout un éventail de produits nouveaux »[149].

La fin de la consommation de masse est considérée comme un arrêt de la production en série et ses institutions de régulation, et marque par conséquent, la crise de ce mode de production. À partir de la fin des années 1960 et le début des années 1970, le monde industriel est entré dans une période de troubles. Les désordres économiques se sont succédés et les bouleversements qui ont conduit à la crise générale du système industriel[150].

Cette crise a commencé par une prolifération des signes de mécontentement et de malaise social. Puis, sont apparues des pénuries de matières premières, suivies par une poussée d'inflation et de chômage et enfin, la stagnation de l'économie[151].

---

148 A. Touraine, 1988
149 M. J. Piore et C. F. Sabel, 1984
150 Idem
151 Idem

Dans ce contexte d'instabilité économique, les conditions de présence pour une entreprise ou de sa reproduction sur le marché devenu incertain, et a fortiori de sa croissance, sont bouleversées.

Pour une entreprise, être présente signifie désormais être en état de répondre à une situation de demande largement imprévisible en quantité comme en qualité. Ainsi, après la période fordienne des produits standardisés fabriqués en série, voici venue l'ère du soupçon, l'ère de la qualité et de la différenciation[152].

En d'autres termes, il s'agit de passage de la production en série à la production flexible, celle-ci signifie une stratégie de production basée sur l'innovation permanente, en vue de s'adapter au changement perpétuel plutôt que de tenter de le contrôler. Ce mode de production est fondé sur l'utilisation d'équipements souples, à usages multiples, l'emploi d'ouvriers qualifiés et la création, par des moyens politiques, d'une communauté industrielle capable d'éliminer toutes les formes de concurrence qui ne favorisent pas l'innovation[153].

Il y a lieu de faire remarquer que sa propagation équivaudrait à une certaine renaissance des formes artisanales de production marginalisées, comme nous le verrons plus loin, par la production en série.

Dans les pages qui suivent, nous analyserons la préhistoire du capitalisme, le système artisanal, la production de masse, et la production flexible.

---

152 B. Coriat, 1988
153 M. J. Piore et C. F. Sabel, 1984

CHAPITRE I

Le modèle de société préindustrielle

1. L'HISTORIQUE DU CAPITALISME

La naissance de la société industrielle européenne est expliquée par une anecdote : « il était autrefois, il y a de cela bien longtemps, une élite laborieuse, intelligente et surtout économe et des coquins paresseux dépensant tout leur bien et même davantage en noces et festins... »[154].

« Si l'accumulation du capital est à la fois résultat et condition de la reproduction élargie de l'appareil de production et des rapports sociaux de production, l'accumulation primitive constitue la base historique de la production spécifiquement capitaliste ; elle prépare son avènement avant les révolutions bourgeoises, il s'agit de la destruction des rapports sociaux féodaux avant que ceux-ci ne soient fondamentalement bouleversés »[155].

Ceci étant, le mythe du péché originel nous apprend que l'homme a été condamné à gagner son pain à la sueur de son front. Mais l'histoire du péché originel économique nous apprend qu'il y a des gens qui échappent à cette peine en prélevant des sommes d'argent au sein du mode de production féodal : pillage colonial, rente foncière, etc., à des fins lucratives ; les autres n'eurent finalement que leur peau à vendre[156].

---

154 K. Marx, 1924
155 A. Friedlander, 1988
156 Idem

C'est de ce péché que date la pauvreté de la grande masse qui, en dépit de tout son travail, n'a toujours que soi-même à vendre, et la richesse de quelques-uns, qui croît sans cesse, bien que depuis fort longtemps ces quelques-uns aient cessé de travailler.

Il est important de faire remarquer que ce péché originel économique touche toutes les sociétés connues à des époques différentes et sous diverses formes.

Par comparaison, il y a lieu de rappeler que dans la société traditionnelle africaine, règne « l'égalité presque absolue », chacun y vit sous l'autorité du chef du village, gardien d'une loi orale, édifiée par les ancêtres pour le bonheur de tous ; le paysan africain est propriétaire de l'arbre qu'il a planté et de la case qu'il a construite sur le sol de son clan.

Il peut vendre ou échanger une partie de sa récolte et disposer de quelques chèvres, moutons, poules, en plus de ses femmes et ses enfants.

Cela ne signifie pas que l'Africain n'est pas individualiste, mais cela montre que « le mobile du gain » ou « le désir de toujours plus » n'était pas la préoccupation première dans la société traditionnelle.

Il était essentiellement question d'assurer un bien-être à tous, fondé sur « la maîtrise des besoins, intégrant toutes les valeurs culturelles »[157].

D'ailleurs les groupes sociaux en Afrique traditionnelle sont dirigés, de concert, par des coutumes et la magie qui obligent l'individu à se conformer à des règles de comportement lui permettant, en définitive, de vivre de manière à protéger l'intérêt de son groupe.

---

157 A. Tevoedjre, 1974

Toutefois, le chef de village, en sa qualité du gardien paternaliste du bonheur de tous, dispose le droit d'accumuler les capitaux et de redistribuer une partie à certaines occasions : festin, famine, visite d'amitié, etc.

Par contre, dans la société européenne la révolution qui allait aboutir à la création du fondement de mode de production capitaliste fut déclenchée. La nouvelle noblesse voyait dans l'argent la puissance des puissances, sa devise fut : transformer les terres en pâturages. Les bourgeois favorisèrent l'opération en faisant du sol un article de commerce et leur mission se résuma de la manière suivante : « accumuler pour accumuler, produire pour produire ».

Il y a lieu de se poser la question de savoir si les récits de ces vieilles chroniques ne sont pas parfois exagérés lorsque l'on considère le progrès réalisé dans tous les domaines.

A part la bourgeoisie anglaise qui défendait avec force ses intérêts. La bourgeoisie suédoise marchait « la main dans la main » avec les défenseurs naturels, les paysans. Elle apporta même son soutien au roi dans sa lutte pour arracher à l'oligarchie les biens de la couronne.

A ce niveau de l'analyse, une question se pose, elle est celle de savoir si les pays africains deviendraient des pays capitalistes ? En d'autres termes, quel serait le type de rapport salarial en Afrique ? Avant de tenter de répondre à cette question, il est intéressant d'examiner l'origine du mode de production capitaliste en Europe.

Selon Marx, « le modèle capitaliste n'apparaît qu'à partir du moment où le propriétaire des moyens de production et de subsistance rencontre sur le marché, le travailleur autonome qui vient y offrir sa force de travail »[158]. Il implique « pour prendre tout son sens et

---

158 K. Marx, 1924

son efficacité que des travailleurs soient libres de toute propriété, libérés de leur activité agricole antérieure par les transformations profondes réalisées au sein de l'agriculture et qu'ils soient ou bien libres, le cas de l'Europe occidentale à la fin du XVIIIème siècle ou bien contraints, le cas du Japon s'industrialisant dans un cadre féodal à la fin du XIXème siècle, de vendre leur force de travail »[159].

À ce propos, signalons que les formes de travail dépendant n'étaient pas totalement inexistantes dans la société traditionnelle africaine, elles avaient leur origine dans les structures sociales et non pas dans les institutions liées au travail. Il s'agit de l'esclavage de case, de l'esclavage domestique et de la traite[160].

En ce qui concerne le capitalisme européen, il y a lieu de distinguer au moins deux types : le capitalisme agricole et le capitalisme industriel.

Dans le cas du premier type, il est à remarquer que plusieurs facteurs ont contribué à l'enrichissement du fermier européen : il y a eu d'abord la révolution agricole, ensuite, la hausse continue du prix du blé, de la laine, de la viande, de tous les produits agricoles, le bail payé à l'ancien taux, la baisse des salaires, etc.

Quant au capitalisme industriel, il est apparu lorsque le « marchand ne s'est pas contenté de vendre le produit du travail d'ouvriers placés sous sa dépendance, mais a modifié la division du travail entre eux et a ainsi élevé la productivité et créé une source nouvelle et extrêmement importante du profit »[161].

Lorsque l'on examine les éléments de formation du capitalisme européen à la lumière de l'organisation sociale de l'Afrique traditionnelle,

---

159 A. Freidlander, 1988
160 P. Bouvier, 1978–79
161 A. Touraine, 1988

il y a lieu de constater que les facteurs favorables qui ont contribué à enrichir le fermier européen ne se retrouvent pas réunis dans la société traditionnelle. Ensuite, même si on pouvait trouver des petits artisans dans presque tous les domaines (poterie, tissage, travail du bois, métallurgie et autre), vu qu'il ne fut guère question de commerce au sens de spéculation lucrative et professionnelle, vu aussi l'absence de l'exploitation du travail salarié et de la contrainte quasi nulle dans la vie quotidienne, le processus de formation du capitalisme ne fut pas simple à concevoir dans le contexte socio-économique traditionnel.

Qui plus est, le travail n'est pas une catégorie véritable de l'économie tribale et par conséquent, être travailleur n'est pas en soi un statut[162].

La différence entre l'économie marchande capitaliste et l'économie traditionnelle mérite qu'on s'y attarde un peu.

L'économie marchande capitaliste semble largement indépendante dans son fonctionnement interne des autres structures de la vie sociale. L'économiste aura tendance à traiter la parenté, la religion, etc. comme des variables exogènes et à supposer l'existence d'une rationalité économique autonome[163].

Dans la société traditionnelle, par contre, « l'économie se trouve donc scellée, selon Polanyi, encastrée dans des institutions générales, selon Evans-Pritchard, rapports de parenté ou, à un niveau plus complexe d'organisation sociale et d'évolution, rapports politiques entre aristocratie tribale et gens du commun, et ces institutions ne sont pas des variables exogènes mais sont l'économie »[164].

---

162 M. Godelier, 1988
163 Idem
164 Idem

Mais que constate-t-on en Afrique indépendante depuis quelques années ?

Avec la longue crise économique des années 1970, certains facteurs contribuent à l'enrichissement de certains Africains, en particulier les commerçants spéculateurs. Parmi ces facteurs, il y a lieu d'épingler la hausse continue des prix des produits, le développement du secteur non-structuré, l'exploitation du travail des enfants, ainsi que le détournement de fonds publics, etc.

2. L'ARTISANAT INDUSTRIEL

Dans cette section, l'accent sera mis essentiellement sur l'évolution du système de production artisanal, son déclin au profit de la production en série et sa réémergence en période de crise économique. « À l'origine, les artisans étaient pour la plupart des serfs, en récompense ou en garantie de leur travail, il leur arrivait d'être affranchis, voire de devenir fief fieux »[165]. À partir du IXème siècle, ils commencèrent à se grouper en société de protection mutualiste. Ce seront les guildes et les confréries dont les traditions, devenues folkloriques avec le temps, se sont conservées jusqu'à présent dans certains corps de métiers ; ces confréries étaient à buts charitables et d'inspiration religieuse. Des associations strictement professionnelles n'apparaîtront que plus tard sous le nom de jurandes, hanses, communautés, maîtrises, et, vers le XVIIIème siècle, de corporations[166].

Selon Paquin, « le premier stade de la spécialisation des tâches coïncide avec l'apparition du métier d'artisan ». Il demeurera le

---

165 L. Leretaille, 1988
166 Idem

mode principal de production, même lorsqu'il s'organisa dans le cadre d'entreprises réunissant plusieurs travailleurs. De l'artisanat à la grande industrie, il est possible de distinguer plus au moins quatre situations intermédiaires[167] :

- La première situation : les ateliers rassemblent les membres d'une même famille, soit un maître avec quelques compagnons et apprentis. Dans cette catégorie, se trouvent le forgeron du village, le meunier, le cordonnier, etc. ;
- La deuxième situation : les ateliers sont dispersés mais reliés par un marchand entrepreneur qui avance la matière première et contrôle le processus de fabrication. L'artisan garde la propriété de son outillage, mais il n'a plus le contrôle de son produit ;
- La troisième situation : la manufacture concentre la main-d'œuvre dans un même bâtiment. Il s'agissait de réduire les larcins, contrôler la qualité, faire baisser les coûts (en temps et en argent) des transports, et point très important, imposer aux travailleurs des horaires plus longs et plus réguliers que ceux auxquels ils s'astreignaient à domicile[168] ;
- La quatrième situation : la fabrique mécanisée caractéristique de la Révolution Industrielle.

Avant d'aller plus loin, il est important de rappeler que « l'artisanat se caractérise essentiellement par sa capacité et son orientation en vue de fournir des prestations nettement différenciées suivant le lieu et le temps, et commandées dans la plupart des cas par des désirs spécifiques individuellement exprimés, avec un cachet de particularité et d'authenticité que la production de masse ne permet pas »[169].

Avec la Révolution Industrielle, deux formes de progrès technique liées, l'une à la production artisanale et l'autre, à la production en

---

167 M. Paquin, 1986
168 M. J. Piore et C. F. Sabel, 1984
169 Gutersohn, citation reprise par Leretaille, 1988

série, se sont affrontées tout au long du XIXème siècle[170]. Par comparaison, « la première était fondée sur l'idée que les machines et les procédés industriels pouvaient aider à perfectionner le savoir-faire des artisans. Plus une machine offrait de souplesse et plus le champ d'application d'un procédé était vaste, plus grande était la liberté d'expression de l'artisan »[171].

En ce qui concerne la production en série, « elle s'appuyait sur le principe que le coût de fabrication de n'importe quel produit pouvait être considérablement réduit si le travail des machines supplantait complètement le savoir-faire humain. Elle avait pour finalité la décomposition de toutes les tâches manuelles en opérations simples, dont chacune pouvait être confiée à une machine conçue pour cette fonction et capable de l'exécuter avec plus de rapidité et de précision que n'importe quelle main humaine. Plus la machine était spécialisée, plus elle travaillait vite et moins elle exigeait que son opérateur soit qualifié, plus elle contribuait à réduire les coûts de production ».

Selon Piore et Sabel[172], auxquels nous devons l'essentiel de ce qui suit, « la production en série n'a jamais remporté la victoire définitive que ses premiers triomphes laissaient présager. En dépit des vagues de concentration et de rationalisation qui ont balayé toutes les puissances industrielles dans les années 1880 et 1890, 1920 et 1950, quelques entreprises dans la plupart des industries, et la majorité d'entre elles dans certains secteurs, ont continué à appliquer des principes artisanaux de production ».

Autrement exprimé, le succès du mode de production de masse semble dépendre de sa coexistence avec le principe technologique opposé, d'où la thèse « du dualisme industriel » soutenue

---

170 M. J. Piore et C. F. Sabel, 1984
171 Idem
172 Idem

par les auteurs précités. Cette thèse part de l'idée suivante, qui peut paraître paradoxale : « de par sa logique, la production en série allait de pair avec une autre forme de production qui était son contraire », en l'occurrence la production artisanale.

Rappelons que produire en série, c'est créer des biens standard en ayant recours à la spécialisation des ressources. « Plus les produits sont standard, plus large est l'éventail des utilisations auxquelles ils peuvent donner lieu, plus vaste est leur marché. Mais la spécialisation des machines et la division du travail impliquées dans leur fabrication vont aussi en augmentant. Et pourtant, aucun système économique organisé selon ce principe directeur ne peut se composer exclusivement d'entreprises de production en série. En d'autres termes, les machines à usage spécifique requises pour la production en série ne peuvent pas être elles-mêmes fabriquées selon ce mode de production.

Selon la thèse du dualisme, « l'industrialisation devrait donc s'accompagner d'une renaissance au moins partielle du secteur artisanal et d'une réorientation des activités de ce secteur en fonction de ses besoins à elle ». Ce raisonnement peut s'appliquer également en période de fluctuation ou de la baisse prolongée de la demande, comme nous le verrons plus loin, les marchés deviennent trop incertains pour encourager la production en série.

Sous cet angle, il y a lieu de noter qu'il existe à la périphérie de presque toutes les industries, des petites entreprises qui survivent en se chargeant de fournir une gamme d'articles toujours différents, en fonction des aléas de la demande. À cela s'ajoute la sous-traitance. Dans cette optique, le dualisme interprète la production artisanale moderne comme un complément nécessaire de la production en série.

Cette thèse s'appuie sur l'existence, depuis le XIXème siècle, des « districts industriels » tels que la soierie à Lyon, rubans, quincaillerie et aciers spéciaux à Saint-Etienne, ces districts sont là pour contredire la conception classique du progrès économique. Il faut rappeler qu'on trouve dans ces districts industriels de nombreux cas de petites entreprises qui ont reçu et exploité de nouveaux procédés techniques sans pour autant s'agrandir. La production de bon nombre de grandes entreprises qui utilisaient depuis toujours une technologie sophistiquée n'était pas standardisée.

Donc, le dynamisme technologique de ces entreprises, grandes et petites, ne cadre pas avec la thèse selon laquelle la production artisanale ne pourrait exister qu'en tant que forme d'activité économique traditionnelle ou subalterne. Il suggère au contraire que, tout autant que la production en série, elle représente un modèle d'évolution technologique à part entière.

CHAPITRE II
La production de masse ou système de production capitaliste

Par rapport au modèle de production artisanal, le dynamisme technologique de la production en série est un fait établi : pendant plus d'un siècle, de 1870 à 1960, il a permis aux industries, surtout nord-américaines, dans lesquelles elle a pris son essor et trouvé ses applications, de réaliser d'énormes gains de productivité.

Dans ce chapitre, il sera question d'examiner le lien entre l'expansion du marché européen du XIXème siècle et la production en série à laquelle sont liés le progrès technique (la Révolution Industrielle) et la division du travail, très parcellisée (le taylorisme).

Autrement dit, il s'agira d'examiner la fin de la société féodale ou le passage du capitalisme marchand à la production industrielle.

Le bouleversement social et culturel qui a touché la société européenne s'est opéré au cours du XIXème siècle. Commencé en Angleterre, il s'est répandu de manière inégale dans les pays d'Europe continentale ainsi que dans certains pays d'Outre-mer.

Il est important de rappeler que par rapport à la société féodale, la Révolution Industrielle a transformé l'existence de l'homme occidental, la nature de la société européenne et les relations avec les autres peuples du monde.

Comme l'explique Polanyi, ce contexte socio-économique reposait, au cours de cette période, sur quatre institutions principales. Deux institutions politiques, à savoir « le système de l'équilibre des puissances et l'Etat libéral », ces deux institutions ont contribué considérablement à empêcher durant près d'un siècle, tout conflit long et destructeur entre les grandes puissances[173].

Pour cet auteur, l'Angleterre, la France, la Prusse, l'Autriche, l'Italie et la Russie ne se sont fait la guerre les unes aux autres que dix-huit mois au total, mis à part la guerre de Crimée, un conflit plus ou moins colonial.

Les deux autres institutions sont d'ordre économique, il s'agit de « l'étalon-or international », qui fut considéré comme le symbole d'une organisation unique de l'économie mondiale et le « marché autorégulateur », cette dernière institution caractérisa l'ensemble de l'histoire de cette période. Elle est définie comme un « système économique gouverné par les prix du marché et par eux seuls »[174].

Selon la théorie économique néoclassique, dans les pays capitalistes, le système de régulation micro-économique le plus usuel se trouve dans les mécanismes des prix. Dans cette forme de régulation, les prix remplissent notamment la fonction suivante : « ils signalent les cas d'emploi inadéquat des ressources de façon à permettre aux riches de se procurer en plus grandes quantités ce dont ils ont envie »[175].

Il faut faire remarquer que cette théorie est conforme au paradigme que dans certains types de sociétés, où il y a l'existence du marché[176].

Prenons par exemple le cas des États-Unis « qui sont allés plus loin dans l'orientation systématique des usines vers la production en série. Au début du XIXème siècle, il y avait pénurie de main-d'œuvre

173 K. Polanyi, 1972
174 Idem
175 M. J. Piore et C. F. Sabel, 1984
176 R. Frydman, 1988

qualifiée et l'absence de corporation pouvant tempérer la réorganisation de la production, les petits propriétaires, dont l'ancestrale diversité de goûts n'avait pas résisté à la transplantation dans le Nouveau Monde, étaient tout disposés, et suffisamment prospères pour acheter les produits standard et de finition sommaire qui sortaient des premières machines-outils à usage spécifique »[177].

Sous cet angle, le marché autorégulateur peut être considéré comme l'élément décisif de la grande transformation qu'ont connues les sociétés européenne et américaine du XIXème siècle. Celles-ci sont devenues économiques d'une manière différente et distincte car elles se sont fondées sur un mobile spécifique, « celui de gain »[178].

Tout porte à croire que ce mobile de gain est à l'origine du capitalisme industriel, comme souligné plus haut. Ce dernier est apparu à partir du moment où le marchand a modifié la division du travail, comprise dans le sens étroit d'une subdivision toujours plus poussée des tâches manuelles, des ouvriers placés sous sa dépendance afin d'élever la productivité, source nouvelle et importante de profit[179].

L'analyse d'Adam Smith sur la fabrique d'épingles, permet d'illustrer ce qui précède : si deux personnes travaillant de concert, l'une à la fabrication des têtes d'épingles et l'autre à celle des pointes, pouvaient produire plus d'épingles en une heure que deux ouvriers fabriquant chacun des épingles complètes, c'est parce que la concentration sur une série de tâches plus limitée permettait à l'ouvrier qui ne fabriquait qu'une partie de l'épingle, de perfectionner plus rapidement son savoir-faire, et de perdre moins de temps que celui qui fabriquait des épingles entières à passer d'une opération à l'autre.

---

177 M. J. Piore et C. F. Sabel, 1984
178 K. Polanyi, 1972
179 M. Maurice, 1988

Il faut rappeler que cette augmentation de l'efficacité était obtenue au prix d'une rigidité de la production, aggravée par l'introduction d'équipements automatiques, ceux-ci réduisaient de plus en plus la possibilité de reconvertir les ressources à un autre usage.

Il faut noter que « l'efficacité de ces procédés de production limités à une tâche spécifique était certes spectaculaire, mais c'est leur propagation qui renversa la relation traditionnelle entre l'ouvrier et les instruments de production »[180], à tel point que l'ouvrier devenait, de ce fait, l'auxiliaire de la machine.

Rappelons que le but de la machine n'était pas de favoriser l'épanouissement du travailleur, mais plutôt de rendre superflue sa participation à la production ; le travailleur n'a aucun rôle dans la définition des produits. Cette subordination de l'ouvrier au produit définissait le passage de l'utilisation des outils à celle des machines, autrement dit le passage et/ou le déclin du système de production artisanal au profit de la production en série.

Tel que nous venons de l'examiner, l'essor de la production en série, c'est-à-dire l'utilisation des ressources à la fabrication d'un seul produit, est fonction d'une variable décisive : « la dynamique de la spécialisation ne peut être enclenchée que s'il y a accroissement de la demande »[181]. Pour Smith, la parcellisation des tâches était donc fonction de l'expansion du marché[182].

Pour Piore et Sabel, « la relation entre le marché et la division du travail recoupe le deuxième grand thème de l'économie politique classique à savoir, le passage d'un monde agricole féodal au monde industriel du capitalisme ». Dans un autre registre, ce passage a fait des centaines de victimes. En permettant de créer

---

180 M. J. Piore et C. F. Sabel, 1984
181 Idem
182 R. Feydman, 1988

indéfiniment des biens nouveaux grâce à la science, à l'énergie et aux machines, le capitalisme ne s'est pas aperçu des contradictions sociales que la production en série et son corollaire, la première Révolution Industrielle, faisaient naître.

Selon Coriat[183], « une révolution technique ne garantit pas elle-même la vigueur et la stabilité de la croissance ou l'harmonie du développement social. Tout au contraire, c'est autant par destruction que par construction qu'une révolution technique opère. Et c'est bien ainsi qu'en son temps la Révolution Industrielle procéda ». Elle détruisit le caractère traditionnel des populations installées en les transmuant en un nouveau type d'hommes dont l'ouvrier et le capitaliste sont l'un et l'autre un exemple[184], et deux facettes du rapport salarial.

Enfin, la production de masse n'était donc profitable que dans le cas des marchés suffisamment importants et capables d'absorber une énorme production d'un bien unique et standardisé, et assez stables pour garantir un usage continu des ressources impliquées dans le processus de production de ce bien.

Ce modèle de société industrielle est presque révolu depuis la fin des Trente Glorieuses marquant par-là l'apogée de mode de production en série et ses institutions de régulation.

Le contexte socio-économique cesse d'être stable. L'après 1970, indique l'entrée dans l'ère de la concurrence par la qualité et de la demande personnalisée, tous ces points seront développés au chapitre suivant. Mais avant cela, il semble intéressant de dire un mot sur le choix technologique en ce qui concerne l'Afrique sub-saharienne à l'aube de l'ère industrielle.

---

183 B. Coriat, 1988
184 D. Landes, 1977

La question relative aux choix technologiques devrait être envisagée à partir de l'identification de l'ensemble des contraintes pesant sur la stratégie du développement industriel.

Il est intéressant de signaler aussi que les nouvelles technologies liées à la spécialisation souple offrent la possibilité de définir un cheminement vers l'industrialisation de la société africaine.

Comme l'explique Ominami[185], le défi pour les pays africains va au-delà de la simple problématique traditionnelle du transfert des technologies. Il s'agirait, par contre, de « *la nécessité de l'auto centrage* » dans sa dimension certes économique, mais aussi socio-culturelle devenue incontournable.

---

185 C. Ominami, 1986

CHAPITRE III

La production flexible

1. INTRODUCTION

La fin du 19è siècle a été marquée par la Révolution Industrielle accompagnée de l'éclosion et du développement de l'entreprise capitaliste fondée sur la production de masse. La seconde moitié du 20è siècle connaît une évolution extrêmement rapide de l'environnement socio-économique marquant le déclin de la production en série.

Dans les pages qui suivent, la priorité sera accordée sur ce qui semble être essentiel de l'enjeu, à savoir les modifications qualitatives des marchés auxquelles est associé le changement de paradigme organisationnel et technologique correspondant à la spécialisation souple.

La période qui a suivi la Deuxième Guerre mondiale peut être divisée en deux étapes[186].

La première est celle de la reconstruction de l'Europe. Elle est caractérisée par une forte croissance des économies occidentales, les marchés se mondialisent ; de nouveaux secteurs, tourisme et loisirs, hygiène et santé, sont en pleine expansion ; les technologies avancées, électronique, informatique, biochimie, sont exploitées industriellement... En même temps, apparaissent les signes de la crise qui marquera les années 1970.

---

186 J. Stoezel, 1983 et M. Saias, 1988

Sur le plan international, de nombreux pays en voie de développement accèdent à l'indépendance politique, et les pays de l'Est manifestent leur intention de participer à une éventuelle guerre économique sur les nouveaux marchés. Le Japon rejoint le peloton des grands pays industrialisés.

Sur le plan intérieur, les entreprises affrontent les groupements de consommateurs, les mouvements écologistes, les relations politiques et celles du public au pouvoir et à l'influence du milieu des affaires, les pressions pour une plus grande responsabilité sociale. Même en leur sein, les entreprises sont également contestées : crise de l'encadrement pour une participation réelle et un style de management s'appuyant sur le consensus, exigences accrues en faveur de l'enrichissement des tâches, mouvement vers la démocratie industrielle...[187]

La deuxième étape est celle de la crise économique. Si celle-ci est considérée comme résultat de chocs extérieurs dont l'effet perturbateur a été amplifié par les erreurs des décideurs politiques, elle peut être divisée en cinq épisodes qui se chevauchent plus ou moins, il s'agit[188] :

- De l'agitation sociale de la fin des années 1960 ;
- De l'abandon par les États-Unis de la convertibilité à taux fixe du dollar en or et la conversion, en 1971, du système monétaire international à un régime de taux de change flottant ;
- Du premier choc pétrolier, accompagné de pénuries de denrées alimentaires en 1973, en U.R.S.S. ;
- Du deuxième choc pétrolier provoqué par la révolution iranienne entre 1979-1983 ;
- Du profond fléchissement de l'activité économique mondiale engendré par l'envolée prolongée des taux d'intérêts américains.

---

187 M. Saias, 1988
188 M. J. Piore et C. F. Sabel, 1984

Il est important de faire remarquer que cette crise n'a pas enta-mé la rigueur des divers mouvements. Au contraire, les réactions apparues au cours des années soixante s'amplifient : les consom-mateurs réclament une qualité de produits et de services que les Japonais arrivent à satisfaire mieux, plus vite et à un coût inférieur.

Dans l'entreprise, une nouvelle éthique du travail nourrie aux explosions de la fin des années soixante, se généralise. Les reven-dications pour la participation incluent maintenant les orienta-tions stratégiques[189].

Dans ce contexte, le management devient plus conflictuel, dans la mesure où il devrait répondre à l'exigence de mieux contrôler le rythme et l'amplitude accrus du changement dans un envi-ronnement technologique, économique, politique, sociale, etc[190].

Cette évolution des structures de l'entreprise donne à penser qu'un nouveau modèle d'entreprise est en train de voir le jour. Cette entreprise de demain aura très probablement un autre visage au moment où un certain nombre de pays riches vivront à l'heure de ce qu'on appelle déjà « la société postindustrielle ». Celle-ci sera caractérisée par la surabondance et par l'accélération du proces-sus d'innovation technique dans tous les domaines.

En partant des faits constatés dans les économies les plus avan-cées, il y a lieu de noter que le développement et la survie de l'entreprise dépendent de l'innovation, c'est-à-dire de l'aptitude de l'entreprise à réaliser et à vendre des produits nouveaux dont l'obsolescence technologique s'avérera très rapide.

C'est ainsi qu'aux États-Unis, par exemple, plus du tiers du pro-duit national brut provienne de produits qui n'existaient pas il y

---

189 A. Touraine, 1988
190 B. Joseph, 1988

a une quinzaine d'années[191]. Donc au stade final, l'entreprise vendra de moins en moins un produit, elle satisfera un besoin, autrement dit, c'est la fin de la production en série des biens standards.

Quant aux nouvelles technologies, dans bien des cas, soit elles condamneront certaines entreprises traditionnelles, soit elles réduiront leur liberté. Ainsi, les entreprises de transport, les agences de voyages et les hôtels seront associés, au moins techniquement à des réseaux mondiaux et réservation de places d'hôtels ou d'avions.

Un autre point qui mérite attention est l'importance croissante de la gestion et de l'animation. En effet, placée dans un environnement changeant, l'entreprise dépendra pour l'essentiel de la capacité de ses dirigeants à la gérer, à animer des hommes qui constitueront la ressource la plus importante et « la plus rare dans l'économie ». Donc, le dynamisme de l'entreprise s'identifiera à la qualité de son management à tel point que l'expérience ou même le bon sens ne suffiront plus pour mener l'entreprise vers le succès.

En définitive, l'entreprise ne sera plus dirigée par un homme, mais animée et orientée par une équipe avec le consensus et la participation active du personnel.

C'est sous cet angle que le management participatif, en l'occurrence les méthodes des Cercles de Qualité trouvent leur signification. Dans ce qui vient d'être rappelé à grands traits, sur l'évolution de l'environnement au cours des vingt dernières années, il y a lieu de considérer la crise des années 1970 comme une crise de sous-consommation enracinée dans la saturation d'un marché essentiel, celui des biens de consommation durables.

---

191 B. Joseph, 1988

2. LA SPÉCIALISATION SOUPLE

La production flexible est considérée par Piore et Sabel, dans leur ouvrage déjà mentionné et qui constitue notre référence principale dans cette section, comme la voie par laquelle la reprise économique devrait passer.

Selon ces auteurs, le succès de cette voie de la reprise économique dépendra de la création des institutions capables de résoudre les problèmes micro et macro-économiques de croissance qui apparaîtront tout au long de la nouvelle trajectoire technologique.

Dans cette section seront examinés les points suivants : les quatre faces de la spécialisation souple en montrant que la cohésion dans ces unités de production est basée sur l'esprit communautaire, thème largement développé à la quatrième partie de ce livre relative à la société africaine. Ensuite, les caractéristiques de ces diverses formes d'organisation correspondant au système de micro-régulation qui semble complexe à mettre en place, que la stabilisation macroéconomique qui se laisse facilement aborder à travers des catégories familiales. Enfin, la distinction entre la spécialisation souple et la production en série.

Parmi les diverses organisations de la spécialisation souple, il y a lieu de mentionner les conglomérats régionaux de petites entreprises indépendantes, « les fédérations » de grandes firmes liées par des alliances plutôt floues, les firmes « solaires » autour desquelles gravite une constellation de petits établissements, et les usines regroupant des ateliers non centralisés. Quant aux institutions capables d'assumer le succès de ces organisations, il faut citer les associations professionnelles, les syndicats, les corps de métier et les coopératives pour l'achat des matériaux, la commercialisation des produits régionaux, l'obtention de crédits à des conditions intéressantes et la fourniture de produits semi-finis permettant de réaliser des économies d'échelle.

Pour Piore et Sabel, il n'est pas possible de trouver d'institution unique qui serve de lien formel entre les différentes unités de production. Donc, la cohésion ne peut reposer que sur un sens profond de la communauté, qui semble précéder ces diverses formes institutionnelles.

Ainsi, dans les conglomérats régionaux à New York, les liens qui soudent la communauté dans l'industrie de la confection, tout d'abord des groupes de Juifs et d'Italiens, et plus récemment de Chinois et de Latino-américains, sont avant tout de nature ethnique. Les associations patronales et les organisations syndicales exercent leurs activités au sein des communautés ethniques auxquelles appartiennent leurs adhérents.

Il en est de même dans la troisième Italie, celle des petites entreprises, le rôle tenu à New York par les liens ethniques est assuré ici par la politique dans les provinces communistes telles que l'Emilie-Romagne et la Toscane, et par la religion dans les zones rurales dominées par le parti démocrate-chrétien, telles que les provinces vénitiennes.

La seule différence est qu'en Italie, les autorités municipales interviennent beaucoup plus dans la mise en place de l'infrastructure industrielle.

Quant aux « fédérations d'entreprises » (ainsi qu'elles sont qualifiées), les systèmes Motte en France et Zaibatsu au Japon, sont des associations définies par un mélange de critères économiques et sociaux. Le sens d'une communauté d'identité est beaucoup plus développé que dans le cas des conglomérats régionaux, en ce sens que l'élément social de ce genre de fédérations est la famille, conçue davantage comme un principe structurant que comme une entité biologique[192].

---

192 P. Desouabe Zyriane, 1988

Dans le cas du système Motte, chacune des entreprises confédérées était fondée par un parent assisté d'un ouvrier spécialisé n'appartenant pas à la famille, celle-ci adoptait en fait de nouveaux membres, au travers d'une association étroite fondée sur une loyauté à l'épreuve du temps.

Par contre, dans le cas de Zaibatsu, développé à l'origine à partir de maisons de commerce du type familial, l'adoption des ouvriers suppléait aux liens du sang. C'est dans ce sens que les employés japonais continuent à concevoir leurs relations avec l'employeur comme étant fondées sur le lien familial[193].

En ce qui concerne les firmes « solaires » et la fabrique regroupant divers ateliers, elles sont assimilées au capitalisme social et au paternalisme. À l'heure actuelle, des exemples de cette forme d'organisation se trouvent aux Etats-Unis et en Allemagne, mais ces cas sont plus difficiles à identifier car, extérieurement, ils ressemblent aux grandes firmes classiques.

Pourtant, et contrairement aux entreprises qui produisent en série, ces firmes ne fabriquent pas de longues séries de produits standardisés. Leur taille s'explique par l'importance des dépenses d'équipement entraînées par les produits qu'elles fabriquent, et non pas par les économies d'échelle. Intérieurement, elles sont organisées de même qu'au XIXème siècle, comme des regroupements d'ateliers.

Il faut aussi rappeler que ces firmes, en dépit de leur taille, traitent leurs fournisseurs comme des collaborateurs ; les sous-traitants conservent une autonomie considérable. Contrairement à ce qui se passe dans la production en série, ces firmes ont besoin de conseils de leurs fournisseurs lorsqu'un problème de conception ou de production se pose.

---

193 Voir infra la société japonaise

C'est le cas de la société Boeing qui ne produit ni les moteurs de ses avions, ni une bonne partie des équipements aéronautiques qui les maintiennent en vol.

Enfin, ces firmes sont suffisamment grandes et la place qu'elles occupent dans leur secteur d'activité est assez centrale pour qu'elles puissent assurer elles-mêmes bien des services qui, dans un conglomérat régional, seraient fournis par une communauté. Mais comme le conglomérat, ces firmes coopèrent également avec des institutions publiques, le cas le plus cité est la coopération entre ces firmes et les universités, surtout aux États-Unis.

3. LES CARACTÉRISTIQUES PRINCIPALES DE LA SPÉCIALISATION SOUPLE

Le principal trait caractéristique de ces diverses formes d'organisation est qu'elles cumulent la flexibilité et la spécialisation.

Comparativement à la grande firme classique du XIXème siècle, ces organisations autorisent la transformation continue du processus de production, grâce au réaménagement des éléments dont elles se composent. Mais à la flexibilité vient s'ajouter la spécialisation, dans le sens où l'éventail des réaménagements reste limité, ainsi que les possibilités de reconversion. L'une de ces limites réside dans l'idée que les gens impliqués dans la production se font des produits que leur industrie est censée fabriquer : ainsi IBM est voué à fabriquer des ordinateurs, Boeing des avions, Motte, des produits textiles. Il y a lieu aussi d'identifier un style milanais dans la mode et un toucher japonais dans les machines-outils.

La flexibilité connaît aussi des limites matérielles. Les membres des fédérations japonaises peuvent certes quitter leur région d'origine ou s'écarter de leur gamme de production habituelle, ils peuvent transférer une partie de plus en plus grande de leurs activités vers les entreprises qu'ils ont engendrées, bien qu'ils se considèrent tenus de fournir à la collectivité la gamme de produits dans laquelle ils sont spécialisés, et c'est aux performances de concurrents confrontés aux mêmes problèmes ou profitant des mêmes créneaux qu'ils mesurent leurs propres résultats.

Le deuxième trait caractéristique est la limitation de l'accès à la profession dans le secteur où ces entreprises sont implantées.

Cette limitation découle du fait que les communautés sont elles-mêmes fermées, le critère de démarcation étant le droit à l'aide sociale. Lorsque les avantages sociaux sont acquis pour les membres de la communauté, il n'est pas possible d'autoriser les gens de l'extérieur, même s'ils sont qualifiés, à travailler dans la même activité, à en revendiquer le bénéfice, sous peine d'imposer au système une charge excessive. Parmi ces restrictions à l'accès à la profession, la plupart reste informelle, par exemple on n'embauche pas n'importe qui, il faut être introduit.

Le troisième trait caractéristique est la saine stimulation de la concurrence propice à l'innovation. La pression concurrentielle s'exerce à la fois de l'intérieur et de l'extérieur : à l'intérieur, elle résulte de la lutte que se livrent les entreprises pour gagner des places dans la hiérarchie reconnue par la communauté. Un sous-traitant qui fabrique un composant pour les ordinateurs personnels IBM peut perdre son contrat si le marché prend trop d'importance. IBM pourrait décider de fabriquer elle-même la pièce en question. Quant à la pression extérieure, elle provient des communautés rivales organisées, elles aussi, pour la spécialisation souple.

Prenons par exemple l'industrie de la mode, Milan et Paris menacent de déborder New York ; dans l'informatique Apple et les entreprises japonaises de l'informatique défient IBM, etc. De ce fait, toutes sont dans l'obligation d'innover sans cesse.

Le quatrième trait caractéristique est la limitation des effets négatifs de la concurrence. Les organisations de spécialisation souple qui fonctionnent convenablement interdisent le genre de concurrence qui détourne de l'innovation permanente.

Dans l'industrie de la confection et la construction, ces limitations sont imposées par les syndicats qui s'efforcent d'uniformiser les salaires et autres conditions d'emploi sur chacun des marchés régionaux où ils interviennent.

Chez IBM, par exemple, les formes indésirables de concurrence sont bloquées par le biais de la politique interne du personnel.

Sur un autre plan, la production souple, contrairement à la production en série de produits indifférenciés, ouvre à long terme des perspectives d'amélioration de conditions de vie professionnelle. Les changements fréquents qui interviennent dans le processus de production impliquent non seulement la collaboration, mais valorisent aussi le savoir-faire des employés.

Avant de terminer, il est important de souligner en ce qui concerne la société africaine, qu'en regardant de plus près les traits caractéristiques de la spécialisation souple, telle que nous venons de l'examiner, et les caractéristiques des économies africaines, nous pouvons soutenir la thèse selon laquelle ce mode de production pourrait moderniser le secteur porteur d'avenir, l'artisanat et devenir par conséquent, le modèle africain du développement industriel.

1. INTRODUCTION

Avant d'examiner l'introduction et le développement des Cercles de Qualité en Europe, il convient de rappeler brièvement l'évolution du concept qualité liée à celle du modèle de développement industriel, c'est-à-dire associée au modèle préindustriel, à la production de masse et à la spécialisation souple.

En effet, dans le système de production artisanal, la qualité des produits fut la préoccupation principale de l'artisan.

Selon Juran[194], « la subsistance de l'artisan dépendait de l'acceptation de ses produits. Il n'était pas tiraillé entre l'intérêt de l'entreprise et son intérêt personnel. Sa réputation d'artisan honnête et compétent était inséparable de sa position sociale et, par-là de celle de sa famille. (…). Ce qui donnait à la qualité une haute priorité était que la subsistance et la position sociale de sa famille étaient en jeu ». Quant au contrôle du comportement, il était assuré par les liens moraux[195].

Au cours de la période industrielle liée à la production en série, il a été question de développer les moyens d'assurer la fabrication par des ouvriers semi-qualifiés, voire non-qualifiés.

Mais l'élément qui a joué le plus grand rôle dans l'abandon de la qualité au profit de la productivité, fut celui élaboré par l'Américain

---

194 J. M. Juran, 1983
195 O. Gelinier, 1982

F. W. Taylor. Il s'agit de l'introduction de la base scientifique dans la gestion de l'entreprise, pour certains caractères essentiels de planification de la fabrication :

- « L'élaboration des méthodes de travail ;
- L'établissement des normes de travail d'une journée
- (nombre de pièces par heure) ;
- La sélection et la formation des ouvriers ;
- L'élaboration du stimulant unitaire (paie à la pièce) »[196].

Taylor conclut que les agents de maîtrise et les ouvriers de l'époque n'avaient pas la formation nécessaire pour mener à bien une telle planification. Il préconisa de séparer la conception de l'exécution, il confia la première tâche aux ingénieurs et la seconde à la maîtrise et aux ouvriers. Ainsi, l'habileté manuelle a connu le déclin et les ouvriers ont perdu l'amour du travail bien fait.

Quant à la qualité de produits, elle s'améliorait au fur et à mesure que l'entreprise affinait progressivement ses méthodes de production[197].

La Deuxième Guerre mondiale est venue rompre « cette lente progression de la qualité contrôlée », en lui imposant un rythme nouveau, tout en gardant les principes fondamentaux. En effet, les belligérants, en particulier les États-Unis, se sont trouvés dans l'obligation de construire une force armée moderne en peu de temps. Ils ont été confronté à la nécessité vitale de fabriquer des équipements de plus en plus évolués et de haute fiabilité, afin de diminuer au maximum les risques encourus par leurs utilisateurs sur les champs de bataille[198]. Après ce deuxième conflit mondial, les États-Unis sont sortis vainqueurs, mais aussi, leaders en matière de management moderne, de la productivité et de la qualité.

---

196 J. M. Juran, 1983 201 Idem.
197 G. Archier et H. Serieyx, 1986
198 Idem

Il ne resta plus aux autres pays qu'à se tourner vers les U.S.A. pour s'inspirer de leur savoir-faire : les Européens organisèrent les missions de productivité ; les Japonais s'organisèrent pour analyser les techniques américaines sur leur propre terrain.

Il est important de faire remarquer que contrairement aux industriels japonais, les industriels européens n'ont pas cherché activement à généraliser « *la technologie de la perfection* » (la gestion totale de la qualité) de l'espace et du nucléaire à l'ensemble des activités industrielles.

Cette préoccupation est apparue comme moyen d'assurer la survie de l'entreprise dans un environnement changeant, incertain, voire agressif, issue de la crise économique des années 1970 marquant la fin de la production en série de biens homogènes.

Comme le souligne Douchy[199], « le marché passe d'une phase de consumérisme à tout-va à une ère nouvelle : l'ère de la qualité ».

Dans ce contexte perturbé, les chances de survie pour une entreprise sont si minces, qu'elle doit, pour les saisir « mobiliser toute l'intelligence de l'entreprise » à la conception et au contrôle du changement.

Le mouvement des Cercles de Qualité est né dans cet environnement caractérisé par la crise économique et, dans la mesure où la spécialisation souple en tant que voie de la reprise économique, implique la participation des employés au déroulement du travail et repose sur la solidarité et l'esprit de la communauté, les Cercles de Qualité sont liés à la spécialisation souple.

Comme signalé ci-dessus, les Cercles de Qualité émergent dans un contexte de crise économique doublée d'une crise du mouvement

---

199 J. M. Douchy 1986

syndical européen, « aux Etats-Unis, il est marqué par les effets de déréglementation et de concessions bargaining »[200]. Il s'agit de tirer un double profit de la crise économique d'abord et, ensuite de la crise du mouvement syndical et du recul de la mobilisation collective et revendicative en vue de substituer à cette dernière une mobilisation collective des travailleurs en faveur de la productivité.

Ce contexte de crise est semblable à celui qui a vu la naissance du mouvement des Cercles de Qualité au Japon après la Deuxième guerre mondiale. Les syndicats furent transformés à l'issue de défaites majeures en syndicats d'entreprise[201].

2. HISTORIQUE DU MOUVEMENT DES CERCLES DE QUALITÉ EUROPÉEN

2.1. En France

C'est par l'initiative de Georges Archier, directeur des Affaires Sociales de la Société Lesieur, que le mouvement des Cercles de Qualité a vu réellement le jour en France. Avant cette initiative, la première mention non confidentielle des Cercles de Qualité a été faite en 1979 au Congrès de l'AFCIQ (Association française pour la Qualité) et elle n'a pas suscité un écho véritable[202].

Cependant, la Société Lesieur avait entrepris une expérience concernant les réunions d'ateliers, assortie de petits crédits d'investissement, destinée à rendre « le travail plus intéressant, plus

---

200 G. Groux et C. Levy, 1985
201 voir infra, Troisième partie
202 Cegos, 1982

productif et plus sympathique ». Deux mille microréalisations sont sorties de cette expérimentation en trois ans[203].

Georges Archier, après ses visites au Japon, a découvert que ces expériences pouvaient être complétées en utilisant les méthodes empruntées aux Cercles de Qualité japonais. En 1980, il a amené une douzaine de ses collègues au Japon pour qu'ils découvrent à leur tour les méthodes des Cercles de Qualité. Ils ont mis en place une structure de lancement de « groupes de progrès » avec implication complète de la hiérarchie[204].

De son côté, Octave Gélinier, après le voyage au Japon déclara que c'était une nécessité stratégique pour les entreprises françaises de faire appel à la créativité de leurs travailleurs.

Quant à Jacques Voile, consultant en qualité industrielle, il a acquis une connaissance très grande des Cercles de Qualité japonais, grâce à de nombreux et longs séjours au Japon.

Citons enfin Hervé Sérieyx, consultant à l'Euroquip et collaborateur de Georges Archier.

De ces expériences de la Société Lesieur et des autres courants que nous venons de citer est née en 1981, l'Association française pour les Cercles de Qualité (AFCERQ). Cette Association regroupe des consultants, des organismes professionnels, des entreprises, des grandes écoles et des représentants des Pouvoirs Publics[205]. Elle a pour objectif principal de promouvoir le mouvement des Cercles de Qualité en France : aider à en maîtriser l'implantation et le développement pour qu'il apporte un changement profond et durable.

---

203 Idem
204 Idem
205 AFCERQ, 1985

La vocation de l'AFCERQ est d'améliorer la compétitivité des entreprises par la promotion dans leurs structures de « la notion de Cercle ». Cette promotion s'inspire de ces deux observations suivantes :

- « Les hommes et les femmes qui composent l'entreprise, pour des raisons sociologiques, ne s'engagent véritablement dans la vie professionnelle que si l'on fait appel à leur participation active et à leur sens de responsabilité ;
- Toutes les grandes entreprises performantes s'orientent vers un mode d'organisation qui assure la qualité totale, non seulement de ce qu'elles produisent, mais des procès directs et indirects qui y conduisent ».

Pour remplir cette vocation, l'AFCERQ s'est fixé quatre objectifs :

- « La promotion du management participatif par les Cercles de Qualité ;
- Être le carrefour d'échanges et de réflexions entre les entreprises, les consultants, les organismes professionnels, les Pouvoirs Publics, l'enseignement ;
- Apporter l'aide aux entreprises dans leur démarche de sensibilisation et d'implantation des Cercles de Qualité ;
- Représenter ses adhérents auprès des autres Associations et des Pouvoirs Publics, en ce qui touche les Cercles de Qualité ».

L'AFCERQ organise également des activités en vue d'assurer le marketing des Cercles de Qualité ; elle édite un bulletin trimestriel et elle organise des programmes de formation de facilitateurs.

2.2. En Belgique

Le mouvement des Cercles de Qualité est né en Belgique vers la fin de l'année 1981. Des praticiens de Qualité appartenant à plusieurs entreprises et soucieux d'assurer la qualité des produits et services ont commencé par échanger leurs expériences. De ces rencontres, auxquelles d'autres personnes sont venues s'ajouter, est née l'Association des Praticiens des Cercles de Qualité. Devenue en 1986 Association pour la Pratique de la Gestion Participative et de la Qualité Totale[206].

Cette association réunit des personnes et des sociétés qui veulent contribuer à l'amélioration de la performance des entreprises et des autres organisations en Belgique, par la pratique des Cercles de Qualité, du management participatif et de la Qualité Totale. Les activités du PRACQ sont notamment :

- « L'organisation de conférences, colloques, visites d'usines, voyages d'étude, ateliers d'échange ;
- La publication à l'intention de ses membres d'un bulletin trimestriel, d'une lettre d'information mensuelle ; elle met aussi à la disposition de ses membres une documentation sélectionnée et une vidéothèque ;
- L'organisation de cycles de formation pour facilitateurs et animateurs, ainsi que des séminaires d'initiation pour cadres et dirigeants ;
- La mise en place des commissions d'étude et groupes de travail pour ses membres, etc. »

En 1985 au mois de mars, le PRACQ avait organisé son premier colloque belge des Cercles de Qualité, il avait réuni plus de 300 personnes. Le nombre des entreprises actives dans le domaine de la qualité était estimé à 200, et à environ 2000 les Cercles de Qualité en fonctionnement.

Une étude réalisée en 1986 par CEMAC auprès d'une trentaine d'entreprises impliquées dans le mouvement des Cercles de Qualité, a mis en lumière les points suivants[207] :

---

206 PRACQ, 1989
207 AFCERQ, 1989

- « Les objectifs poursuivis sont techniques, économiques et psycho-sociaux : la réduction des coûts, des défauts, des pertes de temps ; le renforcement de l'appartenance du personnel, l'amélioration de la communication, des conditions de travail, de l'esprit qualité, etc. ;
- Les sujets examinés par les membres des Cercles de Qualité sont choisis dans la majorité des cas, de l'ordre de 76 %, par les participants ;
- Les échecs sont dus essentiellement à l'opposition et/ou à la passivité de la hiérarchie, 40 % et 30 % à un manque de formation ;
- La fertilisation croisée est encore faible à l'intérieur des entreprises, 4 cas ont été relevés entre Cercles de Qualité et 3 cas entre animateurs des Cercles de Qualité ;
- Les récompenses ne sont pas d'ordre financier, mais d'ordre moral.
- Enfin, les activités des Cercles de Qualité sont peu intégrées dans les projets d'entreprises (50 % seulement), l'autre moitié concerne les projets de la Qualité Totale ».

Cette étude, la première du genre en Belgique, montre encore suffisamment que le but poursuivi par le mouvement des Cercles de Qualité est de réconcilier l'économique et le social en impliquant les travailleurs dans la vie de l'entreprise au quotidien.

2.3. Au niveau européen

Le mouvement des Cercles de Qualité s'est implanté dans la société européenne pour durer.

Le premier congrès européen, tenu à Bruxelles au mois de janvier 1987 le confirme. Toujours à Bruxelles, la Fondation Européenne pour le Management de la Qualité a été créée le 15 octobre 1988, elle est dirigée par un Comité constitué de 14 membres fondateurs [208].

---

208 PRACQ, 1989

Quant aux activités de la Fondation, elles consistent à développer la position concurrentielle de l'industrie européenne sur le marché mondial par le renforcement du management de la Qualité. Son plan d'action contient les points suivants :

- Organiser des ateliers, des rencontres et des visites, destinés à soutenir le personnel d'encadrement dans la conception et l'exécution de son rôle moteur pour plus de qualité.
- Recueillir et diffuser à destination des cadres, les informations qui ont trait à la définition et à l'application des programmes de qualité.
- Élaborer le Code européen de la Qualité pour l'année 1992.
- Prendre en charge la promotion de la qualité par les médias ou par tout autre moyen utile.
- Soutenir les programmes de recherche et de formation ayant pour objet la qualité.

Sur un autre plan, le mouvement des Cercles de Qualité en Europe n'a qu'une dizaine d'années, cela n'a pas empêché les responsables du PRACQ de dégager quelques tendances ainsi que des effets pervers. Les tendances vont dans le sens suivant :

- Une évolution de plus en plus marquée vers les P.M.E. ;
- Un développement, réel mais lent, dans les services fonctionnels des entreprises ;
- Une amélioration dans les activités du tertiaire : banque, assurance, hôtellerie, service, distribution, etc. ;
- Une pénétration dans les services publics ;
- La qualité gagne du terrain dans l'enseignement.

Quant aux effets pervers, ils se résument de la manière suivante :

- Les Cercles de Qualité n'apportent qu'une réponse limitée aux problèmes du fonctionnement de l'unité de travail, ils peuvent même être un facteur de bouleversement des rapports de pouvoir, voire masquer certains problèmes de management ;

- Les Cercles de Qualité demandent un temps d'apprentissage ;
- Ils exigent un rôle nouveau de la part des agents de maîtrise, ce qui peut les perturber, mais aussi les valoriser ;
- Ils peuvent révéler des vices de conception dont les causes ne peuvent que rarement être supprimées par les Cercles de Qualité eux-mêmes ;
- Dans certains cas, leur mise en place repose sur une absence d'analyse globale et rigoureuse, ils peuvent donc cacher des problèmes de management.

Un autre point qui mérite d'être souligné est le développement rapide de mouvement des Cercles de Qualité à travers le monde. En 1989, il y avait quatre millions de Cercles de Qualité dans le monde, répartis de la manière suivante : un million cinq cent mille au Japon ; six cent mille en Chine et dans d'autres pays de l'Extrême-Orient : sept mille entreprises américaines en ont implanté un.

Pour expliquer ce développement extrêmement rapide des Cercles de Qualité, plusieurs arguments sont avancés. Parmi eux, deux méritent d'être cités en ce qui concerne l'Europe. Il s'agit de la concurrence par la qualité, surtout asienne et de la montée de nouvelles aspirations des travailleurs. Le développement de ces points fait l'objet des sections suivantes.

3. LA PRESSION DE LA CONCURRENCE ET LES NOUVELLES ASPIRATIONS DES TRAVAILLEURS

Le projet PIMS (*Profit Impact of Market Strategy*) a montré, statistiques à l'appui, que les résultats de l'exploitation sont corrélés à l'indice de qualité[209]. Selon ce projet, une entreprise a un bon indice de qualité si ses produits sont perçus par la clientèle comme ayant une meilleure qualité que ceux de la concurrence. Statistiquement, cet indice est de 8 % de plus de marge nette qu'une entreprise ayant un indice moins bon.

Les industriels asiens ont pris conscience de ce qui précède et la qualité se fabrique avant d'être contrôlée. Dans ce sens, les Cercles de Qualité apportent une contribution efficace.

Toutefois, il est également reconnu que dans cette action qualité, les Cercles de Qualité ne peuvent intervenir que sur 10 à 15 % de la qualité. Les 85 à 90 % restant dépendent de la hiérarchie selon le rapport 80/20.

Pour Juran[210], les Japonais eux-mêmes estiment que les Cercles de Qualité n'ont, au mieux, compté que pour 10 % dans la révolution de la qualité. Dans ce sens, le seul impact des Cercles de Qualité sur la qualité ne peut à lui seul expliquer le développement rapide du mouvement des Cercles de Qualité en Europe.

Le deuxième facteur qui explique l'engouement suscité par les Cercles de Qualité en Europe est le fait que le personnel, depuis un certain temps, a rompu avec le modèle du passé.

Selon Piore et Sabel[211], les responsables de la nouvelle génération

---

209 F. Chevalier et G. Trepo, 1986
210 J. M. Juran, 1983
211 M. J. Piore et C. F. Sabel, 1984

semblent particulièrement efficaces dans les situations ambiguës et mouvantes, y compris lorsqu'il s'agit de changer de produits. Ils s'ennuient très facilement s'il n'y a pas suffisamment de changement.

Il ne fait aucun doute que les hommes et les femmes des années 1980 sont mieux formés, et informés largement sur tout ce qui se passe autour d'eux et dans le monde, c'est-à-dire qu'ils ont un niveau de culture relativement élevé[212].

Ils sont fréquemment invités à s'exprimer et à juger dans leur vie de citoyen, de consommateur et, comme tels, ils refuseront dans l'entreprise l'exécution des tâches répétitives et parcellaires, l'absence d'initiatives et l'isolement des postes de travail, bref ils rejetteront toutes les caractéristiques liées à la production en série des biens standard.

Les Cercles de Qualité tiennent compte de cette « donnée sociale » nouvelle, ils accordent aux travailleurs la possibilité de prendre des initiatives et de s'épanouir dans l'entreprise. Dans cette optique, les Cercles de Qualité réduisent le décalage entre la vie de citoyen hors entreprise et la vie professionnelle. Ils confirment par-là que le management des hommes est le produit de la manière de vivre en société traduit dans le système productif.

Malgré cet engagement suscité par le mouvement des Cercles de Qualité, son introduction et son développement dans les entreprises ne vont pas sans poser quelques difficultés.

---

212 P. Lorino, 1989

4. LES VOIES D'ACCÈS AU MANAGEMENT DE LA QUALITÉ

L'accès au management participatif et de Qualité totale exige qu'un certain nombre de conditions soient remplies. La méthodologie qui est présentée ci-après est celle proposée par Archier et Sérieyx[213] en 17 points :

1. L'entreprise doit sensibiliser son personnel : donner l'information sur la situation interne et sur les menaces ou les opportunités de l'environnement.
2. Il est indispensable d'instaurer le dialogue à tous les niveaux de l'entreprise, surtout avec la base. Ce décloisonnement devrait avoir pour but de recueillir des idées et propositions de tous.
3. L'entreprise peut dans cette optique, ouvrir un crédit spécial permettant à tout un chacun d'appliquer la ou les bonnes idées retenues pour supprimer éventuellement quelques nuisances dans l'atelier ou dans le service et améliorer, par conséquent, la vie quotidienne au travail. Ce crédit décentralisé a également pour effet de rendre crédibles les intentions d'ouverture et de progrès de la direction.
4. L'entreprise peut à ce stade procéder à l'implantation des Cercles de Qualité. Ces derniers sont à ce jour, la voie la plus efficace connue pour mobiliser les travailleurs.
5. L'entreprise peut également créer des Cercles de pilotage au niveau de l'encadrement. Cette structure est pour les cadres ce que les Cercles de Qualité sont pour la base. Ils permettent de stimuler les cadres et de minimiser les risques d'opposition au changement. Les Cercles de pilotage et les Cercles de Qualité constituent une des clés du Total Quality Control (TQC).
6. La direction organisera des « Congrès de progrès » périodiques, intra et inter-entreprises animés par des membres des Cercles de Qualité et des Cercles de pilotage qui, en mettant en évidence la politique de progrès de l'entreprise, auront un extraordinaire effet de sensibilisation et d'entraînement.

---

213 G. Avhier et H. Serieyx, 1986

7. Le TQC est le moteur même du changement, il met toute l'entreprise en mouvement derrière son pilote, liant ainsi divers moyens dans plusieurs voies de progrès complémentaires et synergiques, qu'il s'agisse des hommes, de la technologie ou de la gestion. Le TQC permet d'approcher la perfection de la qualité ou les Zéros Olympiques : panne, délai, défaut, stock, papier, accident, déchet, etc. en menant une lutte contre « l'entreprise fantôme, mangeur de profit »[214]

8. L'entreprise devrait s'obliger à aller toujours au-devant des besoins des clients et à les satisfaire plus vite que l'entreprise concurrente. Cette méthode s'appelle « la réactique », elle est en pratique liée au TQC.

9. Le cursus lourd de formation de l'encadrement est le tronc commun d'informations politiques et stratégiques dont la durée varie généralement de cinq à dix jours ; il vise tout l'encadrement et peut être donné en une ou plusieurs fois.

10. Le Business Intelligence Service (BIS), est la méthode qui permet à l'entreprise de rester en permanence à l'écoute de tout ce qui se passe dans l'environnement externe. Pour ce faire, l'entreprise devrait utiliser des moyens qui vont au-delà des voies habituelles d'information, notamment par la mobilisation de l'ensemble du personnel.

11. Le management By Wandering Around (MBWA)[215] est un type de management fort développé aux U.S.A., il consiste à réorganiser le travail des chefs de manière à ce qu'ils passent plus de temps dans les ateliers et dans les services et moins dans leur bureau ou dans la salle de réunion.

12. Le développement de la formation stratégique consiste à privilégier les objectifs de formation indirects et à moyen terme, plutôt que les objectifs techniques et à court terme. Le cursus de formation cité au point 9 et la formation aux méthodes et outils de résolution des problèmes font partie de la formation stratégique.

---

214 J. M. Douchy 1986
215 T. Peters et R. Waterman, 1983

13. Le recrutement et l'insertion des nouveaux venus dans l'entreprise devrait se faire par vagues, une ou deux fois par an, afin de leur apporter toute la connaissance sur l'entreprise et de leur faire partager les valeurs et les objectifs de son projet. Il s'agit encore d'une sorte de formation stratégique.

14. Le maillage des chefs est la voie la plus originale et la moins connue en Europe, elle est intéressante car elle offre des opportunités d'affaires. Il est décrit comme des réunions de clubs hebdomadaires et mensuelles qui ont conduit les industriels japonais à organiser des familles de plusieurs centaines d'entreprises en vue d'atteindre des objectifs qu'aucune entreprise isolée ne pourrait viser même à long terme. Les Sogo-Shosha japonais sont un exemple de maillage des chefs[216].

15. Le projet partagé est par essence la voie qui différencie le plus l'entreprise du 3ème type de l'entreprise classique : dans l'entreprise traditionnelle, les prévisions économiques sont faites généralement sur le court et le moyen terme, sachant que, dans le meilleur des cas, la moitié au moins de ces prévisions seront démenties par les faits ; tandis que dans l'entreprise du 3ème type, l'environnement est contrôlé et elle se mobilise pour cela.

16. L'intéressement aux résultats est une autre voie d'accès au 3ème type. Il varie dans des proportions cohérentes avec la performance de l'entreprise ; il y a aussi l'instauration d'un actionnariat pour le personnel.

17. Le foisonnement, l'essaimage, la reprise d'activité, sont autant des formes possibles par lesquelles l'entreprise peut accéder au groupe du 3ème type. Ces 17 voies sont parmi les plus utilisées en Europe, cette présentation n'est que théorique, chaque entreprise étant un cas spécifique et son passage vers le 3ème type dépendra de ses objectifs, de sa culture et de ses moyens. Il faut enfin souligner que ce passage ne va pas sans poser quelques difficultés, car il entraîne un changement de mentalité en profondeur.

---

216 G. Faure et al., 1984

5. LES OBSTACLES AU CHANGEMENT

Les Cercles de Qualité ne sont pas seulement une technologie sociale, ils créent aussi dans l'entreprise un type nouveau de rapports sociaux.

En considérant l'entreprise comme un système de pouvoirs dont les membres sont reliés entre eux par des relations de coopération qui comportent toujours une dimension de pouvoir, Crozier et Freidberg[217] distinguent quatre grandes sources de pouvoir :

- Celles qui découlent de la maîtrise d'une compétence particulière et de la spécialisation fonctionnelle ;
- Celles qui sont liées aux relations entre une organisation et son ou ses environnements ;
- Celles qui naissent de la maîtrise de la communication et des informations ;
- Celles qui découlent enfin de l'existence de règles organisationnelles générales.

L'introduction et le développement des Cercles de Qualité dans une entreprise modifient ses structures de pouvoir. Contrairement aux entreprises japonaises où tout a été mis en œuvre pour faciliter le lancement des Cercles de Qualité[218] dans les entreprises européennes, au moins deux obstacles sont souvent mis en évidence, à savoir l'attitude sceptique des membres de l'encadrement intermédiaire et la position des organisations syndicales.

Comme nous pouvons le constater, il s'agit des obstacles liés au système taylorien correspondant à la production en série, le système basé sur la séparation entre ceux qui pensent à la place des

---

217 M. Crozier et E. Friedberg
218 J. M. Douchy, 1986

autres et ceux qui exécutent sans parler et à la lutte d'intérêts qu'il n'avait ni atténuée ni combattue.

5.1. L'attitude de l'encadrement

En tenant compte des principaux niveaux hiérarchiques de l'entreprise, le sommet, le milieu ou le moyen et la base, il y a lieu de rappeler que les Cercles de Qualité et le TQC apportent au sommet le résultat attendu, la compétitivité par l'adhésion des hommes et des femmes au projet de l'entreprise. A la base, les Cercles de Qualité apportent des occasions de s'épanouir et au middle management ils suscitent par contre, le désagrément qui l'oblige pour se réadapter à changer l'organisation et les procédures de travail, bref à modifier les concepts hérités de l'école et des anciens[219].

Ce *middle management* accepte officiellement « les directives révolutionnaires » du chef d'entreprise et approuve par discipline la démarche, mais traîne résolument les pieds sur le terrain lorsqu'il faut passer à l'acte[220].

Comme il a été signalé ci-dessus, la possession des informations dont les autres ont besoin et la maîtrise des relations avec ses environnements constituent deux des quatre grandes sources de pouvoir. L'introduction des Cercles de Qualité bouleverse ces structures de pouvoir d'au moins quatre manières[221] :

- **Le**s Cercles de Qualité choisissent, par définition, des sujets en rapport avec leur travail dans un premier temps, ils peuvent s'élargir par la suite pour englober des sujets de plus en plus

---

219 G. Raveleau et F. Marinier, 1983
220 Idem
221 F. Chevalier et G. Trepo, 1986

vastes et mettre peu à peu en jeu les relations avec la hiérarchie opérationnelle, ainsi que les rapports et les façons de travailler des services fonctionnels. Certains cadres se sentiront plus ou moins dérangés, voire menacés ;

- La résolution des problèmes par les Cercles de Qualité exige et légitime le fait que les participants doivent rechercher les compléments nécessaires d'informations auprès de certains cadres, ceux-ci peuvent développer un sentiment de crainte d'être dépossédés de leurs expertises ;
- Dans les activités des Cercles de Qualité, il peut y avoir des interférences dans les relations entre l'entreprise et son environnement et, il arrive que les Cercles de Qualité nouent des relations avec les fournisseurs et les clients de l'entreprise ;
- Le développement et la dynamique même des Cercles de Qualité conduisent à la mise en cause de certaines définitions établies, des compétences, des systèmes d'information, des modes de travail, des manières de commander, etc.

Cette situation est qualifiée, par Robin, « du vide intermédiaire », en outre, il souligne que le décloisonnement ne sera possible que si tout le corps intermédiaire du management est convaincu qu'il sera jugé et apprécié sur l'aide intelligente, réaliste, généreuse et lucide qu'il apportera à la construction du système, puis à sa maintenance[222].

Un autre point de friction a trait au fait que les cadres moyens n'ont pas un rôle actif dans la gestion des Cercles de Qualité. Ces derniers sont gérés par des animateurs et le facilitateur en liaison avec le comité de coordination, une structure appelée « la structure des Cercles de Qualité », celle-ci pousse les cadres à la considérer comme « une organisation dans l'organisation ».

---

222 Idem

Il est indispensable d'impliquer toute la hiérarchie en suivant les conseils ci-après[223] :

- « Faire des présentations à tous les niveaux, sans aucune exception ;
- Distribuer aux cadres une documentation écrite sur les Cercles de Qualité ;
- Rendre des visites informelles à chacune des personnes concernées pour connaître leur opinion et répondre à leurs questions et à leurs préoccupations à ce sujet ;
- Prévoir des sessions de formation sur les Cercles de Qualité à l'usage de l'encadrement ;
- Prévoir dès que possible des présentations à la hiérarchie par les Cercles de Qualité eux-mêmes sur leur travail, afin que l'encadrement se rende compte du sérieux avec lequel les exécutants travaillent dans les cercles ;
- Donner aux cadres une fonction d'assistance en leur envoyant les demandes des Cercles pour obtenir des informations, des moyens, etc. »

5.2. L'attitude des organisations syndicales

Il est important de rappeler, que le syndicalisme est né au cours du XIXème siècle de l'expérience du travail industriel, des relations nouvelles et inégales qui se nouaient entre les ouvriers et les entrepreneurs-organisateurs du travail.

Ces rapports étaient basés sur la logique conflictuelle virulente mais fonctionnelle, c'est-à-dire une division des tâches à la taylorienne : aux syndicats la tâche de revendiquer des salaires de plus en plus élevés et l'amélioration des conditions de travail ; au patronat celle d'organiser la production pour en

---

223 R. Kregoski et al., 1982

extraire la productivité permettant de concéder ces augmentations de salaire[224].

Avec la crise économique des années 1970, les croissances économiques fortes appartiennent au passé, la division internationale du travail se modifie, l'introduction de nouvelles technologies transforme le procès du travail et accroît le chômage[225].

Multipliant les innovations dans l'organisation de la gestion, le patronat est à l'offensive tandis que le mouvement syndical régresse, sa légitimité ainsi que son quasi-monopole face au patronat et au nom de la qualité de la vie sont remis en cause par au moins deux formes d'organisations nouvelles : les Cercles de Qualité et les nouveaux mouvements sociaux. Ces associations prennent en charge la qualité de quelque chose : celle de l'environnement naturel et urbain, celle des services publics comme l'enseignement, la santé ou la justice, celle de l'administration elle-même et aussi celle des biens de consommation, Test-Achat par exemple.

Les syndicats sont confrontés non seulement à une baisse du nombre de leurs adhérents, à l'exception du Danemark et de la Norvège[226], mais surtout à une « situation où le thème principal à l'ordre du jour n'est plus le partage des gains de productivité mais la manière de les faire renaître »[227].

L'informatisation, la robotisation des processus de fabrication réclament la coopération des personnels concernés, non seulement dans la période de mise au point mais aussi en cours de fonctionnement. Les horaires et les emplois sont remodelés ; les normes

---

224 D. Linhart, 1991
225 E. Mommen, 1989 231 Idem.
226 R. Mouriaux, 1989
227 P. Messine, 1989

anciennes sont perçues par les employeurs comme des sujétions paralysantes[228].

Autrement exprimé, avec l'intensification de la concurrence commerciale, produire la qualité devient une nécessité pour garantir la survie de l'entreprise, garantir la compétitivité, donc garantir l'emploi.

Face à la crise économique, l'action syndicale peut se résumer en trois grandes stratégies[229].

La première se réclame de la lutte des classes et propose d'assurer la défense des acquis et, par des avancées, trouver une issue socialiste à la crise. Cette stratégie est celle de la C.G.T. française (Confédération Générale du Travail), elle fut adoptée en 1985 lors de son quarante-deuxième Congrès. Pour s'en tenir à l'essentiel, cette stratégie s'oppose à la logique du capital, c'est-à-dire le refus des licenciements, de la précarisation des emplois, de la baisse du pouvoir d'achat, d'où la lutte revendicative pour la protection des droits acquis. Il y a aussi trois propositions pour sortir de la crise actuelle : un nouveau type de croissance, de nouveaux critères de gestion, la constitution d'un secteur public puissant et démocratisé. Quant à la relance économique, elle serait obtenue grâce à un plan qui assure la cohérence de l'appareil industriel national et une coopération internationale mutuellement bénéfique. Selon la C.G.T., tout dépend des salariés, pour cela, elle les convie à la mobilisation, à l'intervention active (voir plus loin le mouvement des Cercles de Qualité et la position de la C.G.T. à leur égard). Enfin, même si la stratégie Cégétiste a contribué à créer avec cinq autres centrales syndicales européennes, un espace de dialogue syndical en Europe occidentale, elle est beaucoup moins suivie.

---

228 R. Mouriaux, 1989
229 Idem

La deuxième stratégie consiste à faire des concessions limitées. En effet, les syndicats d'inspiration social-démocrate demeurent attachés à la croissance, ils considèrent la crise comme un moment du cycle économique qu'ils avaient cru désormais évitable par une politique d'inspiration keynésienne et qu'il convient de maîtriser au plus vite. Ces organisations syndicales affiliées à la CES (Confédération Européenne des Syndicats) s'opposent à la déflation, au libéralisme aveugle, au monétarisme unilatéral, elles réclament le maintien d'un niveau de vie élevé et des investissements stimulateurs. Le programme du FNU hollandais adopté en décembre 1985 est typique : « opter pour de nouvelles chances ».

Cette attitude est aussi celle de Force ouvrière française. Pour celle-ci, il faut débattre avec le patronat et les pouvoirs publics pour trouver les formules adaptées plutôt que de les laisser s'atteler à leurs projets les plus radicaux. L'acceptation des concessions limitées vise à préserver par priorité le noyau dur du salariat. C'est ainsi que la perspective retenue par la DGB Allemande est avant tout de nature à protéger les intérêts et surtout l'emploi de ses adhérents. Pour les Confédérations affiliées à la CISL (Confédération Internationale des Syndicats Libres), il faut privilégier la négociation mais, le recours à la grève, comme arme ultime, reste envisageable.

Enfin, la troisième stratégie a trait au nouveau pacte entre les salariés, elle se situe entre les deux précédentes. Elle a été adoptée par le syndicalisme italien, la C.F.D.T. française (Confédération Française Démocratique du Travail) et le syndicalisme belge. Pour la C.G.I.L (proche du PCI), la majorité s'est prononcée en faveur d'un rééquilibrage des revendications, à cause de la montée du chômage. La Centrale accepte un plan économique qui implique certains sacrifices pour les salariés disposant d'un emploi, en arguant « qu'il existe un rapport au plan économique national entre l'augmentation des revenus des travailleurs qui sont déjà dans le circuit du travail et la situation du reste de la population, et qu'on ne peut, dans le même temps, donner une impulsion à la consommation et réaliser une lutte efficace pour obtenir des investissements et la création de nouveaux emplois ». Trentin précise que dans les cas de restructuration industrielle, changer d'entreprise, ou même de ville et de qualification constituent des sacrifices qui ne doivent pas être considérés comme des concessions aux Associations patronales, mais comme une stratégie qui vise à prendre appui sur les concessions pour contrôler la politique patronale en matière d'investissement et d'organisation du travail. Quant à la C.F.D.T., son orientation est proche de celle de la C.G.I.L., après concertation entre elles à la Conférence de Belgrade en 1980.

Pour s'en tenir à la période la plus récente, trois phases se succèdent dans l'orientation de la C.F.D.T. depuis la rupture de l'Union de la gauche. Du rapport Moreau élaboré à l'automne 1977 et présenté au Conseil National de janvier 1978, jusqu'aux événements d'Afghanistan en 1980, la Centrale opère son recentrage avec la revalorisation des pratiques contractuelles et la distanciation de la C.G.T. La seconde phase correspond au soutien de l'expérience socialiste sur une base de réalisme économique et de solidarité. La troisième période s'ouvre avec le document d'avril 1984 qui renforce et officialise une ligne de réflexion amorcée antérieurement. Trois thèmes deviennent dominants : l'éclatement de la condition salariale, la montée du corporatisme, l'affirmation des aspirations individuelles.

En ce qui concerne le syndicalisme belge francophone[230], il ne considère pas l'innovation technologique comme un enjeu syndical majeur, mais se déclare tout particulièrement préoccupé par les pertes d'emploi considérables dans leur région, le développement de la sous-traitance et les stratégies multinationales des entreprises. Progressivement, il a développé une stratégie pragmatique, appréciant cas par cas les options organisationnelles et les politiques d'emploi.

---

230 M. Alaluf et M. Stoobants, 1989

CONCLUSION DE LA DEUXIEME PARTIE

Dans cette deuxième partie, il a été question d'examiner la genèse et le développement du modèle salarial européen. Celui-ci
coïncide avec l'apparition du mode de production capitaliste ;
« bien mieux ; le travail salarié est la condition nécessaire pour la
formation du capital et il reste la prémisse permanente et nécessaire de la production capitaliste »[231].

Cette dernière a débuté dans l'agriculture avec l'expropriation
des cultivateurs, c'est la révolution agricole, puis dans l'industrie,
c'est la révolution industrielle.

Le capitalisme a pris son essor à partir du moment où le marchand
a voulu élever la productivité. Il a modifié la division du travail
dans le sens de la simplification des tâches confiées aux ouvriers
placés sous sa dépendance. De là est né le système taylorien-fordien de production lié à la fabrication de masse, elle-même associée à l'accroissement de la demande.

Dans ce sens, le taylorisme est l'intégration des populations nouvelles dans la société industrielle.

Avec la crise économique des années 1970, les entreprises ont
été conduites à adopter le système de production lié à la spécialisation souple, elle-même associée aux modifications qualitatives des marchés.

Le mouvement des Cercles de Qualité européens est né dans ce
contexte de crise économique doublée de la crise du mouvement syndical.

---

231 M. Maurice, 1988

TROISIÈME PARTIE

LA SOCIÉTÉ JAPONAISE

INTRODUCTION

Il ne s'agira pas, dans les pages qui suivent, d'étudier la société japonaise dans sa généralité. Comme le fait remarquer Maurice, « la meilleure compréhension d'une société passe par des entrées particulières dans les champs approfondis et complémentaires »[232]. En ce qui nous concerne, priorité sera accordée à la voie japonaise en matière d'organisation salariale ou le passage du monde féodal au monde de production capitaliste.

Faut-il d'abord rappeler que la réussite économique du Japon et, en particulier la rapidité avec laquelle il a pénétré, voire dominer certains marchés, a donné lieu à des discours justificatifs différents, dont deux ont retenu notre attention. Il s'agit du courant culturaliste d'une part, et du courant économique et technique d'autre part.

Pour les tenants du courant culturaliste, la réussite économique japonaise est liée à la prise en compte de « la personnalité collective » et/ou à l'état des interdépendances entre les traditions nationales et le management de l'entreprise, dans lequel le mouvement des Cercles de Qualité trouve sa signification. Selon A. Touraine[233], « cette école de pensée a le mérite et la faiblesse de démontrer l'insuffisance des explications purement économiques et techniques ; elle écarte d'emblée l'illusion qu'il existerait une *one best way* à la taylorienne. Le danger serait de faire bon marché de l'histoire ».

---

232 M. Maurice, 1991
233 A. Touraine, 1984

Pour les adeptes du courant économique et technique, la clé de la réorientation de l'économie japonaise a probablement été la rationalisation des petits fournisseurs, d'un bout à l'autre de l'éventail des activités industrielles, par les grandes firmes, Zaibatsu[234].

Cette campagne, qui a débuté au milieu des années 1950, a eu un autre effet plus profond, celui de créer chez les sous-traitants une tradition d'innovation permanente et de plasticité organisationnelle pour s'adapter rapidement aux transformations de l'environnement économique et technologique, et ce, grâce au développement des machines-outils à Commande Numérique. C'est ainsi que les innovations organisationnelles suivantes ont été mises en œuvre : « la production juste à temps et l'auto-activation de la production ».

Quant aux relations industrielles basées sur l'emploi à vie, le marché interne ou la promotion et le salaire à l'ancienneté et le syndicat maison sont, en fait, des contreparties implicites ou explicites accordées aux syndicats et aux travailleurs des grandes entreprises en échange de leur implication dans la production[235].

Pour l'école culturaliste par contre, ce sont ces techniques de gestion (relations industrielles) qui sont les piliers du succès de l'économie japonaise, en ce sens qu'elles traduisent dans le management de l'entreprise, la manière traditionnelle de vivre de cette société, elle-même liée à « la civilisation de l'agriculture collective du riz »[236].

Cette société présente certains traits caractéristiques. Il s'agit notamment de l'importance accordée à la famille, sorte de clan groupé autour d'une famille mère, de familles cadettes, de nombreux

---

234 M. J. Piore et C.F. Sabel, 1984

235 B. Coriat, 1991

236 D. Turcq, 1978

dépendants et de serfs, en une collectivité strictement hiérarchisée et constituant une cellule économique, religieuse, voire politique[237]. Cette structure demeure le modèle de tout groupement d'ordre professionnel, pédagogique, politique dont le chef (patron, propriétaire, professeur…) se voit souvent désigné par le terme de « parent », tandis que celui d' « enfant » s'applique à ceux qu'il domine (élève, employé, client, protégé…)[238].

À l'intérieur de cette structure, les liens individuels et les relations personnelles règlent tous les rapports collectifs, en fonction d'un jeu savant d'obligations réciproques dont le bilan ne s'équilibre qu'à l'infini. Entreprise, syndicat, groupe professionnel sont autant de grandes familles où chacun connaît son rang exact, les obligations qu'il a et celles dont il est l'objet[239].

Le deuxième trait caractéristique représente les conditions géographiques quelque peu exceptionnelles. Le Japon est composé de quatre îles principales et environ 3.900 petites îles[240] sur lesquelles vivent 120 millions d'habitants, soit 3 % de la population mondiale[241]. Ces îles font partie de la longue chaîne de montagnes qui s'étend du sud-est asiatique à l'Alaska, elle comporte des montagnes ayant plus de 532 sommets dépassant 2.000 mètres d'altitude et elle représente 71 % de la superficie totale du pays[242].

Le Japon est soumis aux secousses sismiques et parfois à de forts tremblements de terre. Les précipitations y sont abondantes allant de 1.000 mm à 2.000 mm selon les régions[243]. Quant aux

---

237 C. Nakane ,1979
238 J. C. Courdy, 1981
239 P. Landy, 1988
240 Idem
241 O. Gelinier, 1982
242 Société Internationale pour l'Information sur l'Education, S.I.I.E.,1990
243 S.I.I.E., 1990

rizières et aux zones industrielles surchargées, elles se disputent 15 % de plaines, tandis que 40 % du territoire, en pente abrupte, sont quasi inaccessibles[244]. Ces conditions géographiques, il faut le rappeler, distinguent le Japon des autres pays de l'Asie des moussons à tel point que, certains auteurs considèrent le Japon comme un « autre pays ».

Le troisième trait caractéristique de la civilisation de l'agriculture collective du riz est la religion ou mieux, les religions. Pour Yutaka[245], les premiers temps historiques du Japon peuvent être considérés comme l'âge de la culture bouddhiste ». Venant de l'Inde, cette religion a été introduite au Japon vers le milieu du VIème siècle en passant par la Chine et la Corée. Elle a obtenu la protection impériale et est devenue une source d'enrichissement pour les arts et le savoir... Le Shintoïsme est la religion vernaculaire du Japon ; son origine remonte aux croyances animistes des premiers habitants. Il coexiste avec le bouddhisme[246]. Enfin, le Confucianisme est considéré comme un code de préceptes moraux plutôt que comme une religion, il fut introduit au début du VIème siècle[247].

Comme il sera développé plus loin, la société industrielle a tiré de ces éléments traditionnels des avantages considérables sur le plan de l'organisation du travail et de la discipline due essentiellement au bouddhisme. Pour terminer, signalons une des difficultés rencontrées dans cette étude sur la société japonaise, elle a trait à l'origine de certaines expressions utilisées : pour celles qui ne figurent pas dans le dictionnaire nous avons fait confiance à la qualité de leurs auteurs.

---

244 P. Landy, 1988
245 T. Yutaka, 1974
246 S.I.I.E., 1990
247 O. Gelinier, 1982 et S.I.I.E.,1990

1. LE SYSTÈME ONIEN DE PRODUCTION

La nouvelle école japonaise en matière d'organisation du travail a vu le jour au début des années 1950. Elle a pris « sa source dans deux aspirations complémentaires, à savoir la volonté du parti libéral démocrate de protéger les petits patrons qui votaient pour lui, et le désir des grandes firmes exportatrices de créer une fédération de fournisseurs efficaces sur le modèle Motte ou Zaibatsu »[248].

Le trait culturel et distinctif de cette nouvelle école, par rapport au système taylorien, est qu'au lieu de procéder par destruction des savoirs ouvriers en gestes élémentaires, Ono a pensé à l'envers, c'est-à-dire qu'il a procédé par déspécialisation et temps partagé des professionnels pour les transformer en pluri-opérateurs, en professionnels polyvalents ou en travailleurs multifonctionnels.

Selon Coriat, le but est le même que celui poursuivi par Taylor en son temps, la rationalisation du travail. D'ailleurs, Ono est explicite sur ce point : « C'est dans le contexte (celui de l'augmentation brutale des commandes, provoquées par la Guerre de Corée) que j'ai décidé de lancer l'expérience consistant à regrouper des machines aux mêmes endroits, chaque opérateur avait ainsi la charge de trois ou quatre machines accomplissant chacune des opérations différentes de la gamme. Le changement était radical et la résistance du terrain fut évidemment très forte... »[249].

---

248 M. J. Piore et C. F. Sabel, 1984
249 B. Coriat, 1991

Le système onien de production serait né de la nécessité particulière dans laquelle se trouvait le Japon, de produire de petites quantités de nombreux modèles de produits. Un contexte fort différent de celui qui avait présidé à la formation du taylorisme. De ce fait, il est fondamentalement performant dans la diversification. Mais quelle est la méthode de Ono ?

Pour réaliser des gains de productivité, Ono a pris comme point de départ, les stocks. Il les a utilisés comme analyseurs et révélateurs d'un ensemble de dysfonctionnements, de surcroîts sur lesquels l'organisation, à la recherche d'économies, peut opérer. Ce cheminement a conduit Ono à deux constatations suivantes : la première est la conception d'une usine minimum en éliminant le sureffectif et le suréquipement.

Comme Taylor, Ono a trouvé deux piliers pour son système de production, à savoir « la méthode Kan Ban et l'auto activation de la production ». Le reste est affaire de préconditions à réunir pour satisfaire à la réalisation de ces deux principes clés qui seuls ont un véritable statut ordonnateur.

La deuxième constatation, liée à la première, est « la direction par les yeux », en vue de pouvoir à tout moment et visuellement exercer un contrôle direct sur les employés subordonnés.

Sur le plan de l'organisation, des standards opératoires sont mis en évidence à chaque poste de travail pour renseigner sur l'état de la ligne et les ennuis qui s'y produisent éventuellement[250].

Examinons à présent ces deux piliers du système onien.

---

250 Idem

1.1. La méthode Kan Ban

Selon Coriat, cette méthode a son origine dans le système appliqué dans les supermarchés aux États-Unis. Elle peut se résumer de la manière suivante : le travailleur du poste de travail situé en aval (pris ici comme le client) s'alimente en pièces au poste de travail en amont (le rayon) au fur et à mesure de ses besoins. Dès lors, le lancement de la fabrication au poste amont ne se fait que pour réalimenter le magasin (le rayon) en pièces (produits) vendues. La méthode Kan Ban est née de ce principe[251].

Elle a été développée par l'entreprise Toyota au début des années 1960. Cinq ans plus tard, elle fut imposée à l'ensemble des fournisseurs à 100 % de l'entreprise Toyota[252].

Cette extension de l'utilisation de la méthode Kan Ban a eu des conséquences parmi lesquelles deux doivent être notées : elle a permis de décentraliser au moins une partie des tâches d'ordonnancement et d'intégrer les tâches de contrôle de la qualité des produits aux tâches de fabrication elles-mêmes.

Il faut aussi faire remarquer que sur le plan organisationnel, Kan Ban présente trois innovations de base[253].

• La première est la révolution introduite dans les techniques d'ordonnance et d'optimisation du lancement des fabrications. Par rapport à la logique fordienne, elle consiste en une inversion des règles traditionnelles : au lieu que la mise en fabrication se fasse en chaîne de l'amont vers l'aval, elle se fait de l'aval vers l'amont en partant des commandes adressées à l'usine et des produits déjà vendus. En plus de cette inversion,

251 B. Coriat, 1990
252 P. Cohendet et al., 1987
253 B. Coriat, 1990

la clé de la méthode consiste à établir parallèlement au déroulement des flux réels de la production, un flux d'information inversé qui va de l'aval vers l'amont : depuis l'aval, la série des commandes, de poste à poste, remonte vers l'amont, de telle manière qu'à un moment donné, il y a production dans le département considéré, uniquement de la quantité de pièces exactement nécessaire. C'est de cette manière que se réalise le principe de zéro stock, l'apport essentiel de Kan Ban. Quant à la caractéristique de cette méthode, d'où elle tire son nom, elle tient à l'affiche qui circule avec les lots à fabriquer[254].

- La deuxième innovation est la constitution au sein de l'atelier d'une fonction générale de fabrication dont la caractéristique centrale est qu'elle réagrège des tâches qui, selon les recommandations tayloriennes, sont soigneusement et systématiquement séparées : ce sont à la fois la division fonctionnelle du travail et la division du travail au sein de l'atelier qui sont repensées et différemment dessinées.

- La troisième innovation est la réagrégation de tâches de programmation aux tâches de fabrication, celle-ci constitue le principe fondamental de la méthode Kan Ban.

1.2. L'autonomation et l'auto-activation

Cette méthode provient de l'industrie textile dont l'entreprise Toyota fut elle-même au départ frappé par le gaspillage occasionné par les défauts qui affectent l'ensemble d'un coupon de tissu. K. Toyota, président de l'entreprise, a voulu mettre au point une technique qui permettrait un arrêt automatique de la machine au cas où une quelconque anomalie viendrait à se manifester.

Ono travaillait à la division textile à cette époque. Il a fait de cette technique un des principes ordonnateurs de la production et un

---

254 P. Cohendet et al., 1987

concept ; il l'a baptisé « autonomation », qui signifierait « l'autonomie des machines automatiques »[255].

Le point important est l'application de cette technique dans l'ensemble de la ligne de la production automobile. Elle va concer-
ner non seulement les dispositifs mécaniques introduits dans les
machines, mais aussi les dispositifs organisationnels concernant
l'exécution du travail humain.

Il y a lieu de signaler que la signification de ce pilier est la déspécialisation et la polyvalence ouvrière qui se sont développées à partir du double principe conjoint de linéarisation de la production
et d'une conception de l'organisation du travail autour de postes
polyvalents. Une des conséquences de cette méthode est la réin-
tégration de la gestion de la qualité dans les actes élémentaires de
l'exécution des opérations, par diverses formes de mobilisation des
ressources humaines à travers les méthodes des Cercles de Qualité.

Enfin, comme toutes les innovations organisationnelles, le système onien rencontre la résistance ouvrière.

2. LES RELATIONS INDUSTRIELLES

Il convient d'abord de faire remarquer que les deux courants s'accordent à reconnaître que les relations industrielles ou les rapports
sociaux reposent sur les trois caractéristiques suivantes :

- L'emploi à vie ;
- Le salaire à l'ancienneté auquel il faut ajouter la pratique du
  shunto (offensive de printemps) ;

---

255 P. Cohendet et al., 1987

- Le syndicat d'entreprise auquel on ajoutera la participation au processus de prise de décision.

Pour les tenants du courant économique et technique, ces relations industrielles sont un complément et une autre face des innovations organisationnelles, mais c'est sur le rôle central tenu par l'implantation de marchés internes du travail dans les grandes firmes que ces relations présentent leur caractère particulier et spécifique. En d'autres termes, c'est entre l'organisation du travail et les structures incitatives que ces éléments trouvent leur signification.

En effet, l'ensemble de propriétés dynamiques de l'entreprise reposent sur l'aspect polyvalent des travailleurs, lié à la flexibilité interne et aux effets d'apprentissage construits dans les modes d'organisation du travail correspondant eux-mêmes aux deux piliers : le « juste à temps » et « l'auto-activation de la production ». C'est à la conjonction de ces éléments que les traits caractéristiques des relations industrielles apparaissent en parfaite cohérence avec les pratiques organisationnelles, à la fois comme support et comme instrument[256].

Ils sont support dans la mesure où le système de salaire à l'ancienneté, qui a pour objectif de fixer le travailleur dans l'entreprise, permet à celle-ci d'investir dans sa qualification avec d'autant moins de réserve qu'elle est en mesure à tous les coups de largement récupérer l'investissement effectué. Ils sont instrument de l'organisation qualifiante mise en place, en ce que formations et marchés internes reproduisent la structure et la nature des qualifications et des savoir-faire que requièrent les dispositifs organisationnels dont l'entreprise est le lieu.

De ce qui précède, il découle un « cercle vertueux » de la productivité et de la qualité combinant innovations organisationnelles

---

256 B. Coriat, 1991

et structures incitatives spécifiques, comme le montre à grands traits le graphique ci-après[257].

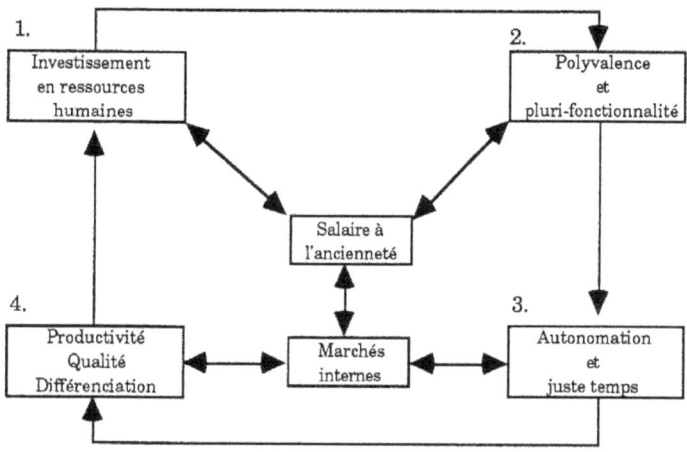

Tel qu'il se présente, ce graphique donne lieu à l'interprétation suivante : les investissements en ressources humaines garantissent un haut niveau de polyvalence et de plurifonctionnalité des salariés, lesquels rendent possible l'efficacité des innovations organisationnelles (Kan Ban et auto activation), qui assurent à leur tour des gains de productivité tels qu'ils permettent de réalimenter les investissements en ressources humaines. S'agissant du salaire à l'ancienneté et du marché interne qui lui sert de fondement, ils tiennent une place clé et doublement, comme nous le verrons plus loin.

Pour les défenseurs du courant culturaliste, les traits caractéristiques des relations industrielles sont des piliers du succès économique, en ce sens qu'ils sont constitutifs de la culture japonaise basée sur la recherche permanente du consensus.

---

257 Idem

Écoutons à ce propos Ishii, président de Bridgestone, interrogé par Maury : « C'est la culture du riz qui nous a appris à la fois l'endurance, la résignation, l'empirisme et la solidarité. Parce que les conditions de travail ont toujours été très dures, en raison de notre climat qui est trop froid »[258].

Selon Bolle De Bal, « ces techniques de gestion constituent en fait des principes de gestion très largement inspirés des réalités ambivalentes, contradictoires et complémentaires de l'amae (amour) et du iemoto (autorité). Les analyser sans les rapporter à leurs référents culturels fondamentaux, c'est émasculer notre intuition et notre compréhension (…), c'est nous interdire l'accès au labyrinthe du Japon profond »[259].

Selon certains auteurs, le terme amae signifierait « l'enfant gâté ». Le terme iemoto comprend deux parties : ie « maisonnée » et moto « chef de famille ». Ils sont utilisés dans un sens proche de celui du paternalisme.

258 R. Maury 1990
259 M. Bolle De Bal, 1988

1. L'ATTACHEMENT DE L'INDIVIDU À SON GROUPE FAMILIAL « IÉ »

L'importance accordée à la famille dans la société japonaise fait de l'individu un maillon de la chaîne éternelle ; il est d'abord le fils, ensuite le père. Il devient de ce fait, loyal envers ce corps constitué auquel il s'agrège ; son esprit d'équipe se développe autant que son sens de responsabilité personnelle et sociale, souvent exprimée par une certaine gaieté dans les rapports extérieurs[260].

La cellule familiale est donc un système de référence auquel appartient tout individu et qui sert de base à son identification.

Dans certains cas, comme celui de l'agriculture collective, la maisonnée ou la cellule familiale est une sorte de coopérative ou un organe de gestion englobant les membres de la famille du chef avec possibilité d'y admettre d'autres membres[261].

Malgré l'évolution des structures juridiques au Japon, la maisonnée reste la base de la structure sociale[262].

Par comparaison, lorsqu'on prend en considération le rôle joué par la maisonnée, en tant qu'institution de sécurité sociale, il y a lieu d'établir un parallélisme avec le groupe lignager dans la société traditionnelle africaine. Dans celle-ci, l'individu est pris en

---

260 P. Landy, 1988
261 C. Nakane, 1979
262 M. Drancourt, 1989

charge par son groupe familial qui pourvoit à ses besoins essentiels, en échange de l'obéissance (voir ci-après).

Dans de telles conditions de vie, le groupe influence considérablement non seulement les actes, mais aussi la façon de penser de l'individu.

Si les occidentaux y voient un danger ou une menace pour leur dignité en tant qu'individus, les Japonais, et aussi les Africains, estiment que cela procure un sentiment de sécurité en perpétuant en eux un sens profond d'appartenance à un groupe social.

Comme l'explique Drancourt, les psychanalystes ont cherché à comprendre cette tradition japonaise, concernant l'attachement de l'individu à son groupe familial, en soulignant le rôle joué par la mère dans l'éducation des enfants. Elle est souvent en permanence auprès d'eux pour les surveiller, les aider, les houspiller et les encourager dans la course d'obstacles que représente la vie scolaire[263].

Après les études, par le type de formation qu'elle propose, l'entreprise japonaise tend à remplacer la mère ou plus précisément la maisonnée ; elle continue à renforcer l'esprit d'équipe en valorisant ses employés selon leurs aptitudes à vivre à l'aise dans le milieu de travail[264].

Au niveau national, dans la plupart des secteurs essentiels pour l'efficacité de l'économie japonaise, l'Administration est en mesure d'imposer son point de vue : « la philosophie d'ensemble est que le consensus dirigé contre l'extérieur est préférable aux règles classiques de la concurrence »[265].

---

263 Idem
264 M. Jolivet et al., 1984
265 M. Drancourt, 1989

Un autre point qu'il convient de souligner est la politique japonaise en matière d'immigration, elle a peu évolué : les Japonais, tout en manifestant leur intention de jouer un rôle important dans le monde, sont très fermés à l'égard des étrangers et en particulier de l'immigration[266].

Le Japon veut, bien sûr, participer aux mouvements des capitaux et des produits, mais pas au mouvement des hommes ; il est loin de devenir une société multiraciale dont on commence à voir les signes en Europe. « Il aspire à vivre de plus en plus par et pour lui-même », mais en dépendant du monde extérieur par son commerce[267].

Enfin, le concept de maisonnée, « ié », comme tous les concepts liés à des préceptes moraux datant de l'époque féodale, est en voie de disparition en tant que cadre social de référence, tout en restant enraciné au cœur des Japonais. Il est remplacé progressivement par d'autres groupes sociaux et économiques dont le plus important semble être l'entreprise japonaise[268].

Selon Nakané, l'employé japonais accorde plus d'importance à son entreprise qu'à sa qualification lorsqu'il se présente : il ne dira pas « je suis typographe ou je suis ingénieur », mais plutôt j'appartiens à l'entreprise M ou je fais partie de la compagnie Y, sans qu'on puisse en déduire s'il y est chauffeur ou cadre supérieur[269].

---

266 Idem
267 P. Landy, 1988
268 J. C. Courdy, 1981
269 C. Nakane, 1973

2. L'INTERDÉPENDANCE MUTUELLE

Les conditions de vie dans un contexte isolé géographiquement, comme celui de l'archipel japonais, sont créatrices d'un type de rapports un peu exceptionnels entre la nature et l'homme. Ces rapports ne pouvaient pas manquer d'avoir une certaine influence au niveau des relations humaines. Pour la plupart des auteurs dont Jacques Volle, cette caractéristique qu'est l'interdépendance mutuelle a son origine essentiellement dans la nécessité d'assurer la survie par « l'agriculture collective du riz ». Celle-ci ne peut se concevoir sans l'entraide mutuelle[270].

Selon Douchy[271], « depuis des siècles la culture du riz a été vitale pour assurer la survie de l'individu ». D'autre part, le sol volcanique n'est pas propice aux immenses étendues de culture. En effet, la culture du riz se fait sur de multiples petites parcelles entourées de murets de terre pour éviter que l'eau, indispensable à cette culture, ne se disperse ailleurs qu'à l'endroit où elle est utile[272]. Tout un système d'irrigation a été réalisé. Les parcelles sont étagées, de quelques centimètres à quelques dizaines de centimètres de dénivellation entre elles, de façon à permettre un écoulement et un renouvellement permanent de l'eau qui y circule. Chaque propriétaire d'une parcelle de terrain reçoit son eau du voisin qui a la parcelle en amont, et fournit à son autre voisin en aval l'eau qui a traversé sa parcelle. Chacun dépend donc de l'autre. Ces conditions sont génératrices d'un esprit de travail en groupe, en équipe et un esprit de collaboration, donc une recherche permanente du consensus pour assurer la culture vitale pour l'être humain.

Ajoutons à cela l'obligation dans laquelle se trouve chaque exploitant (famille) de demander « l'aide de ses voisins pour pouvoir

---

270 M. Jolivet,1984
271 J. M. Douchy, 1986
272 J. Volle, 1982

144

effectuer la récolte au moment optimum, compte tenu du climat différent d'une rizière à l'autre »[273].

Dans cette manière de vivre, tout conflit entre voisins ne peut être que nuisible. De cette pratique découle peut-être l'idée selon laquelle l'individualisme n'existe pas dans la société japonaise et que l'amour du prochain, passe avant l'amour de la vérité. Toujours est-il que les Japonais attachent une importance capitale à l'idéologie de l'harmonie, base de l'organisation sociale.

Il n'est pas sans intérêt de rappeler que le premier texte juridique japonais, le Code des dix-sept articles du prince Sho Koku, commença ainsi : « il faut honorer l'harmonie… ». Ce texte rédigé en 614 est toujours d'application. Comme l'explique Drancourt, lorsqu'un commerçant japonais est honoré par l'achat d'un client, il reste débiteur à son égard. Certains voyages organisés ont pour but essentiel pour des producteurs de s'attacher les distributeurs par une dette de reconnaissance. Dans ce contexte, le moyen d'aplanir le conflit géré déjà en amont, n'est pas le procès, mais la conciliation sous l'égide d'un tiers, notamment une personne âgée ou le MITI (Ministère du Commerce International et de l'Industrie) en ce qui concerne par exemple les entreprises japonaises[274].

Cette tradition sur l'interdépendance mutuelle se retrouve également dans la société traditionnelle africaine.

E. E. Evans qui a étudié la société Nuer fait remarquer qu'à cause de la rigueur saisonnière (saison sèche), les habitants quittent leur village et se rassemblent dans de vastes camps à proximité d'un point d'eau. La solidarité s'y exerce de façon plus active encore que pendant la saison des pluies et sur le plan spatial et sur le plan moral. Quant aux troupeaux qui, pendant la saison des pluies,

---

273 J. Volle, 1982
274 M. Drancourt, 1989

se trouvent répartis en kraals séparés, ils sont alors réunis dans le même kraal ou dans des kraals communicants. Ils sont gardés et nourris ensemble. En ce qui concerne les activités journalières indispensables telles la pêche, la chasse, le ramassage de récoltes, elles se déroulent en groupe...[275]

3. LA CONCERTATION TRÈS POUSSÉE, LE « PROCESS RINGI »

Il a été observé l'importance accordée à la maisonnée japonaise en tant que communauté sociale de base. Il a été noté que l'exploitation de rizières familiales, dans des conditions particulières, impose aux exploitants l'obligation de s'entraider et de se consulter en permanence en vue de maintenir l'harmonie.

Dans ce contexte de vie en groupe, la décision ne peut pas être un geste agressif qui tranche et qui s'impose au groupe, mais elle ne peut être qu'une « constatation unanime d'une nécessité, une communion à la fois intellectuelle et émotionnelle dans la reconnaissance de cette nécessité »[276].

Ce processus de prise de décision est appelé « ringi ». Il exige que l'ensemble des personnes intéressées par son exécution soit consulté à un niveau apparemment égal[277]. Il est utile de rappeler, avant d'aller plus loin, que ce terme « ringi » est composé de deux parties :

- « La soumission de la proposition de décision à son supérieur ou à son groupe et l'obtention de l'accord ;

---

275 E. E. Evans-Pritchard,1978
276 O. Gelinier, 1982
277 D. Turcq, 1978

- La délibération et la prise de décision »[278].

Ces points montrent assez que ce processus est lent et prend du temps, trop lent pour le tempérament occidental qui ne pourrait le supporter. Dans cette optique, il y a lieu de faire remarquer que l'expression « time is money » n'est pas japonaise.

Toujours est-il que cette manière de prendre la décision est présentée, outre les conditions de vie en groupe et de travail dans les rizières, comme le point capital de l'enseignement millénaire de Confucius : « reconnaître la hiérarchie naturelle dans le respect mutuel ; ne pas forcer, mais toujours convaincre afin de cultiver l'harmonie, le « wa », qui est le bien et éviter le conflit, source de honte »[279].

Enfin, « ringi » est un processus de prise de décision à plusieurs niveaux dus à la structure pyramidale de la société japonaise[280].

Examinons à présent les mécanismes de son fonctionnement en les confrontant à la tradition africaine de la prise de décision.

Pour cela un exemple simple, celui du mariage a été choisi parce que très exemplatif. Signalons avant de poursuivre que cet exemple a été emprunté à Courdy dans son ouvrage déjà mentionné[281], en ce qui concerne la société japonaise ; quant à la société traditionnelle africaine, il a été emprunté à Mérand[282].

Ceci étant, en règle générale l'importance de la prise de décision dans la maisonnée japonaise apparaît, soit parce que le père de

---

278 Idem
279 O. Gelinier, 1982
280 A. Callies, 1980
281 J. C. Courdy, 1981
282 P. Merand, 1984

famille a posé le problème, soit parce que le jeune homme et/ou la jeune fille a(ont) manifesté l'intention de se marier. Chaque famille procédera à une enquête sur l'autre famille ; elle portera essentiellement sur les points suivants : la réputation, la fortune, la position sociale et l'origine de la famille... Après cette enquête, le père de famille en parlera avec son épouse d'abord (1er niveau) ; ensuite avec ses enfants majeurs (2e niveau), et éventuellement avec ses frères et sœurs (3e niveau). Si les points de vue de tous les membres qui ont participé à l'enquête concordent, le père de famille invitera l'ensemble des membres de la maisonnée pour un repas, au cours duquel il annoncera officiellement l'accord. Dans le cas contraire, un complément d'information sera exigé sur l'origine du désaccord.

Dans la société traditionnelle africaine, il est du devoir de la communauté de marier ses enfants. En principe, l'accord entre deux familles se fait de la manière suivante : les parents du garçon choisissent la fille qui sera l'épouse de leur fils dans la famille amie, avec le consentement de celle-ci. Ce choix est fait à l'insu de la jeune fille (cas devenu rare).

L'argument invoqué pour justifier ce mode de choix est que la mariée ou le marié épouse la famille, le lignage, autant que son épouse ou son époux, donc il s'agit d'une décision importante qui ne peut pas être prise par une seule personne, encore moins par un jeune qui n'a pas l'expérience de la vie.

Le conseil de famille a le devoir de donner son avis. Les parents disent en substance que le jeune homme et surtout la jeune fille portent le nom de la famille, si elle ou lui se méconduit, la honte rejaillira sur toute la famille. Il ne s'agit pas d'une seule personne mais de toute la communauté lignagère.

Cet exemple sur le mariage montre assez comment les sociétés japonaise et africaine sont soucieuses du maintien de l'harmonie et, dans ce sens, le groupe influence largement l'individu et oriente sa vie : dans la société japonaise, bien qu'on associe les intéressés au processus de concertation, le dernier mot reviendra au groupe, c'est notamment le cas lorsqu'un différend grave est apparu lors de l'enquête. Le motif du refus sera porté à la connaissance des intéressés et en essayant de leur en faire comprendre la raison afin qu'ils puissent revenir sur leur décision.

Dans la société traditionnelle africaine, le conseil de famille s'appuie sur la coutume et les traditions (souvent ignorées des jeunes) pour motiver le refus.

Ce qui est intéressant à noter dans ce qui précède, est que ce processus de prise de décision est intégré à la culture du consensus. Il présente de multiples avantages pour la direction par concertation dans l'entreprise et il a aussi des inconvénients qui semblent être, à l'heure actuelle, compensés par les méthodes des Cercles de Qualité, comme nous le verrons plus loin.

Il convient d'établir, à présent, le lien entre ces traditions nationales et le management des hommes dans l'entreprise japonaise.

CHAPITRE III

Les caractéristiques des rapports sociaux

1. LE SYSTÈME DE L'EMPLOI À VIE « SHUSIN KOYO »

Dans les entreprises japonaises, l'emploi à vie apparaît comme un concept fondamentalement original du monde du travail nippon. Selon Jolivet, « l'emploi n'est pas un simple contrat reposant sur un accord commun entre deux parties. Comme le mariage, il implique des rapports de compréhension mutuelle »[283].

Pourtant, le système comme tel ne représente pas une originalité lorsqu'il est considéré comme sécurité d'emploi garantie jusqu'à la retraite. Il prend la signification proche de celle que l'on retrouve dans la plupart des pays industrialisés concernant, par exemple, l'emploi dans la fonction publique, voire dans certaines grandes entreprises privées. Par contre, l'originalité du système se trouve dans sa dimension historique et dans son fonctionnement hautement efficace[284].

1.1. L'évolution historique

Dans la société traditionnelle, les liens entre les samouraïs et leur maître s'inscrivaient dans un type de relation pour la vie, sur base d'un système des valeurs confucianistes de fidélité au maître et des devoirs de ce dernier envers ses suivants[285]. Comme tels, « les liens entre les membres d'une même famille ne sauraient être

---

283 M. Jolivet, 1984
284 D. Turcq, 1978
285 M. Jolivet, 1984

rompus par l'effet d'une quelconque souveraineté »[286]. De cette façon, le système de l'emploi à vie peut être vu comme une réminiscence du passé féodal.

Comme le signale Turcq, la grande mobilité de la main-d'œuvre au début de l'industrialisation (l'ère Meiji, 1868) se traduit par la moins bonne qualité de travail, par un absentéisme élevé et par de mauvaises conditions de production.

Ajoutons, car ceci est essentiel à notre propos, que face à cette situation et au danger qu'elle représente pour l'industrialisation du Japon, le gouvernement entreprit dès 1888 la politique de la stabilisation des relations sociales en rétablissant le système de valeurs basé sur le respect de la hiérarchie et des règles de fidélité. Comme nous le verrons plus loin, il y a une analogie, entre ce point, et ce que nous préconisons pour résoudre le problème posé par la gestion de l'entreprise africaine.

Mais la dimension familiale de l'entreprise se serait structurée vers 1910 comme un idéal, plutôt que comme une réalité. Les facteurs suivants[287] sont venus renforcer cet idéal :
- La Première Guerre mondiale,
- La crainte des idées communistes,
- Le développement rapide du machinisme,
- Le désir de stabiliser la main-d'œuvre, etc.

Par contre, le concept de l'emploi à vie tel qu'il fonctionne actuellement s'est implanté aux environs des années 1950. C'est pourquoi, certains auteurs considèrent qu'il a été imposé par les américains pour stabiliser la main-d'œuvre et stopper la progression du syndicalisme[288].

---

286 R. Maury, 1988
287 D. Turcq, 1978
288 S. Kamata, 1983

Pour Coriat[289], l'origine de ce système fut la forte pénurie de la main-d'œuvre adulte et expérimentée, l'énorme saignée provoquée par la guerre en est bien sûr la cause principale ; à l'inverse la situation fut caractérisée par une abondance relative de la main-d'œuvre juvénile. À cela s'ajoute la forte mobilité interentreprises sur un marché du travail aussi tendu et déséquilibré dans sa structure... Ces éléments ont conduit les entreprises à développer une politique de la fixation des travailleurs.

1.2. Le fonctionnement du système de l'emploi à vie

Le concept de l'emploi à vie tel qu'il est observé dans les entreprises japonaises présente une « double originalité »[290]. La première est fondée sur le lien moral qui unit l'employé à l'employeur et non pas sur l'obligation juridique. Écoutons à ce propos les points de vue exprimés par quelques chefs d'entreprise, interrogés par Maury : Koji Matsuno, président d'Hitachi : « Notre passé, du point de vue historique est celui d'une société féodale. Cette tradition est encore présente dans nos entreprises. Nos employés éprouvent une grande affection pour l'entreprise à laquelle ils appartiennent ». Pour Yamamoto, président de Fujitsu et de Tsuchiya : « les employés sont nos propres enfants ». Enfin pour Eiji Suzuki, président du Nikkeiren et de Mitsubishi Chemical Company : « même la politique de contrôle total de la qualité n'est praticable que dans la mesure où chacun des ouvriers considère la société comme sa propre chose ».[291]

Il est important de rappeler que seules les difficultés économiques graves peuvent prendre le pas sur le lien moral qui unit l'employé à l'entreprise.

---

289 B. Coriat, 1991

290 D. Turcq, 1979

291 R. Maury, 1988

C'est dans cette circonstance, d'ailleurs, qu'on retrouve la deuxième originalité : l'employeur procédera au licenciement comme moyen de rétablir la compétitivité et surtout, il s'occupera de les reclasser car « on ne peut pas se débarrasser d'une personne comme d'une machine qui ne vous donne pas satisfaction ».[292] Cette obligation morale de recaser les salariés licenciés correspond à une tendance actuelle observée dans certains pays européens, notamment en France.

Toutefois, il s'agit d'une tendance qui se manifeste de façon moins nette dans les petites entreprises.[293]

D'après les estimations, le nombre des travailleurs ayant un contrat à vie varie entre 30 et 50 % de la population active.

Cette fourchette recouvre les différences de sécurité dans le statut : 30 % étant le nombre de ceux qui jouissent du statut idéal et 50 % le nombre de ceux qui bénéficient de ce principe avec une sécurité plus ou moins grande. Cette statistique ne s'applique qu'aux travailleurs masculins[294].

Au cours des dernières années, ce système est remis en question à cause essentiellement de l'appréciation du yen (1985) et du vieillissement de la population active[295].

Pour Nagayama de la Chugai, les employés qui possèdent un bagage scientifique seront de plus en plus mobiles. Quant aux jeunes Japonais, ils exigent une politique de management tout à fait différente[296].

---

292 D. Turcq, 1979
293 S. Kamata, 1983
294 D. Turcq, 1979
295 F. Bricnet et J. P. Cendron, 1982
296 R. Maury, 1990

Toutefois, les employeurs restent confiants et attachés à ce système car il présente un avantage décisif, celui de créer chez les travailleurs un esprit maison[297].

2. LE SYSTÈME DE SALAIRE ET DE PROMOTION BASÉ SUR L'ANCIENNETÉ

Selon l'approche économico-technique, le système de salaire à l'ancienneté et le marché interne qui lui sert de fondement tiennent une place clé et doublement, dans la mesure où l'entreprise, par le biais du marché interne, assure la fixation à long terme de l'ouvrier dans son espace, ce qui permet à l'entreprise de tirer bénéfices de ses programmes de formation. Pour le salarié, ce système constitue la contrepartie en échange de son implication dans la production.[298]

Pour les tenants de l'approche culturaliste, ce système est lié à celui de l'emploi à vie. Le soi-disant salarié japonais se considère comme un véritable associé de son patron. Dans ce sens, il entend donner à l'entreprise le meilleur de lui-même pour en retirer toutes les conséquences financières et tous les avantages matériels résultant des gains de productivité.[299]

Quant à la promotion, elle est fonction du nombre des années passées au service d'une même entreprise. Car il n'existe pas de normes d'évaluation de la qualification, d'ailleurs celle-ci est acquise dans l'entreprise.[300]

---

297 F. Bricnet et P. J. Cendron, 1982
298 B. Coriat, 1990
299 R. Maury, 1988
300 D. Turcq, 1979

Comme le système de l'emploi à vie, celui de salaire et de promotion à l'ancienneté est aussi remis en question.

Écoutons encore Toa Nenryo Kogyo, président d'une société pétrolière : « Quand l'environnement était stable, nous utilisions la promotion à l'ancienneté. Maintenant que l'environnement est devenu extrêmement mouvant, c'est le mérite qui sera retenu comme critère décisif de la promotion ». Ce point de vue est partagé par plusieurs chefs d'entreprise interrogés par Maury. Si nous pouvons nous permettre une comparaison entre le système fordien et le système onien, à travers le salaire, il y a lieu de signaler que l'arrêt de la chaîne de production dans le système fordien lié à la production de masse, aura une certaine conséquence sur le salaire dans la mesure où celui-ci est directement lié à la quantité et moins à la qualité des produits et du fait aussi que sur le plan de l'organisation, le service de contrôle qualité se trouve au bout de la chaîne de production.

Par contre, sur la chaîne onienne liée à la production flexible, l'arrêt de la chaîne est bénéfique pour contrôler la qualité des produits. D'autant plus que ce contrôle fait partie des tâches de l'opérateur, de ce fait, il n'a pas une quelconque conséquence sur le salaire.

Les augmentations du salaire de base dans les entreprises japonaises s'effectuent selon les mécanismes particuliers de négociation collective. Ils sont considérés comme une procédure sociale d'actualisation annuelle du salaire[301] ; ils se déroulent une fois par an au mois de mars (fin de l'exercice fiscal au Japon), d'où son qualificatif d'offensive de printemps[302].

L'objet essentiel du shunto consiste dans la concertation, la lutte et la négociation pour la fixation du taux d'augmentation annuel de salaire[303].

---

301 B. Coriat, 1990
302 D. Turcq, 1979
303 B. Coriat, 1990

Il faut d'abord rappeler que la structure du salaire est composée d'une partie fixe appelée « Nenko », quoique négociée et modulable, et une partie variable comprenant le bonus biannuel et une prime de retraite.

Selon le Ministère Japonais des Affaires Etrangères, Shunto porte sur la partie fixe et se déroule de la manière suivante : les fédérations des secteurs les plus importants, la sidérurgie en tête, les chemins de fer privés et les autres, se retrouvent au premier rang des négociations sous tutelle des grandes Centrales nationales : SOHYO et DOMEI. Après que ces secteurs soient parvenus à un accord sur le taux d'augmentation annuel du salaire, les syndicats d'employeurs se concertent à leur tour et fournissent une réponse unique. Sauf circonstances tout à fait exceptionnelles, ils ne reviendront pas sur la décision prise, la négociation est terminée.

C'est pourquoi shunto est qualifié de négociation dite « à un seul tour »[304]. Ce relèvement salarial appelé SEKEN SOBA, se dessine progressivement et touche tout le monde du travail en influençant aussi le salaire des non syndiqués[305].

Rappelons que ce taux d'augmentation, après avoir enregistré un maximum en 1974 avec 32,9 %, se retrouve depuis en perte de vitesse. En 1978, par exemple, il n'a atteint que 5,9 %. Au cours des dernières années, diverses revendications, touchant directement ou indirectement les domaines liés à la vie de l'entreprise, ont été présentées lors du shunto annuel avec une importance presque égale ; il s'agit notamment de la pollution de l'environnement, les prix, les dégrèvements fiscaux, la sécurité sociale[306]...

---

304 Ministère des Affaires Etrnagères, 1984.
305 D. Turcq, 1979
306 Ministère des Affaires Etrnagères, 1984.

3. LE SYSTÈME SYNDICAL JAPONAIS

Les syndicats japonais sont formés sur base « entreprise par entreprise ou usine par usine », englobant différents niveaux hiérarchiques d'une même entreprise. Pour les tenants du courant culturaliste il s'agit, en fait, d'une prise de conscience après la période d'occupation américaine, de l'intérêt national et de l'exigence de la survie grâce au commerce.

Autrement dit, les syndicats ont calqué leur organisation sur celle de la maisonnée, « ié », traditionnelle dominée par une seule idéologie, la recherche permanente du consensus.

Pour les adeptes du courant économico-technique, le syndicalisme japonais a pris sa forme actuelle à l'issue de défaites majeures, et il a dû accepter sa transformation en syndicalisme d'entreprise pour faciliter l'application du système onien de production.

Lorsque l'on considère l'ensemble de la société industrielle, les syndicats sont d'abord organisés à l'intérieur des entreprises. Ensuite, apparaît l'organisation au niveau sectoriel, considéré comme « les corps collectifs » des syndicats d'entreprises[307].

Ce type d'organisation rend l'articulation entre syndicats d'entreprise, Fédérations et Confédérations, assez faible. Il en est de même des conventions collectives couvrant l'ensemble d'une profession au niveau territorial et national, elles sont peu nombreuses.

---

307 Office Franco-japonais, 1980

3.1. Historique du mouvement syndical japonais

La naissance du mouvement ouvrier japonais date de la fin du XIXème siècle, c'est-à-dire au début de l'ère industrielle, comme ce fut le cas dans la plupart des pays d'Europe.

La classe ouvrière au Japon s'est organisée pour la première fois en association de défense pendant la période de crise économique qui a suivi la première guerre sino-japonaise : il s'agit de l'Association des Compagnons du Travail, créée en 1887 sur le modèle de l'A.F.L. américain. Quatre années après sa création, elle se heurta à une répression particulièrement féroce de la part du gouvernement impérial et fut interdite en 1901[308]. Il a fallu attendre quelques années pour voir l'organisation syndicale reprendre sa place dans la vie économique du pays.

Selon ces auteurs, elle retrouvera son véritable essor à la suite de deux évènements concomitants :

- La première Guerre Mondiale, qui a provoqué un progrès rapide du capitalisme japonais et, par contrecoup, un développement important de la classe ouvrière ;
- Le deuxième facteur fut la révolution d'Octobre en Union Soviétique, qui provoqua également un éveil de la conscience de la classe ouvrière.

C'est ainsi qu'en 1918, une Association appelée YUAIKAI a été créée. Elle donna naissance à la première Confédération syndicale, le « Nippon Kodo Kumiai Sodomei », qui éclata en 1926 en deux Organisations : HYOGIKAI et SODOMEI, suite aux luttes internes entre les anarchistes, les bolcheviques et les socio-démocrates, sans oublier la répression patronale. Quelques temps après, le Japon entre dans la période du militarisme : l'armée qui tient le

---

308 F. Bricnet et J. P. Cendron, 1982

pouvoir décide d'envahir la Chine ; elle dissout les Organisations syndicales dans le but d'enrégimenter les travailleurs dans les industries de guerre.

Après la Deuxième Guerre mondiale, le Japon est occupé militairement par les Etats-Unis, le mouvement ouvrier se reforma progressivement, cette fois à cause de conditions de vie difficiles et la mise en œuvre du programme Mac Arthur de démocratisation de la vie économique du Japon[309]. Les autorités d'occupation autorisèrent la création de trois centrales syndicales.

Mais en 1948, à cause essentiellement de la montée du communisme en Asie et de la guerre de Corée, elles changèrent leur attitude... « Ce fut la purge rouge en 1950 qui désorganisa profondément le mouvement ouvrier ; les communistes et les militants de gauche furent massivement expulsés de la fonction publique, de la presse et des syndicats des entreprises importantes »[310].

Ces mêmes autorités favorisèrent cependant la création en juillet 1950 d'une nouvelle centrale, le « SOHYO ». Celle-ci, contrairement aux attentes, va glisser progressivement vers la gauche et sera à l'origine du shunto annuel[311].

Il y a lieu de considérer que le syndicalisme a pris sa forme actuelle et son évolution est liée à l'invention et à l'introduction des deux piliers qui sont la méthode Kan Ban et l'auto activation de la production vers le début des années 1950[312].

Du syndicalisme d'industrie marqué par une tradition et une volonté d'affrontement ouvert avec les employeurs et leurs représentants, le

---

309 Office franco-japonais, 1980
310 S. Kamata, 1980
311 Idem.
312 B. Coriat, 1990

syndicalisme à l'issue de défaites majeures, a dû accepter sa transformation en syndicalisme d'entreprise, en même temps qu'il fut contraint de passer à des formes marquées par la concertation, voire la coopération avec les représentants des intérêts du capital.

Dans la formation du système onien, le syndicat est un des déterminants structurels importants. Si nous prenons le cas du syndicat d'industrie automobile, il représentait l'un des syndicats les plus combatifs de l'immédiat après-guerre ; il fut à l'origine de la grève des années 1950 qui dura deux mois et se solda par une défaite majeure pour le syndicat.

En 1952, peu après le retrait américain, une grande vague de luttes ouvrières est déclenchée à l'initiative ou avec l'appui résolu des syndicats. Ces actions se terminèrent encore une fois, par la défaite du syndicat... La direction de Toyota, poussant son avantage, parvient à transformer la branche locale du syndicat d'industrie en syndicat interne ou maison.

En 1953, le mouvement syndical historique de ce secteur a pour l'essentiel été détruit. À sa place s'affirme et devient l'interlocuteur exclusif de la direction un syndicat d'entreprise, dit « corporatiste ».

En 1954, ce syndicat est jugé insuffisamment coopératif et remplacé par un nouveau syndicat dont les statuts et les structures ont été revus : la campagne revendicative qu'il mène au cours de cette même année se fait sur le mot d'ordre suivant : « protéger notre entreprise pour défendre la vie ».

Depuis cette année chez Toyota, du moins, la grève a pratiquement disparu et l'activité syndicale est devenue l'un des passages essentiels assurant la promotion des dirigeants et la formation des élites de la maison Toyota.

De cette implication dans la production, le syndicat et les travailleurs bénéficient de contreparties implicites ou explicites. C'est en particulier au cours de cette période que se fixe de manière plus nette le système de l'emploi à vie, de salaire et de promotion à l'ancienneté, pratiques basées elles-mêmes sur l'instauration de marchés internes pour une partie importante des travailleurs de grandes firmes.

Sous cet angle, il y a lieu de considérer que l'introduction et le développement de la méthode Kan Ban n'a pu se faire qu'après cette réorganisation en profondeur du mouvement syndical. Celui-ci s'est maintenu sous cette forme parce que l'entreprise accorde de continuelles et substantielles améliorations des conditions de vie pour les salariés, tout spécialement en ce qui concerne les niveaux d'emploi et l'évolution du salaire réel.

3.2. L'organisation interne du mouvement syndical

Selon l'étude du Ministère japonais du Travail, déjà mentionnée, le taux de syndicalisation au Japon est de l'ordre de 33,4 %.

Il y avait fin 1976, un total de 70.039 syndicats avec environ 23.374.000 adhérents. La plupart de ces syndicats se sont regroupés en Fédérations, soit par branches d'industrie, soit par types d'entreprise. Ces Fédérations sont affiliées à leur tour à l'une des grandes Centrales Syndicales nationales suivantes[313] :

- Le Conseil Général des Syndicats, SOHYO. Il contrôle principalement le secteur public avec 67 % d'affiliés et quelques branches du secteur privé.
- La Fédération des Syndicats Indépendants, CHU RITSU ROREN.
- La Confédération Japonaise du Travail, DOMEI, en majorité dans le secteur privé.

---

313 S. Yoshihiko, 1981

- La Fédération Nationale des Organisations Industrielles, SHIN SAN BETSU.
- Autres syndicats Nationaux Indépendants.

Les syndicats japonais de l'immédiat après-guerre furent organisés sur le modèle occidental conflictuel.

Selon les tenants du courant culturaliste, après la période de l'occupation américaine, il y eut semble-t-il, une prise de conscience de l'intérêt national, de l'exigence de la survie grâce au commerce, les syndicats sont redevenus des syndicats autonomes, moulés sur la spécificité de l'entreprise et liés à son destin.

Comme tels, par comparaison, ils permettent d'éviter un grand nombre de conflits et améliorent, par conséquent, les relations entre salariés et employeurs d'une manière adaptée à la situation réelle de chaque entreprise.

À propos de conflits, les observateurs font remarquer que les travailleurs mènent leur action en travaillant. Le signe de la grève est « le port de brassard » de protestation[314]. Ce geste inflige à la direction de l'entreprise un déshonneur de n'avoir pas su rechercher le consensus nécessaire au maintien de l'harmonie au sein de l'entreprise.

Par contre, la grève concerne l'innovation : pendant la durée de l'action, les travailleurs refusent d'améliorer la qualité, souci permanent des entreprises japonaises.

En pratique, la direction d'entreprise procède souvent à des concertations avec le syndicat sur plusieurs points et ils aboutissent généralement à des solutions satisfaisantes pour l'ensemble de l'entreprise.

---

314 Ministère japonais des Affaires Etrangères, 1984.

Il convient d'ajouter qu'à ces négociations au sein de l'entreprise, l'offensive du printemps peut être considérée comme une forme d'action de nature à compenser la faiblesse du système syndicat-maison.

4. LES PRESTATIONS SPÉCIALES ET AUTRES AVANTAGES EN NATURE

Les entreprises japonaises prennent un peu plus en charge leurs travailleurs que les entreprises européennes. Elles accordent en plus du salaire, divers types d'allocations pour répondre à leurs besoins et à ceux de leurs familles ; elles mettent aussi à leur disposition divers équipements sociaux et installations de loisirs. À la fin de la carrière, elles versent des allocations de retraite substantielles en reconnaissance des bons et loyaux services rendus à l'entreprise[315].

Selon certains auteurs, ces prestations spéciales ainsi que d'autres avantages accordés aux travailleurs, constituent un des facteurs importants que les jeunes travailleurs prennent en compte dans le choix de leur « employeur à vie ». Au cours des dernières années, les jeunes travailleurs exigent d'autres facteurs étroitement liés à des valeurs qui ne sont pas monnayables, entre autres, le respect, la liberté ou la satisfaction du travail accompli[316].

---

315 Ministère japonais des Affaires Etrangères, 1984.
316 Iwai, 2004

5. LES MÉCANISMES DE PRISE DE DÉCISION DANS L'ENTREPRISE JAPONAISE

Rappelons brièvement le processus de prise de décision selon le modèle technocratique de l'entreprise : « un petit groupe de huit à dix personnes se réunit, discute d'un problème et propose diverses solutions. Le groupe possède un ou deux meneurs capables d'établir de bonnes relations entre partenaires pour que les désaccords sous-jacents puissent être évoqués de manière constructive »[317].

Au cours des dernières années, certaines entreprises américaines et européennes ont montré qu'il était possible d'éviter ce mode conflictuel de gestion en mettant au premier rang les hommes et la compétitivité[318]. Mais, ce qu'on observe dans l'entreprise japonaise est plus subtil, à tel point qu'une décision n'est jamais prise sur l'heure : « lorsqu'il s'agit de prendre une décision dans une entreprise, tous ceux qui se trouvent impliqués dans son exécution sont conviés à y participer »[319].

Écoutons encore Komatsu, président de Baxter Co : « nous avons une tradition historique de flexibilité… Cela remonte loin dans le passé. Les relations entre l'Empereur et les Shoguns ont toujours été ainsi autrefois ». Quant à Yoshiharu Fukuhara, président de Shiseido : « notre manière de faire consiste à délibérer longuement au sein des groupes de réflexion essentiellement stables, dont il résulte des processus plus lents »[320].

Comme l'explique Ouchi, dans certains cas, une équipe de trois personnes se voit confier la tâche de rencontrer l'un après

---

317 W. Ouchi, 1982
318 H. Serieyx, 1983
319 D. Turcq, 1979 et R. Maury, 1990
320 W. Ouchi, 1982

l'autre tous les intéressés et, chaque fois qu'une modification importante intervient, de contacter une nouvelle fois tous les responsables[321].

Il est intéressant de rappeler que cette recherche du consensus, ou d'un état proche, a pour objectif essentiel d'éviter le blocage de ladite décision dans sa phase exécutoire. En plus, elle renforce la cohésion du groupe en mettant en place les mécanismes assurant « l'érosion des divergences »[322].

En principe le processus se divise en deux parties :

- La partie informelle, appelée « NEMAWASHI SURU » ;
- La partie formelle, appelée « RINGI » (on lit « LINGI »).

Avant de poursuivre, il faut faire remarquer que « ringi » n'empêche pas le principe d'autorité de jouer[323].

Par contre vers les années 1990, « la fameuse décennie perdue », les entreprises ont pratiqué la prise de décision rapide, tant en raison des mutations violentes survenues dans l'environnement économique et social que de la fin de la croissance économique continue à long terme.

Selon Iwai[324], on ne peut pas se contenter de dire aux autres ce qu'ils ont à faire. Nous avons besoin de dirigeants qui assument leurs responsabilités en cas d'échec. Ceux qui n'ont connu que la période de croissance soutenue, n'ont tout simplement jamais été confrontés à une situation où leur entreprise risquait de graves problèmes, voire la disparition, faute d'une décision de leur part.

---

321 W. Ouchi, 1982
322 G. Faure, 1984
323 D. Turcq, 1979
324 Iwai, 2004

5.1. « *Nemawashi Suru* » et « *Ringi* »

Le processus de prise de décision débute, généralement par la phase préalable de formation de l'accord qui sera atteint après de multiples réunions à différents niveaux[325]. Ces diverses rencontres sont appelées « Nemawashi suru », terme qui signifierait en jardinage : préparer la transplantation d'un arbre en creusant et en coupant les racines latérales[326].

En pratique, lorsqu'il faut prendre une décision importante, un employé subalterne, souvent le nouveau venu dans le service, est chargé de rédiger son papier. Il en parle à tous les collègues, en même temps, il donne aussi son point de vue[327]. Les cadres expérimentés ne devront pas contrecarrer le jeune employé car, « ils considèrent que prendre une décision erronée est plus profitable pour la formation des nouveaux venus, qu'une centaine de conférences arides »[328].

Après ces discussions informelles, le jeune employé peut rédiger sa proposition de décision, appelée « RINGISHO ». À partir de ce moment débute la deuxième partie ou « RINGI ».

Celle-ci se déroule en quatre étapes : « la proposition, la circulation, l'approbation et l'enregistrement »[329].

Après la rédaction du document (« Ringisho »), il va circuler d'abord sur les bureaux des collègues de celui qui l'a rédigé, puis dans les autres services concernés du même niveau hiérarchique (circulation horizontale). Il remonte ensuite l'échelle hiérarchique (circulation

---

325 G. Faure, 1984

326 D. Turcq 1979

327 G. Faure, 1984

328 W. Ouchi, 1982

329 R. Robin, 1981

verticale) jusqu'à la direction générale ou le niveau hiérarchique ayant compétence formelle de décision où le document recevra l'approbation finale et fera fonction de pièce d'enregistrement de la décision[330].

Mais que se passe-t-il lorsqu'il y a désaccord ?

Selon Faure, lorsque la personne consultée n'est pas d'accord avec le contenu du document, elle refuse d'apposer son sceau et bloque la circulation du « ringisho ».

Dans ce cas, au moins deux explications peuvent être avancées : le « Nemawashi suru » n'a pas bien fonctionné ou c'est le signe de la crise à l'intérieur du service ou de l'entreprise. Ce qui est exceptionnel en pratique.

5.2. Les différents types de « Ringi »

Théoriquement, il y a au moins deux formes de « ringi » en fonction de l'importance de la décision[331].

Le premier type, appelé « Junji Kairan » est utilisé pour toutes les décisions de routine à l'intérieur d'une direction, pour des décisions relevant soit d'un chef de service, soit du Directeur Général. Ce type de « ringi » implique que le document (« ringisho ») circule dans les services suivant un ordre bien établi et il concerne les décisions dont l'agrément est acquis préalablement sans que l'intervention d'un cadre supérieur ou de la direction ne soit jugée indispensable. Il s'agit en quelque sorte d'une approbation aveugle, appelée « Nekurahan », qui suscite d'ailleurs la plupart des critiques du système « ringi ».

---

330 G. Faure, 1984
331 Idem

Le deuxième type de « ringi », appelé « Mochiwari », concerne les décisions les plus importantes. Il implique la participation de plusieurs directions et remonte jusqu'à la direction générale. Ce type de « ringi » correspond à la partie visible ou formelle. Enfin, il est difficile de nier, vu ce qui vient d'être dit sur le système de prise de décision, que « ringi » est un processus lourd, mais adapté au contexte socio-économique dans lequel la non-participation au processus de prise de décision est considérée comme un signe d'exclusion de l'entreprise-famille[332].

Il est aussi important de rappeler que cette stratégie de prise de décision n'est pas l'élément explicatif de la réussite des entreprises japonaises. Un autre facteur est venu se mêler en la catalysant, il s'agit du phénomène des Cercles de Qualité.

Avant de développer ce point, examinons les limites de la direction par concertation.

5.3. Les inconvénients du système japonais de prise de décision

Telle que nous venons de l'analyser, la gestion par consensus présente de multiples avantages, mais elle a aussi des limites. Il s'agit d'abord d'un processus lourd qui consomme énormément de temps. Ensuite, ce processus peut être bloqué lorsque « nemawashi » n'a pas bien fonctionné. À cela, il faut ajouter les rigidités qu'on attribue au système de l'emploi à vie. Ce processus n'est pas adapté en période de mutation économique. Écoutons encore Wagayama, adjoint à la direction de la Chugai : « il faut décider très vite de nos jours et cela exclut des longues négociations à la base »[333].

---

332 D. Turcq, 1979
333 R. Maury, 1990

Enfin, cette gestion typiquement japonaise peut se révéler peu communicable hors du contexte socio-économique japonais, car empreinte du nationalisme culturel.

1. INTRODUCTION

Comme nous venons de l'analyser, le processus de prise de décision dans la culture caractérisée par la recherche du consensus est lent. Les Cercles de Qualité sont apparus dans ce contexte comme l'application des mécanismes de « ringi » au processus de production et une réaction contre ces mécanismes dans la mesure où ils consomment énormément de temps.

Pour Gelinier, le développement extraordinaire des Cercles de Qualité est dû essentiellement à la présence des valeurs socio-culturelles dans la société industrielle japonaise.

Il s'agit sur le plan culturel, de la valorisation de l'harmonie ; sur le plan existentiel, de la prise de conscience des exigences de la survie compétitive d'une entreprise où l'on est intégré pour la vie ; enfin sur le plan intellectuel, de l'analyse objective des situations avec tous les moyens de recueil et de traitement des informations[334].

Comme l'explique Kamata, les Cercles de Qualité ont été favorisés par les Américains pour établir le calme social nécessaire à l'accroissement de la productivité[335].

Nous allons examiner l'évolution du mouvement des Cercles de Qualité en parallèle avec celle de la formation du système onien de

---

334 O. Gélinier, 1982
335 S. Kamata, 1982

production, car ses deux innovations ont été introduites presqu'au même moment, au début des années 1950.

2. LA NAISSANCE DU MOUVEMENT DES CERCLES DE QUALITÉ ET LA FORMATION DU SYSTÈME ONIEN DE PRODUCTION

C'est après la Deuxième Guerre mondiale que le système connu aux Etats-Unis sous l'appellation de « Contrôle statistique de la qualité », fut importé et développé au Japon[336]. Comme le mouvement des Cercles de Qualité, le onisme est l'aboutissement d'un processus de maturation fait d'innovations successives et d'importations de méthodes et de concepts. Il y a lieu de distinguer au moins quatre phases dans le processus de la formation du système onien[337].

La première phase 1947–49. Elle est celle du transfert déjà évoqué dans l'automobile de techniques provenant de l'industrie textile (autonomation).

La deuxième phase couvre la période 1949-50. Au cours de cette brève période, trois séries d'événements se sont succédées : la crise financière de la firme Toyota, la grève des salariés liées aux mesures de restructuration imposées par le groupe financier, et la démission du président-fondateur de la firme. Enfin, la guerre de Corée et les commandes adressées à la firme au moment où celle-ci venait de licencier une grande partie de ses effectifs. Ces événements successifs ont obligé la firme Toyota à trouver des solutions innovantes en vue d'augmenter son potentiel sans recourir à l'embauche.

---

336 G. Archier et H. Serieyx, 1986 ; O. Gélinier, 1982
337 B. Coriat, 1991

Quant au concept de contrôle statistique de la qualité, il a été introduit, au même moment, de la manière chronologique suivante[338] :

- Au mois de janvier 1949, la JUSE (Union of Japanese Scientists and Engineers) créa une commission chargée d'étudier des techniques provenant de certains pays étrangers, particulièrement des États-Unis. Au sein de cette commission, la JUSE créa une sous-commission contrôle de la qualité, qui se transforma en « groupe de recherche des Cercles de Qualité ».
- Au mois de juin1949, la Japanese Standards Association (JSA) organisa le premier séminaire sur le contrôle statistique de la qualité. Un autre séminaire sur le même thème fut organisé trois mois plus tard.
- En 1950, la loi fixa les normes industrielles et les entreprises commencèrent à appliquer « le système JIS, Japanese Industrial Standard » dans le contrôle de la qualité.
- La JUSE publia ensuite un magazine « Contrôle statistique de la qualité ». Il faut rappeler que cette période fut celle de l'occupation américaine. Les autorités d'occupation sous la direction du Général MacArthur avaient préparé un plan Marshall pour la reconstruction du Japon. Ce plan avait été rejeté par l'Administration américaine qui proposa, à la place, l'envoi du Professeur W.E. Deming, consultant, pour enseigner les méthodes de contrôle statistique de la qualité aux industriels japonais[339].
- Au mois de juillet 1950, le Professeur W.E. Deming arrive au Japon. Les méthodes qu'il enseigna furent intégrées dans l'enseignement et, elles constituent les premiers apports des États-Unis au mouvement des Cercles de Qualité japonais.

La troisième phase de la formation du système onien couvre les années 1950 et le début des années 1960. Elle a consisté à

---

338 Juse, 1983
339 G. Archier et H. Seriey, 1986

l'importation dans la fabrication automobile des techniques de gestion des stocks des supermarchés américains : naissance des méthodes Kan Ban.

Selon la légende entretenue par la famille Toyota, tout viendrait du président-fondateur qui aurait formulé cette réflexion à propos de ses enquêtes sur les méthodes américaines : « l'idéal serait de produire juste ce qui est nécessaire et de le faire juste à temps ». Cette réflexion amena Ono à tirer la partie transférable au secteur de production. Pendant ce temps :

*   Au mois de juin 1951, le prix Deming fut créé pour récompenser chaque année les meilleures réalisations dans le domaine de la qualité.
*   Au mois de septembre 1951, la JUSE organisa la première conférence sur le contrôle de la qualité.
*   Au mois de septembre 1953, la JUSE organisa le séminaire de normalisation et de contrôle de la qualité, « formation de base ».
*   Le deuxième consultant américain, le Docteur J. M. Juran fut invité en 1954 au Japon par la JUSE pour enseigner « la gestion du contrôle de la qualité ». C'est le deuxième apport américain au mouvement des Cercles de Qualité japonais.
*   La Radio Nationale Japonaise commença à diffuser en 1956, à l'intention de la masse des cadres moyens, un programme limité sur le contrôle de la qualité, organisé par la JUSE.
*   Les méthodes de contrôle de la qualité ont été utilisées au niveau de l'atelier dès 1960. Certains diront pour la première fois au monde.

Cette période marque une nouvelle ère dans la marche japonaise vers le progrès par la qualité. En Afrique, c'est l'accession à l'indépendance politique de la plupart du pays.

En 1961, le professeur Kaoru Ishikawa créa dans sa propre entreprise des petites cellules de travail (dans les bureaux, ateliers et entrepôts) auxquelles il donna une méthodologie du travail et un libre accès aux informations souhaitées par les membres des petites cellules de travail. Les résultats de cette expérience furent concluants et la JUSE s'intéressa au point d'en faire son objectif principal[340]. La JUSE ouvra à ce propos le registre de déclaration de naissance des Cercles de Qualité. Le premier Cercle de Qualité à être inscrit sur ce registre fut « le Cercle Matsuyama Carrier Equipment » de la Japan Telephon and Telegraph Corporation au mois de mai 1962[341].

En 1966, la JUSE enregistra la naissance du dix millième Cercle de Qualité[342].

Comme il y a lieu de le constater, ces innovations organisation-nelles liées à la production flexible ont permis à l'économie ja-ponaise de s'adapter à l'environnement international perturbé par la crise économique qui a débuté au cours des années 1970.

3. APRÈS LA CRÉATION DES CERCLES DE QUALITÉ

Il semble utile de faire remarquer d'abord, que le développement rapide du mouvement des Cercles de Qualité était ressenti au Japon comme une nécessité en vue de répondre aux nombreux problèmes liés à l'exportation[343].

Il est aussi important de noter que la formation ne s'est pas arrê-tée avec la création des Cercles de Qualité.

---

340 Cegos, 1982
341 Juse, 1983
342 Cegos, 1982
343 Idem

La JUSE publia d'abord « GEMBA-TO CQ », ensuite « FCQ », Forman Quality Control (le Cercle de Qualité pour l'agent de maîtrise). Ce dernier numéro fut considéré comme un numéro spécial, car il avait un double objectif :

- Développer les compétences des agents de maîtrise en matière de contrôle de la qualité ;
- Aider les agents de maîtrise à organiser dans l'atelier un groupe appelé « Cercle de Qualité » auquel participent les ouvriers qui sont placés sous leur responsabilité. Aider aussi les ouvriers à étudier le concept de contrôle de la qualité en utilisant le magazine pour se former.

La JUSE organisa en 1962 la première conférence des CQ pour les agents de Maîtrise. Elle organisa en 1963 la première conférence sur les CQ à Sendaï : 149 personnes furent présentes et 22 cas ont été exposés. D'autres conférences eurent lieu notamment à Osaka, Kanasawa et Nagoya en 1964.

Mentionnons également le rôle joué par la JUSE :

- Elle organise et dirige les programmes de formation ;
- Elle publie la documentation, parraine les prix, etc.

Rappelons aussi que la JUSE fut créée grâce au soutien actif de l'organisation qui regroupe les moteurs économiques du Japon : KEIDANREN ou la Fédération des Entreprises Japonaises[344].

Enfin, le mouvement des Cercles de Qualité japonais présente au moins un point considéré comme typiquement japonais : « le contrôle de la Qualité à l'échelon de l'entreprise ». Company Wide Quality Control (CWQC) : ce système vise l'amélioration de la qualité en partant de l'amélioration du système productif

---

344 J. M. Juran, 1983

lui-même, l'entreprise[345]. Ce système a été rendu possible par l'absence de service de contrôle de la qualité dans l'entreprise japonaise, par la formation en cascade aux disciplines de la qualité et surtout, par le fait que chaque travailleur japonais considère l'entreprise comme « sa famille » ou comme sa propre chose pour reprendre l'expression de Suzuki, président de Nikkeiren.

4. LES OBJECTIFS DES CERCLES DE QUALITÉ JAPONAIS

Au lendemain de la Deuxième Guerre mondiale, le Japon a pris conscience de son retard par rapport aux pays occidentaux industrialisés dans divers domaines : technologique, gestion et surtout dans celui de la qualité des produits.

Pour rattraper ce niveau d'industrialisation, il a fallu procéder à un transfert de technologies, tout en préservant les traditions nationales. C'est ainsi que l'accent a été mis sur le gouvernement des hommes dans l'entreprise japonaise. Ces Cercles de Qualité ne signifient pas autre chose que cela.

Parmi les nombreux objectifs de cette approche participative, trois paraissent importants : il s'agit des objectifs opérationnels, relationnels, d'intégration ou d'adhésion.

4.1. Les objectifs opérationnels

Ces objectifs consistent à construire une unité de travail responsable (atelier ou bureau), où chacun peut prendre conscience de l'importance de son rôle dans la recherche de l'efficacité dans tous

---

345 G. Archier et H. Serieyx, 1986

les domaines : contrôle de la qualité, de la quantité, des coûts, des délais de livraison, de moral et de la sécurité[346].

Les activités des Cercles de Qualité feront partie intégrante du fonctionnement de l'unité de travail et feront aussi redescendre au niveau de l'atelier ou du bureau certaines tâches de management[347].

En principe, les tâches qui sont confiées à une unité de travail doivent être exécutées selon les prescriptions des supérieurs hiérarchiques. Il serait logique d'avancer l'hypothèse selon laquelle les travailleurs qui exécutent quotidiennement une tâche sont les mieux placés pour savoir comment l'exécuter et au lieu de leur dicter, à partir du bureau, la manière dont ils doivent exécuter ce travail, ne serait-il pas souhaitable de les faire réfléchir et poser des questions chaque fois qu'ils sont confrontés à un problème[348] ?

Les activités des Cercles de Qualité tentent d'introduire cette fonction au niveau de l'atelier et du bureau.

Cela ne signifie pas pour autant que les normes de fabrication ne seront pas observées. Au contraire, grâce à la formation aux disciplines de la qualité, les travailleurs seront en mesure de faire des suggestions et de donner des informations indispensables à l'amélioration de la production.

Cette fonction nouvelle, il faut le préciser, constitue un point de rupture avec la logique taylorienne de production. En apportant à l'unité de travail un climat de contrôle, elle conduira chaque travailleur à assurer des fonctions de contrôle de la qualité, non pas par obéissance aux directives du supérieur, mais par adhésion aux principes de la qualité.

---

346 Juse, 1983
347 B. Monteil et al., 1983
348 Juse, 1983

Un autre objectif poursuivi par les activités des Cercles de Qualité est l'amélioration du « système de gestion de la qualité », tout en restant un des éléments de ce système.

Ce faisant, elles redonnent à la hiérarchie le temps nécessaire pour s'occuper d'autres tâches d'études et de management et réduisent, par conséquent, l'écart qui existe entre la hiérarchie opérationnelle et les services fonctionnels[349].

4.2. Les objectifs relationnels

Par définition, les activités des Cercles de Qualité se font en groupe. Ce type de travail collectif a au moins une conséquence principale : établir une considération mutuelle, surtout sur le lieu de travail.

Dans ce sens, les Cercles de Qualité sont générateurs de meilleures relations au sein de l'unité de travail, l'efficacité et la compétitivité de l'entreprise en dépendent largement.

Toujours par leurs activités, les Cercles de Qualité sont également un moyen d'échange des expériences avec les autres unités de travail de la même entreprise et/ou des entreprises concurrentes[350]. À ce titre, les Cercles de Qualité sont une réaction contre le cloisonnement qui caractérise les groupes sociaux du Japon féodal : les maisonnées et, aussi les différents services de l'administration publique japonaise.

Comme l'explique Noboru[351], au Ministère de la construction, il y a un service d'urbanisme. Dans celui-ci, la direction de la voirie

---

349 B. Monteil et al., 1983
350 Juse, 1983
351 K. Noboru, 1986

et celle des bâtiments relèvent de la compétence de deux bureaux distincts du Ministère sans aucune communication entre les deux.

4.3. Les objectifs d'intégration ou d'adhésion

Les activités des Cercles de Qualité font partie intégrante du fonctionnement de l'unité de travail (objectifs opérationnels) et elles s'appuient surtout sur la participation des salariés aux objectifs de l'entreprise.

Si par ailleurs le climat de relation existant au sein de l'entreprise est bon, les activités des Cercles de Qualité auront un effet de renforcement du moral de chacun. Car les Cercles de Qualité ne sont pas les résultats d'un bon moral, mais c'est le moral qui s'élève à cause des activités des Cercles de Qualité.

Ceci nous amène à dire que les activités des Cercles de Qualité doivent être envisagées de façon à ce que le moral des membres soit élevé comme conséquence de leur adhésion volontaire et indépendante à ces activités.

C'est ainsi que l'entreprise japonaise (la direction et l'encadrement) prend en considération ce caractère volontaire et cherche à cet effet les stimulants nécessaires.

Pour Monteil, c'est probablement à propos de cet objectif que l'adaptation des méthodes des Cercles de Qualité à d'autres contextes socio-économiques pose quelques difficultés[352].

Examinons à présent la relation entre l'État et les entreprises.

---

352 B. Monteil et al., 1983

CHAPITRE V

La politique de l'État japonais

Dans les ouvrages consacrés à la réussite économique du Japon, la plupart des auteurs mettent l'accent sur le lien étroit entre l'entreprise et l'Etat nippon.

En effet, l'entrepreneur japonais est un homme dynamique et « les valeurs traditionnelles faites d'une synthèse du shintoïsme, du bouddhisme et du confucianisme qui animent la société japonaise se rapprochent de façon frappante de l'éthique protestante qualifiée par Max Weber comme génératrice de l'esprit d'entreprise ». Malgré ces éléments favorables, l'entrepreneur japonais n'aurait pas réussi dans un contexte socio-économique défavorable qui aurait contrarié ses desseins[353].

Nous pensons particulièrement à certains contextes socio-économiques africains qui encouragent moins l'initiative privée.

En ce qui concerne le Japon, le rapport du département du Commerce américain décrit les relations entre l'Etat et les entreprises en ces termes : « il existe une interaction de coopération entre le gouvernement et le monde des affaires. Ce qui fait cette interaction au Japon différente de celles qui existent dans d'autres pays est l'étendue et la qualité de cette interaction, ainsi qu'un style particulier aux Japonais, dérivé de l'histoire et de la culture japonaises, qui met l'accent sur une approche consensuelle. A cela s'ajoutent la tradition de leadership gouvernemental et (…) un désir partagé de faire avancer les intérêts de la nation japonaise »[354].

---

353 P. Hugon, 1977
354 G. Faure, 1984

Cette politique consensuelle est menée par le Ministère du Commerce International et de l'Industrie, MITI. Il est souvent décrit comme la force toute-puissante qui règne sur les affaires économiques du pays. Il est composé d'une élite bureaucratique dont la tâche principale est de réfléchir à long terme sur la réussite de l'industrie japonaise.

Cette responsabilité nationale fait de ce Ministère « KYOIKU MAMA », ce qui signifierait « la mère qui pousse ses enfants à étudier avec acharnement »[355].

Le support organisationnel qui permet cette interaction est formé par un réseau de trois groupements professionnels, à savoir : les Organisations Patronales composant le Zaikai (le monde des affaires) ; les Associations Industrielles ou Gyokai, représentant chaque industrie et, enfin les Commissions consultatives ou Shingikai, attachées auprès des Ministères. Ces trois forums remplissent une fonction particulière dans le dialogue avec les autorités, en se complétant sans se court-circuiter[356].

CONCLUSION DE LA TROISIÈME PARTIE

Dans cette étude sur la société japonaise, l'accent a été mis sur le modèle du développement industriel. Autrement dit, sur la manière dont l'entreprise s'est appropriée par transfert technologique, les innovations organisationnelles (la production juste à temps, l'auto activation de la production et les méthodes des Cercles de Qualité) en fonction des traditions nationales et des conditions socio-économiques.

Cette analyse montre en outre, qu'il n'existe pas un cheminement universel en matière de développement industriel.

---

355 E. Feigenbaum et P. M. Corduck, 1984
356 G. Faure, 1984

Par rapport au système taylorien, le modèle japonais, le onisme, est adapté à la production en séries restreintes de produits différenciés et variés par opposition à la production en grandes séries de biens identiques.

Toujours par rapport au taylorisme qui combat la flânerie des hommes et celle des machines, le onisme combat la flânerie des en-cours et celle des stocks.

Toutefois, une partie au moins des innovations de l'école japonaise apparaissent reproductibles, bien que cette reproduction doive tenir compte des conditions socioéconomiques et des traditions du pays d'accueil.

Le système onien, contrairement au système taylorien qui avait procédé par destruction des savoirs ouvriers en gestes élémentaires, a procédé par déspécialisation et temps partagés des professionnels pour les transformer en pluri operateurs ou travailleurs multifonctionnels.

Enfin, les syndicats japonais sont formés sur base entreprise par entreprise ou usine par usine englobant différents niveaux hiérarchiques, sauf la direction générale.

QUATRIÈME PARTIE

LA SOCIÉTÉ AFRICAINE

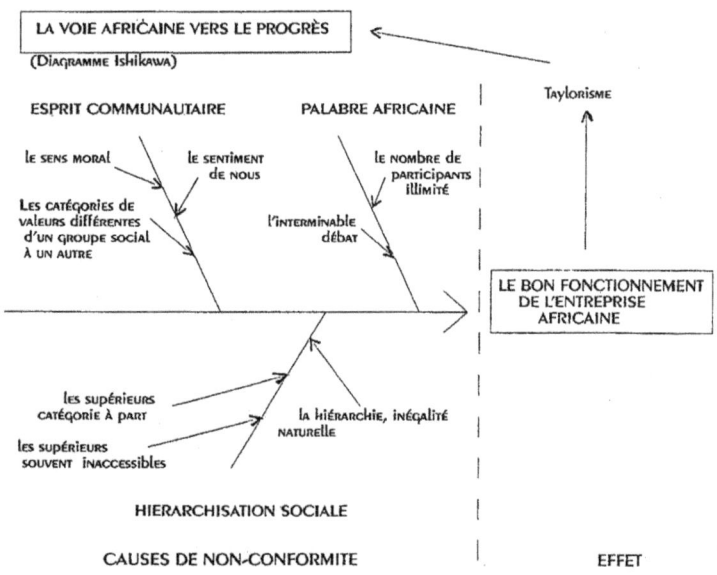

LA VOIE AFRICAINE VERS LE PROGRÈS

(Diagramme Ishikawa)

ESPRIT COMMUNAUTAIRE   PALABRE AFRICAINE   Taylorisme

le sens moral   le sentiment   le nombre de
                     de nous   participants
                                           illimité

Les catégories de   l'interminable
valeurs différentes   débat
d'un groupe social
à un autre

                                                        LE BON FONCTIONNEMENT
                                                        DE L'ENTREPRISE
                                                        AFRICAINE

les supérieurs
catégorie à part   la hiérarchie, inégalité
                              naturelle
les supérieurs
souvent inaccessibles

          HIERARCHISATION SOCIALE

     CAUSES DE NON-CONFORMITE   EFFET

INTRODUCTION

L'industrialisation de la société africaine subsaharienne est au cœur du débat portant sur ses perspectives de développement et ce, sous différents aspects tant au niveau national qu'international.

Il y a lieu de penser que « ce serait une démission de la recherche de l'abandonner à la narration journalistique et à la polémique partisane, toujours significative d'ailleurs »[357].

Dans cette dernière partie, il sera essentiellement question, d'une part, d'établir le lien entre les points faibles du système de gestion de l'entreprise africaine et les traditions nationales, et d'autre part, de présenter la manière singulière d'intégrer les populations nouvelles dans la société industrielle naissante. Il s'agira de proposer un modèle africain d'organisation salariale adapté aux valeurs culturelles et à la situation réelle des pays africains.

En effet, l'organisation du travail est un des facteurs influençant le niveau de la production et aussi, par le fait même, un des facteurs importants du développement économique et social.

Pour Messine, « la plus importante des nouvelles technologies c'est donc l'organisation, car quel intérêt présenterait cette flexibilité technique si elle devait être stérilisée par la rigidité des hommes»[358].

---

357 I. Meynard et A. Salah-Bey, 1963
358 P. Messine, 1989

Pour Linhart, l'organisation du travail est devenue « un nouveau thème officiellement proposé à la consultation et à la négociation entre syndicat et patronat »[359].

Comme telle, elle conditionne la quantité et surtout la qualité de la production destinée à la consommation intérieure et à l'exportation.

Quant à la dimension humaine, elle devient de plus en plus un support incontournable de management de l'entreprise moderne.

À ce titre, il devient donc indispensable de tenir compte des situations socio-économiques des pays concernés.

Rappelons que les économies africaines actuelles sont caractérisées par :

- La pesanteur du service de la dette ;
- La création de richesse limitée ;
- Le spirale de l'endettement qui bloque tout développement économique et social[360].

A cela s'ajoute l'environnement macro-économique mondial défavorable : le réchauffement climatique et la crise financière.

La conséquence de ces dysfonctionnements, c'est la spirale de la pauvreté avec ses effets négatifs, tels que l'impossibilité de créer des richesses suffisantes pour assurer les minima sociaux, pas d'investissement en infrastructures, santé et éducation, le problème au niveau de l'entretien et du fonctionnement des infrastructures existantes, la faiblesse de l'épargne locale, l'attractivité limitée pour les capitaux étrangers, le ralentissement de la croissance,

---

359 D. Linhart et al., 1992
360 Afrique Challenge Dirigeants, 2008

voire même la récession et surtout la marginalisation et la paupérisation des populations[361].

Il paraît important d'insister sur le fait que ces données peuvent constituer des obstacles aux politiques économiques d'industrialisation qui ne leur auraient pas accordé l'importance qu'elles méritent, c'est-à-dire qui les auraient considérées comme des caractéristiques transitoires alors qu'elles révèlent un aspect structurel.

Face à cette situation préoccupante créée par cette longue crise économique, les populations tentent de faire face. Il s'agit de ce que S. Georges qualifie de la « survie créative », c'est-à-dire l'ingéniosité des hommes et des femmes et leur capacité de survivre envers et contre tout ; des façons originales et intéressantes de s'organiser sont créées, des initiatives d'autosubsistance, d'assistance mutuelle voient le jour dans la plupart de ces pays[362].

Il y a lieu de se demander si cette situation de crise n'est-elle pas à la base du système de gestion de force de travail caractéristique de l'entreprise africaine dans lequel l'aspect socioculturel, plus précisément l'esprit communautaire, est prédominant ?

Une autre conséquence non moins importante est le développement rapide du secteur informel et du secteur commercial à temps partiel.

Face à ce constat alarmant, il est indispensable que les pays africains saisissent cette occasion pour rompre leur isolement politique, économique et culturel et constituer ou renforcer « la solidarité responsable » en vue de faire front en commun face à la problématique posée par la survie de l'espace subsaharien.

---

361 Afrique Challenge Dirigeants, 2008
362 S. Georges, 1988

L'exemple de l'Europe, après la Deuxième Guerre mondiale, devrait les inspirer : sortie de la guerre déchirée, affaiblie et endettée, l'Europe a retrouvé sa place de puissance économique avec la création de l'Union Européenne.

C'est pourquoi nous croyons fermement que seule l'Afrique unie pourra relever les défis du moment. Les organismes extérieurs, ainsi que les pays industrialisés ne peuvent tout au plus qu'apporter leur soutien.

1. INTRODUCTION

La naissance de l'industrie moderne en Afrique subsaharienne s'est effectuée dans un contexte socioéconomique dont certains traits distinctifs devraient retenir notre attention.

Avant la période coloniale, les économies africaines furent dominées par le commerce de l'ivoire, certaines matières précieuses et aussi par la traite négrière. Cette dernière fut le seul lien important entre l'Afrique noire, l'Europe et l'Amérique, entre 1441 et le milieu du XIXème siècle : « les Amériques presque partagées entre les grandes puissances de l'époque et les autochtones en fuite ou réputés inutilisables, il fallait fournir aux colons les contingents de travailleurs que les plantations nécessitèrent » ; c'est ainsi que se développa le commerce des esclaves[363]. Il est considéré comme la première forme de travail forcé par rapport au travail salarié.

Parmi les facteurs ayant contribué au développement de ce trafic, il faut signaler « l'instabilité de l'hinterland qui a permis aux Arabes de s'allier à une fraction de la population contre une autre et d'utiliser, pour la traite, les prisonniers de guerre de ces luttes d'extermination réciproque »[364].

Un autre facteur était qu'une fois les sociétés africaines hiérarchisées et organisées en Etats et en Monarchies, elles avaient besoin d'esclaves pour faire la guerre, travailler dans les plantations,

---

363 R. Cornevin, 1956
364 UNESCO, 1979

servir de domestiques, etc. Donc, il faut rappeler le fait que ce sont les chefs noirs qui organisèrent à l'intérieur du continent la traite négrière. « Le rôle des Européens fut de trouver un débouché à ce trafic à partir des côtes, afin de répondre à une demande sans cesse croissante, et de lui donner les proportions d'une véritable institution commerciale »[365].

Il en va autrement au début de la phase coloniale. Celle-ci fut l'œuvre de commerçants accompagnés par l'action religieuse et/ou militaire[366], avec pour mission de « pacifier » les régions dans lesquelles les populations opposaient une quelconque résistance[367].

Autrement dit, l'Administration fut étroitement mêlée à la fois à l'évangélisation et au soutien du développement des sociétés[368].

Cette expansion coloniale s'est opérée en deux temps[369] : des comptoirs commerciaux furent d'abord installés aux différents points de la côte atlantique où des produits manufacturés étaient troqués contre du caoutchouc, de l'ivoire, du cuivre et autres produits.

Pour acheminer ces produits vers les ports d'embarquement, le travail forcé fut imposé aux Africains.

Dans un deuxième temps, le commerçant poursuivit son expansion vers les territoires de l'intérieur et entreprit d'y prospecter et d'y exploiter les ressources naturelles ; cette conquête terminée, l'exploitation industrielle pouvait commencer. À partir de ce moment, il y a lieu de considérer que l'entreprise moderne était née en Afrique subsaharienne, sur un modèle européen évidemment.

---

365 A. Kabou, 1991
366 R. Cornevin, 1956
367 H. Bourgoin, 1984
368 G. Young, 1988
369 H. Bourgoin, 1984

En effet, si le début des explorations africaines se situe dans les dernières années du XVIIIème siècle, c'est au cours du XIXème siècle que les grandes explorations ont été effectuées en « Afrique complètement reconnue et annexée à l'aube du XXe siècle »[370].

Faut-il rappeler que cette période fut celle de la production de masse de biens standardisés et du triomphe du système taylorien-fordien de production. Ce mode de production et ses institutions de régulation ont été transférés comme tels en Afrique.

Ainsi, le travail tel que les Européens le conçoivent, est resté étranger, la plupart du temps, aux travailleurs africains. Ceux-ci continuent de s'inscrire dans des systèmes de représentations différents… Les catégories économiques auxquelles les Européens se réfèrent communément : l'utilité, l'échange, le prix, la monnaie… « y reçoivent une autre conception, fortement imprégnées d'éléments religieux ».

À cela s'ajoute le schéma de la production : « le schéma de l'organisation de la production était souvent marqué, dans les entreprises congolaises par l'absence de plan concerté. La conception régnante de l'organisation mettait surtout l'accent sur les modalités de la production considérées indépendamment du contexte général » préindustriel[371].

Autrement dit, la structure économique moderne fut orientée vers la production de produits de base au bénéfice des pays colonisateurs. Cette extraversion de la structure économique moderne n'a pas beaucoup changé depuis lors.

En ce qui concerne les relations de travail, « elles furent caractérisées essentiellement par la méconnaissance, par les cadres

---

370 R. Cornevin, 1956
371 A. Doucy et P. Feldheim, 1958

européens, de la mentalité africaine »[372], et dans ces conditions elles ne pouvaient être que du type autoritaire paternaliste.

À propos de la méconnaissance de la tradition africaine par les cadres européens, Doucy fait remarquer qu'elle a été la cause première de l'absentéisme dans les plantations du Kwango et de la Tshuapa (Congo) et une source de tension dans la plupart des entreprises congolaises.

Quant aux organisations syndicales, elles ont été créées sur le modèle européen. Par contre, deux facteurs essentiels n'ont pas motivé les travailleurs africains à la création des syndicats : il s'agit des « milieux sociaux et la politique générale de l'Administration coloniale »[373].

L'événement qui a stimulé le processus de la création et du développement du mouvement syndical en Afrique subsaharienne fut la Deuxième Guerre mondiale[374].

Comme nous le verrons plus loin, un certain nombre de facteurs ont présidé à sa formation et ont conditionné son développement ultérieur, signalons maintenant qu'elles ont aussi bénéficié de certains avantages de la tradition syndicale des pays colonisateurs.

Ceci étant, des écoles, des hôpitaux, des Églises... ont été créés ; l'industrie a pu tirer bénéfice de ces infrastructures ; l'Administration se développa et domina progressivement l'organisation sociale dans ses aspects modernes, comme en témoignent encore aujourd'hui les Administrations africaines héritières de ce passé colonial.

---

372 A. Doucy et P. Feldheim, 1958

373 UNESCO, 1954

374 I. Meynard et A. Salah-Bey, 1963

À partir des années 1960 (l'accession à l'indépendance de la plupart des pays africains), nous avons assisté à un changement considérable avec le départ des cadres expatriés, qui allait générer un autre type de gestion de l'entreprise africaine.

Sollicités dans le cadre de l'assistance technique, le cadre expatrié et l'expert consultant ont amené avec eux des techniques managériales basées principalement sur la rigueur et la rationalité[375].

Sur ce point, il est intéressant de rappeler que l'industrie moderne européenne s'est développée dans le contexte socioéconomique du XIXème siècle, caractérisé essentiellement par la recherche du profit, liée à la production de masse de produits standardisés. Il est tout à fait concevable que des concepts tels que la rentabilité, la rationalité, le planning, l'ordonnancement, soient valorisés et véhiculés dans « la culture européenne » ; tandis que dans la société subsaharienne préindustrielle où un des traits caractéristiques est l'esprit communautaire, il est aussi normal que des concepts tels que la solidarité, le respect de la personne âgée, le dialogue soient valorisés dans le management de l'entreprise. Car on ne le dira jamais assez, le management est le produit de la manière de vivre ensemble traduit dans le système productif.

Cependant, l'entreprise africaine a continué à fonctionner, avec des cadres africains appartenant à la culture communautaire, en utilisant des concepts de gestion basés sur la logique taylorienne-fordienne dans un contexte caractérisé par la production artisanale.

Il y a lieu de penser que ce transfert du taylorisme dans un environnement où rien n'a été préparé pour le recevoir a abouti à ce que nous avons qualifié « de la crise de la gestion de l'entreprise ».

---

375 M. Bourgoin, 1984

Ces techniques de gestion importées rebutent le travailleur africain parce que celui-ci confond les modalités d'organisation du travail avec celles de la colonisation. « Par exemple, le travail dans les plantations de coton était obligatoire durant la période coloniale, la nouvelle situation d'indépendance impliquait le refus d'un travail qui rappelait de mauvais souvenirs »[376].

Dans ce chapitre, sera posé le problème de management de l'entreprise tel qu'il est ressenti actuellement dans ses rapports à la société. Nous mettrons particulièrement l'accent sur des points qui, à mon sens, constituent un obstacle au transfert des technologies sociales. Nous développerons successivement les relations humaines dans l'entreprise, la position des cadres africains, la formation dans l'entreprise, le processus de prise de décision, le rôle de l'Etat et des organisations syndicales.

2. LE SYSTÈME DE GESTION DE L'ENTREPRISE AFRICAINE

2.1. L'évolution historique

Les États-Unis sont sortis de la Deuxième Guerre mondiale, leaders en matière de gestion de production. Ces techniques se sont répandues ensuite en Europe et au Japon.

Dans l'Afrique indépendante, les entreprises publiques et les firmes multinationales ont recruté les cadres nationaux pour pallier les départs des cadres expatriés, et ce, au fur et à mesure que le système d'enseignement classique les formait[377].

---

376 D. G. Lawoff, 1988
377 H. Bourgoin, 1984

Le seul point rouge était que ces cadres manquaient d'expérience. Conscientes de ce problème, les autorités nationales ont mis sur pied, avec le concours des organismes internationaux, un programme d'assistance technique et elles ont créé sur place, certaines structures de perfectionnement professionnel ainsi que des programmes de stage à l'étranger pour permettre aux cadres africains de parfaire leurs connaissances[378].

Comme l'explique Sauboin, cette politique de formation, très utile aux entreprises, n'a pas été suivie par la plupart des chefs d'entreprise, à cause notamment de l'instauration dans certains pays d'au moins deux taxes : « la taxe à l'apprentissage et la taxe à la formation ». Ces taxes avaient pour objectif de contribuer au financement des programmes de formation d'une manière régulière et surtout d'impliquer les entreprises dans le processus de formation.

Toujours selon cet auteur, cette politique de formation, dont on commençait à apprécier les résultats sur le plan de l'efficacité des cadres, a été remise en question après le deuxième choc pétrolier et sa conséquence principale ; l'impossibilité pour les pays africains de faire face au service de la dette.

Les chefs d'entreprise, ne pouvant pas faire face au renchérissement du coût des cadres expatriés et à la crise persistante, ont jugé nécessaire d'adopter des techniques de management moderne conçues et appliquées avec succès dans le contexte occidental.

Ce faisant, ils ont mis l'accent sur un seul aspect du problème, à savoir le transfert des techniques de gestion, « ils ont négligé de prendre en compte les conditions socio-économiques et surtout le facteur humain : le travailleur africain n'avait pas été ni préparé, ni motivé en période de crise économique, à recevoir ces techniques »[379].

---

378 B.I.T., 1986
379 M. Sauboin, 1988

2.2. Les relations humaines dans l'entreprise africaine

Les valeurs traditionnelles africaines n'ont pas disparu totalement face au système de production occidental ou face au choc culturel engendré par la colonisation. « Elles se manifestent par la survivance de certaines institutions traditionnelles en milieu urbain et industriel »[380].

En effet, dans la société traditionnelle, la primauté est accordée à la relation « âge-autorité » (gérontocratie), autrement dit, les personnes âgées sont sensées de par leur expérience, être les dépositaires du savoir et, donc en mesure de diriger les jeunes.

Cette tradition accompagne le travailleur africain dans l'entreprise. Elle se traduit dans celle-ci par un type de relations complexes caractérisé essentiellement par « le respect mutuel, la solidarité lignagère et le dialogue »[381].

Dans la plupart des entreprises africaines, les cadres diplômés sont jeunes et perçus comme tels, ils ne peuvent pas être compétents. La raison généralement avancée est leur manque d'expérience professionnelle.

Toujours est-il que dans l'entreprise, le rapport âge-autorité se trouve inversé : le cadre diplômé jeune est supérieur et les subordonnés, des personnes âgées.

Nous touchons là le cœur du problème et une des difficultés importantes de la gestion des ressources humaines. Il s'agit de la faiblesse de l'autorité de l'encadrement supérieur et moyen[382] : les subordonnés âgés apprécient peu d'être commandés par les

---

380 A. Doucy et P. Feldheim,1958
381 C. Somé, 1984
382 G. Desaunay, 1987

jeunes cadres africains, sous prétexte qu'ils ont l'âge de leurs enfants et qu'ils risquent de leur manquer de respect à la cité ; les jeunes cadres, eux aussi, se sentent mal à l'aise dans des relations d'autorité qui les mettent en présence de personnes auxquelles ils doivent traditionnellement du respect.

Qui plus est, le cadre africain ne peut pas commander un parent comme il peut le faire avec un étranger[383], surtout lorsqu'il s'agit d'un parent du chef de l'entreprise.

Cette situation conduit l'encadrement à être prudent et à privilégier le dialogue.

Sur le plan strictement professionnel, cette prudence et ce dialogue tendent à affaiblir l'autorité de l'encadrement.

Cependant ils constituent, comme il sera analysé plus loin, un des éléments sur lesquels peuvent s'appuyer les méthodes des Cercles de Qualité dans l'entreprise africaine.

Pour l'instant, faisons remarquer que ce type de dialogue est un « appel aux bons sentiments et au sens du devoir assorti d'un ensemble de conseils »[384].

À propos du respect mutuel, j'ai pu observer la manière dont il s'exerce dans certaines entreprises. Il s'agit d'une institution paraétatique de conseils aux chefs d'entreprise située à Kinshasa : un jeune cadre venait d'être nommé récemment Directeur, il appelait ses subordonnés âgés papa X et/ou maman Y, ces derniers l'appelaient citoyen Directeur ; quant aux subordonnés moins âgés que le Directeur, ceux-ci l'appelaient « patron » ou « vieux ».

---

383 C. Somé, 1984
384 G. Desaunay, 1987

Ce directeur partageait le repas à son domicile avec son chauffeur qu'il appelait aussi papa. Interrogé sur la raison de son comportement, il a répondu tout simplement que s'il ne le faisait pas, il sera critiqué, mais que ce n'était pas la seule raison, il serait inconvenant de ne pas le faire et, en plus, cela a toujours été ainsi…

Comme il y a lieu de le constater, le respect dû à l'âge va au-delà du groupe d'appartenance. Il s'applique aussi aux autres personnes qui occupent une position sociale relativement élevée dans les centres urbains.

Dans les villes africaines, appeler quelqu'un patron, chef ou vieux, « c'est lui assigner une place supérieure à la sienne dans la hiérarchie sociale (…), c'est lui indiquer qu'on attend de lui aide et protection en échange d'une obéissance personnelle ». Ces termes de respect utilisés en plaisantant peuvent désamorcer la tension dans un groupe ; enfin ils constituent « un code qui permet d'indiquer une demande d'allégeance potentielle »[385].

Il faut aussi faire remarquer qu'à cause de la récession économique en Afrique, cette tradition sur le respect de l'âge est affectée. Selon Van Everbrooeck « (…) on ne craint plus tellement la malédiction des aînés, on constate également que les liens d'autorité et d'entraide se sont relâchés »[386]. Cela risque également de toucher les milieux industriels.

En ce qui concerne le dialogue, Desaunay qui a étudié cette question dans les entreprises ivoiriennes, note que cette pratique prend parfois la forme de négociation.

Il cite l'exemple d'un agent de maîtrise qui demandait à ses subordonnés de revenir terminer un travail urgent en dehors du

---

385 D. Desjeux, 1987
386 N. Van Everbroeck & Ekond'e Mputela, 1974

temps réglementaire (samedi après-midi ou dimanche), il risque, bien que ce temps soit payé, dans certains cas, au double du salaire normal, de rencontrer une opposition.

Mais ce qui est particulier ici, c'est que la réponse dépendra de la manière dont l'agent de maîtrise s'adressera à ses subordonnés, autrement dit l'agent de maîtrise concède la forme (politesse, prière, remerciement), les travailleurs concèdent le travail.

Il arrive parfois que l'encadrement moyen se voie obligé d'expliquer le caractère urgent de la tâche qu'il confie à l'exécution pour que celle-ci soit exécutée rapidement.

Ce style de commandement a amené certains observateurs étrangers à conclure un peu rapidement que les cadres africains ne savent pas prendre leurs responsabilités. D'autres vont plus loin en disant que « les Africains ne savent pas commander ».

Ils n'ont pas tort, sauf qu'ils n'ont pas assez pris en considération le conditionnement culturel des subordonnés : degré de subordination, de soumission et de dépendance vis-à-vis du chef, surtout vis-à-vis de l'impératif technique, qui déterminent en dernier ressort le style de commandement du chef.

Comme le font remarquer Doucy et Feldheim « l'accession d'une population à la civilisation industrielle exige (…) que les individus concernés par cette transformation accèdent à un nouveau système de motivation ».

D'ailleurs, c'est à travers le mode de gestion des ressources humaines que se manifestent les particularités du management africain.

2.3. La position des cadres africains

L'entreprise africaine de la deuxième moitié des années 1980 est de plus en plus gérée par des cadres africains. Ils sont à plus de 90 % de sexe masculin, et jeunes dans leur majorité. L'élément féminin ne dépassant pas 5 %[387].

Certains ont été formés dans les temples de la gestion que sont les universités européennes et américaines ; tandis que d'autres ont été formés dans des universités africaines, et d'autres enfin sont des cadres autodidactes, ou sortis du rang[388].

Pour les jeunes cadres recrutés à la sortie de l'école, la première difficulté est de s'intégrer dans le milieu professionnel où rien n'a été prévu pour faciliter la transition d'une étape à une autre. À cet égard, il faut rappeler combien il est parfois difficile d'appliquer des théories apprises à l'école dans un contexte différent, même quand on est dans son propre pays.

Le témoignage d'un jeune cadre ivoirien repris par Desaunay permet d'illustrer ce fait : « je n'avais jamais travaillé auparavant, (…), et il y avait une grande différence pour moi qui venais de sortir de l'école (…). Mais la direction de l'entreprise voulait que j'assume immédiatement des responsabilités (…), que j'arrive à connaître tout ce qui se passe autour de moi (…). J'ai été mis à la disposition du directeur technique, il ne m'a même pas présenté aux autres collègues et aux subalternes, ils ne savaient pas qui j'étais et pourquoi j'étais là ».

Concernant l'intégration dans l'entreprise, il est important de rappeler que les entreprises japonaises ont une politique qui mérite d'être soulignée : les nouveaux venus, embauchés aussi à la

---

387 G. Desaunay, 1987
388 P. R. Olono, 1987

sortie de l'école, sont mis à la disposition de l'entreprise sans être affectés à des postes bien précis. De cette manière, ils peuvent connaître les différents services de l'entreprise et acquérir « l'esprit maison ». A cela s'ajoute la concertation informelle « nemawashi suru » qui permet aux nouveaux venus de participer au processus de prise de décision.

Rien de semblable ne s'observe dans l'entreprise africaine. Pourtant, lorsqu'on interroge les chefs d'entreprise, leurs réponses sont très éloignées de la pratique constatée. Ils disent tous vouloir travailler main dans la main avec leurs subordonnés mais, lorsqu'un cadre a pris une décision concernant son service, le chef d'entreprise intervient, averti par sa secrétaire ou par un membre de sa famille, pour modifier ladite décision et avertir ensuite tout le monde de son désir d'être préalablement informé avant n'importe quelle prise de décision.

Et comme dit un proverbe : « un homme averti en vaut deux », le cadre échaudé ne recommencera pas une deuxième fois, il se contentera d'attendre les directives du chef et de faire comme tout le monde : « sauvegarder son poste en entretenant de bonnes relations avec les membres du Cercle des Chefs d'entreprise »[389].

Dans ces conditions, que peut-on espérer d'un cadre pour lequel sa participation au projet de l'entreprise et son développement personnel sont des priorités de deuxième ordre. Il ne lui reste qu'à considérer son service comme une sorte de « fief » et à ne presque pas collaborer avec les autres services[390].

Il faut rappeler que cette pratique est en contradiction avec l'organisation sociale de la vie au village africain où la décision est prise collégialement après une longue concertation, par un leader

---

389 C. Somé, 1984
390 G. Desaunay, 1987

reconnu, toujours assisté d'un conseil composé des personnes compétentes en la matière ; ces personnes sont des chefs de lignages ou de sous-groupes qui composent le village.

Le rôle joué par ce conseil au village devrait être, dans l'entreprise, celui des cadres : assister le chef d'entreprise sur des questions d'ordre technique dans le processus de prise de décision dans l'entreprise.

À première vue, tout cela paraît simple et aller de soi, mais eu égard à l'état de crise dans lequel se trouve la gestion des ressources humaines, un certain apprentissage s'avère nécessaire.

2.4. La formation dans l'entreprise africaine

« Il n'est pas de bonne gestion sans développement des ressources humaines[391].

Depuis la fin de la Deuxième Guerre mondiale, presque tout dans le domaine du management vient des États-Unis, directement ou par l'intermédiaire de l'Europe. Ainsi, « les étudiants de la plupart des pays apprennent non seulement des approches et techniques américaines, mais le font encore selon des méthodes pédagogiques importées : méthodes des cas, travail en sous-groupes, participation active en classe, forte dose de lecture, etc. Bien plus, même le design des locaux d'enseignement est importé pour s'adapter aux méthodes : petites salles de sous-groupes, grandes bibliothèques, peu d'amphithéâtres ou de foyers de rencontre, etc. Rien de tout cela ne semble avoir bénéficié d'une réflexion préalable »[392] avant leur transfert dans d'autres espaces socio-économiques.

---

391 B.I.T., 1986
392 Idem

Se sont-ils posés la question de savoir comment, dans une culture donnée, les gens apprennent-ils ? C'est ainsi que la plupart des dirigeants d'entreprise considèrent le système d'enseignement comme formateur des « bâtisseurs de théorie » et, non pas des cadres immédiatement opérationnels : ils disent en substance « qu'ils ne sont pas associés aux différentes étapes de développement des contenus des divers enseignements, d'où, à leur avis, un problème épineux d'adéquation formation emploi »[393].

Quant aux jeunes cadres diplômés, ils sont tous ou presque, persuadés qu'ils sont « sous-utilisés » dans l'entreprise ; sans se préoccuper de leur manque d'expérience, ils croient que les chefs d'entreprise veulent tout faire seuls et tout contrôler.

En analysant ces deux discours, à mon avis, ni les chefs d'entreprise ni les cadres n'ont tort : c'est le système d'enseignement qui n'a pas suivi l'évolution du développement socio-économique des pays africains.

Il faut rappeler que l'entreprise africaine présente un certain nombre des traits spécifiques, à savoir l'inadaptation des techniques managériales importées ; la formation de cadres moins adaptée aux besoins de l'entreprise ; la non-émergence d'une philosophie de gestion, les principes de management clairement définis, etc.

En considérant ces différents points, le besoin essentiel de l'entreprise peut être résumé de la manière suivante : quel type de formation faudra-t-il donner aux cadres africains pour qu'ils soient en mesure de gérer une entreprise dans un espace socio-économique marqué par la présence de certaines valeurs traditionnelles tout en respectant des impératifs de performance[394] ?

---

393 M. Sauboin, 1984
394 Idem

Selon l'étude de la Banque mondiale, « les incitations devraient être centrées sur la formation dans l'entreprise et sur l'adaptation de la technologie aux conditions locales [...]. L'enseignement post-primaire devrait inculquer à la population active les connaissances techniques et commerciales voulues [...]. Un autre élément est le transfert de compétences, il n'est pas certes automatique, il doit être facilité par l'établissement des liaisons interindustrielles par exemple en sous-traitant et en encourageant les bureaux d'études locaux »[395].

En ce qui concerne la formation au sein de l'entreprise, elle devrait compléter la formation à la tâche technique reçue par les cadres dans des institutions d'enseignement ; ce complément indispensable devrait se baser sur les cultures d'entreprise et sur d'autres éléments que les écoles ne donnent pas aux futurs cadres, comme par exemple, la politique nationale dans le domaine de l'industrialisation ; les spécificités socioculturelles, etc.

Cette formation permettra aux cadres, surtout à ceux qui sont formés dans les grandes écoles étrangères où les questions abordées sont souvent différentes de celles rencontrées en Afrique, de s'adapter à la réalité socioéconomique africaine.

Qui plus est, le contexte économique actuel présente un certain nombre de facteurs favorables à l'entreprise moderne : la faiblesse des mouvements des salariés, le niveau de formation suffisant des cadres africains, la main-d'œuvre jeune et bon marché[396], etc. Ces facteurs peuvent permettre à l'entreprise de former une base sur laquelle elle pourrait construire une « croissance soutenue ».

Avant de terminer, rappelons qu'au Japon les qualifications professionnelles et l'expérience étaient acquises et développées au sein de l'entreprise. Le système d'enseignement japonais de l'époque

---

395 Banque mondiale, 1989
396 M. Sauboin, 1984

n'était pas en mesure de donner satisfaction aux besoins de l'entreprise en matière de connaissance et d'expérience.

Les entreprises africaines pourraient sans doute suivre cet exemple avec succès.

D'ailleurs, les Etats africains, avec la collaboration des organismes internationaux, ont créé à cette fin des institutions de formation à la gestion d'entreprise. Selon Mamadou Dia, les méthodes des Cercles sont : « à l'heure actuelle acclimatées avec succès au Burkina-Faso, avec le concours financier de la Banque Mondiale et du Japon »[397].

2.5. Le processus de prise de décision dans l'entreprise africaine

Les mécanismes de prise de décision dans la société industrielle africaine constituent un des points importants de ce travail et requièrent, de ce fait, une attention toute particulière.

Ce processus sera examiné de manière à mettre à jour le lien social existant entre le fonctionnement interne de l'entreprise et certaines traditions africaines, c'est-à-dire la relation travail/hors travail qui se manifeste dans la gestion de l'entreprise.

Avant d'entrer dans le vif du sujet, rappelons aussi que dans le contexte traditionnel africain, la décision est toujours collégiale, elle est prise après une longue concertation, « la palabre africaine ».

Un autre point qui mérite d'être rappelé est que l'individu n'a de valeur que du fait de son appartenance à un groupe social déterminé qui, par ses règles de solidarité, l'aide à aller de l'avant[398].

---

397 Mamadou Dia, 1992
398 P. Delalande, 1987

En règle générale, l'Africain qui a réussi, notamment dans ses études, dans une affaire, dans un projet d'entreprise, ne peut pas prétendre qu'il doit sa réussite à ses seules compétences et/ou à ses seuls efforts. Il la doit aussi à la solidarité de son groupe social[399].

Et même s'il doit cette réussite à ses propres mérites, son groupe social se reconnaîtra en lui. Dans ces conditions, la promotion sociale pour tout Africain est aussi celle de son groupe lignager. Pour un Européen, ce comportement ne peut paraître qu'un juste retour des choses en vertu du principe basé sur « le donnant-donnant ».

Pourtant, ce qu'on observe en Afrique communautaire est plus subtil : l'Africain qui a réussi, avec ou sans l'aide de son groupe social, devient « le support social » de celui-ci sur base du principe de réciprocité propre aux Africains. « Cette ombre envahissante », pour reprendre l'expression de Somé, se retrouve dans le processus de prise de décision et l'influence considérablement.

Cette tradition est présente dans les centres urbains et se traduit de la manière suivante dans l'entreprise africaine : le dirigeant africain est généralement entouré des personnes qui composent son conseil. Parmi ces personnes, il y a un Directeur Général et un directeur technique, parfois européens et les collaborateurs nationaux.

Avant de prendre une quelconque décision importante telle que l'augmentation du capital, l'embauche, la promotion, etc., le dirigeant va d'abord se concerter avec les membres influents de son lignage et avec ses amis parmi lesquels « le chef religieux : Pasteur, Abbé » et/ou une « autorité politique »[400].

Après cette concertation en dehors de l'entreprise, il peut prendre l'avis de son conseil, qu'il n'est pas obligé de suivre.

---

399 C. Somé, 1984
400 Idem

C'est ainsi que très souvent, la décision n'épousera pas nécessairement la stricte rationalité de l'entreprise, par contre, elle sera une recherche de la compatibilité entre la logique lignagère et l'impératif économique, sans parler des exigences de la production. Car dit-on, le chef doit aussi rester en harmonie avec son groupe social.

Il est à noter sur ce point que dans l'entreprise japonaise, le processus de prise de décision est lent, il implique la participation de toutes les personnes concernées par son exécution. Tandis que dans l'entreprise africaine actuelle, le cercle de ceux qui participent au processus de prise de décision n'est pas nécessairement le même que celui de ceux qui vont l'exécuter dans l'entreprise.

Cette manière de prendre la décision est typiquement africaine, elle est influencée par la pression sociale émanant du groupe lignager qui cherche à mettre l'entreprise au service de la solidarité parentale[401].

Il est important que le chef d'entreprise et les cadres prennent conscience de ces éléments d'influence et tentent de le neutraliser, en commençant par la concertation avec les personnes directement concernées par l'exécution de la décision qui sera prise, les salariés et informer ensuite les groupes familiaux que la décision a été prise conformément à la logique industrielle. Cette information au groupe lignager est importante et elle devrait être régulière, ce qui est urgent, c'est de savoir quand et comment la faire passer dans la mentalité des membres du groupe familial.

Sur ce point, nous nous référons aux propos significatifs tenus par un chef d'entreprise ivoirien repris par Gelinier. Ce chef d'entreprise s'adressait à ses salariés en disant : « l'entreprise est comme la plantation, elle vous nourrit lorsque vous la soignez »[402].

---

401 P. Delalande, 1987
402 O. Gélinier, 1982

En considérant l'entreprise japonaise, il y a lieu de faire remarquer que les Japonais ont bien compris cette leçon : les travailleurs japonais se consacrent à leurs entreprises qu'ils considèrent comme leurs groupes sociaux d'appartenance.

Il en est de même dans la société traditionnelle africaine où tout le monde participait aux travaux agricoles : « chacun selon ses capacités, son âge et son sexe se dévouait à la cause de la plantation nourricière », car la survie du groupe en dépendait[403].

Il résulte de ces observations que le processus de prise de décision dans l'entreprise africaine est lent, collectif et informel. Ces caractéristiques peuvent être considérées comme un atout en faveur de la direction par concertation selon laquelle la décision émane du groupe concerné.

Comme nous le verrons, certains aspects des méthodes des Cercles de Qualité apparaîtront comme une réaction contre cette lenteur et, en permettant aux salariés de participer au processus de prise de décision, ils feront de l'entreprise le seul centre d'intérêt au sein duquel toutes les décisions importantes seront prises. Ce faisant, ils exerceront un impact psychologique certain, à savoir accroître l'intérêt et l'adhésion du personnel, introduire dans l'entreprise la culture industrielle, améliorer les relations hiérarchiques, etc.

Avant de terminer ce chapitre consacré à la société industrielle africaine, passons brièvement en revue la politique suivie par certains gouvernements africains ainsi que le rôle joué par les Organisations syndicales, en tant qu'acteurs sociaux, dans le développement du modèle de l'organisation salariale en Afrique.

---

403 A. Kabou, 1991

3. LE RÔLE DU GOUVERNEMENT AFRICAIN

Après les indépendances, la plupart des gouvernements africains ont accordé une certaine priorité à la politique de l'industrialisation de leur pays respectif : « Ils misaient avec beaucoup d'espoir sur un développement rapide : la formule « il nous faut courir pendant qu'ils marchent » résume l'état d'esprit qui régnait au début de cette ère nouvelle [...]. La communauté des bailleurs de fonds partageait cet optimisme et fournissait des ressources considérables »[404].

A l'époque, « les dirigeants africains ainsi que les bailleurs de fonds pensaient que l'Etat devait jouer un rôle prépondérant dans la mise en œuvre de ces stratégies ». Cette politique était dictée par les facteurs essentiels suivants :

- « Le stade d'adolescence de l'entreprise moderne en Afrique ;
- Les caractéristiques de la personnalité du chef d'entreprise africain ;
- Les soucis de promouvoir les P.M.E. nationales considérées comme une des bases du développement économique et social »[405].

À cela s'ajoutent :

- « La méfiance des Etats africains vis-à-vis des entreprises étrangères ;
- Le sentiment qu'ils avaient d'un manque de capitaux privés et d'esprit d'entreprise au niveau national ;
- Leur suspicion voilée à l'égard des mécanismes du marché »[406].

---

404 Banque mondiale, 1989
405 C. Somé, 1984
406 Banque mondiale, 1987

En pratique, cette politique a consisté à accorder un certain nombre de facilités aux entrepreneurs nationaux pour peu que leurs projets d'entreprise soient compatibles avec la politique nationale, en matière du développement économique et social.

Parmi ces avantages, citons notamment :

- « Les conventions d'agrément généreuses ;
- Des exonérations de taxe douanières et d'impôts sur les bénéfices ;
- La position de monopole garantie ;
- Des subventions et de l'assistance technique étrangère »[407].

Comme il y a lieu de le constater, ces efforts pour le développement ont échoué à quelques exceptions près, parce que la stratégie des gouvernements africains a consisté à copier « sans les adapter, des modèles occidentaux : il en est résulté des investissements publics mal conçus dans le secteur industriel, une attention insuffisante accordée à la petite exploitation agricole, une intervention excessive de l'Etat dans des domaines où celui-ci n'avait pas les compétences voulues sur le plan technique, ni du point de vue de la gestion des entreprises, et des efforts insuffisants pour encourager le développement à la base »[408].

Ce transfert de technologies, qualifié par Lipietz de « taylorisation primitive »[409] est entré en crise essentiellement parce que ces pays africains n'avaient pas atteint, par leurs capacités d'organisation, le stade de potentielle fertilité où les capitaux pourraient jouer un rôle fécond. Prenons par exemple la fonction de contrôle, elle est inexistante dans la plupart de ces pays et celle de motivation, totalement inconnue[410].

---

407 C. Somé, 1984
408 Banque mondiale, 1987
409 A. Lipietz, 1986
410 A. Kabou, 1991

Au cours des années 1980, l'environnement économique international défavorable a accéléré le phénomène de détérioration... Il devient de plus en plus évident que la situation sociale se dégrade sous bien des aspects : « les taux de scolarisation primaire ont diminué depuis 1980 et l'espérance de vie est bien inférieure à celle de l'Asie du Sud ; le problème de l'insécurité alimentaire devient de plus en plus dramatique... »[411].

Qui plus est, certaines structures laissées par les pays colonisateurs ont atteint leur rendement maximal en tant que facteurs de régulation sociale.

Face à cette situation, les gouvernements africains devraient créer un environnement propice à l'initiative privée et stimuler l'esprit d'entreprise. L'Afrique a grandement besoin de gouvernements plus efficaces qui cherchent moins à intervenir directement dans certains domaines, et davantage à permettre aux entreprises de devenir productives et ils devraient également cesser de protéger les entreprises existantes, mais encourager la concurrence.

Un autre point sur lequel il faut insister car il est en plein développement, est le secteur non-structuré.

Les gouvernements doivent, sans hésiter, encourager ce secteur porteur d'avenir. Déjà en cette période de crise économique, ce sont ces petites entreprises du secteur informel qui ont fourni le plus d'emplois, estimés aujourd'hui à plus de la moitié de la moitié dans les centres urbains et assurent jusqu'au cinquième du P.I.B. dans de nombreux pays[412].

---

411 Banque mondiale, 1989
412 Idem

Ce secteur représente, à mon avis, un cas par excellence des points forts et des points faibles de management de l'entreprise africaine.

Dans cette situation préoccupante, les Etats africains devraient surtout renforcer les institutions et garder, comme dans les pays nordiques, l'initiative pour ce qui est de la valorisation des ressources humaines, de l'appareil administratif et des infrastructures physiques, mais laisser jouer librement la souplesse et les incitations de l'entreprise privée.

4. LES ORGANISATIONS SYNDICALES AFRICAINES

La naissance du mouvement syndical en Afrique subsaharienne date de la fin de la Deuxième Guerre mondiale et son développement le plus important a coïncidé avec les débuts de la revendication nationale. D'où le rôle déterminant joué par les syndicats dans la lutte pour l'indépendance dans de nombreux pays[413].

Ces éléments, plus d'autres que nous examinerons plus loin, constituent son caractère spécifique et original et, en particulier, la qualité de ses attaches avec les partis politiques au pouvoir.

Selon Meynard et Salah-Bey, deux types de facteurs ont précédé à la formation du syndicalisme africain et ont conditionné son développement ultérieur :

- L'état du niveau économique et la situation de dépendance politique ;

---

413 C.I.S.L., 1989

- Des influences extérieures au domaine socioéconomique mais inhérentes à la situation de subordination du continent : l'intervention extérieure de l'Administration coloniale et du syndicalisme métropolitain.

Comme signalé ci-dessus, dans cette section sera examiné le rôle que les organisations syndicales, en tant qu'acteur social, sont appelées à jouer dans le processus de formation du salariat en Afrique subsaharienne.

Il convient de rappeler que l'intervention de l'Etat se prolonge par la continuation au pouvoir, après l'indépendance, de régimes à parti unique et/ou de régimes militaires.

Une autre caractéristique du syndicalisme africain est le nombre relativement faible de leurs adhérents.

Selon l'étude du B.I.T., le secteur urbain salarié occupe 9 % de la population active dont une grande partie dans le secteur public, le secteur urbain informel représente 21 % et le secteur rural 70 %[414].

Il faut aussi signaler que les femmes constituent une part croissante de la main-d'œuvre du secteur formel, « bien qu'elles continuent de souffrir de discrimination et de perspectives professionnelles limitées »[415].

Quant aux enfants, « ils sont quelque 16 millions à travailler souvent dans des conditions fort déplorables. Un groupe important de travailleurs de certains pays sont employés à l'étranger (au Moyen-Orient, en Europe et en Afrique du Sud) comme travailleurs migrants et, d'autres sont réfugiés, ayant dû fuir leur patrie à cause de conflits militaires régionaux ou de misère économique ».

---

414 B.I.T., 1986
415 C.I.S.L., 1989

Il y a lieu de rappeler que c'est sur fond de crise économique :
« des taux de croissance très faibles ou négatifs, des salaires réels en
baisse, une détérioration des normes de vie et une sortie massive
de ressources sous forme de paiements du service de la dette… »
que la plupart des gouvernements africains, dont celui du Congo
démocratique, ont pris des mesures allant dans le sens du pluralisme syndical.

Dans ce contexte socio-économique, quel pourrait être le rôle des
organisations syndicales ? Pour répondre à cette question, nous
nous sommes référés au rapport de la C.I.S.L. déjà mentionné,
car ce problème est abordé un peu plus en détails.

Selon ce rapport, les organisations syndicales en Afrique sont
concentrées dans les secteurs de l'enseignement, de la banque, des
transports, ainsi que dans les secteurs manufacturier, minier, des
plantations et, dans certains pays, dans le secteur public.

Pourtant, en regardant de plus près, les secteurs dominants les
économies africaines sont notamment : les secteurs urbain informel et rural. Les syndicats doivent augmenter le nombre de
leurs membres cotisants en consolidant leurs effectifs dans ces
secteurs, en particulier parmi les groupes jusqu'ici sous-repré-
sentés, comme celui des femmes travailleuses. Ce faisant, ils ga-
rantiront leur stabilité financière et leur indépendance d'action,
deux éléments essentiels pour influencer la formulation des politiques nationales et, par conséquent, se faire respecter des gouvernements et des employeurs comme partenaires à part entière
dans le processus de développement industriel.

Pour cela et en vue de présenter aux autres partenaires des propositions élaborées de manière rationnelle et de discuter d'options politiques sur un pied d'égalité, ils doivent consacrer des
efforts accrus au développement de leurs capacités en matière de
recherche. Cette dernière facilitera également la pratique en matière de négociations collectives, en leur permettant d'analyser

les comptes des entreprises et de plaider en faveur d'un partage des revenus plus équitable pour les travailleurs.

Une autre tâche importante consistera à élargir le champ de leurs préoccupations pour y inclure la qualité de vie de leurs membres en dehors du lieu de travail.

Ils doivent également dénoncer les violations des droits de l'homme et certains points de la politique gouvernementale qui ne sont pas mûrement réfléchis ou qui ne tiennent pas compte des pauvres.

En ce qui concerne les programmes d'ajustement de la Banque mondiale et du F.M.I., les syndicats doivent apporter la dimension sociale qui fait défaut jusqu'à ce jour. En plus, la participation de l'O.I.T. est souhaitable aux discussions qui ont lieu lorsque des missions de la Banque mondiale et du F.M.I. se rendent dans un pays pour y établir un programme d'ajustement structurel.

L'O.I.T. possède une expertise en ce qui concerne les questions de marché du travail qui devrait être acceptée par les institutions financières internationales, comme une part intégrante de leur groupe d'experts chargés d'établir un programme.

Il y a lieu de faire remarquer que vu les régimes politiques au pouvoir dans la plupart des pays africains, les syndicats ne pourront jouer pleinement ce rôle que lorsque des changements importants dans les domaines de la démocratisation de la société, sur les plans politique, économique et social seront réalisés, ainsi que dans les stratégies et politiques de développement.

Sur ce point, il est urgent « de rompre avec l'idée selon laquelle la démocratie est un frein au développement des forces productives »[416].

---

416 C. Ominani, 1986

Le dernier point du rapport a trait à la solidarité internationale. Eu égard à l'internationalisation de l'économie mondiale et son interdépendance croissante et, pour affronter les réalités socio-économiques, les syndicats devront proposer des actions qui dépassent la dimension purement nationale ; une coopération entre syndicats du Nord et du Sud peut donner beaucoup plus de résultats que si les syndicats agissent isolement.

Il convient enfin d'attirer l'attention sur le fait que ces actions des organisations syndicales ne doivent pas constituer une entrave au processus de l'industrialisation de la société africaine. Sur ce point, la conception syndicale japonaise peut être adoptée essentiellement en ce qui concerne la participation active aux objectifs de l'entreprise en vue d'assurer sa survie.

CHAPITRE II

La société communautaire africaine

1. LE SYSTÈME PARENTAL AFRICAIN

Dans ce chapitre, il sera rappelé, à grands traits, l'organisation sociale dans la société traditionnelle en vue de mettre en évidence le rôle joué par la parenté dans les rapports sociaux.

Comme le fait remarquer Gelinier, « c'est souvent sur le terreau d'une tradition que se nouent les relations nouvelles capables de traiter les problèmes du présent »[417]. Selon d'Iribarne, « ce sont les traditions du pays qui rendent le système efficace »[418].

Pour Asso, « la tradition n'est pas toujours synonyme du traditionalisme, loin d'être incompatible avec le changement, elle peut même le soutenir… »[419].

Pour Kabou, « le rôle historique de la tradition est de fournir des réponses adéquates aux défis que rencontre, inévitablement toute culture vivante… »[420].

Enfin, pour Radchiffe-Brown cité par De Coppert, « l'hypothèse explicite est qu'entre les différents traits d'un système de parenté particulier, il y a une relation complexe d'interdépendance. À cette cohérence interne au système s'ajoute le problème des relations que ce dernier entretient avec les autres systèmes de

---

417 O. Gelinier, 1982
418 P. D'Iribarne, 1989
419 B. Asso, 1976
420 A. Kabou, 1991

la société globale. C'est finalement à l'organisation de la société que se réfère tout système de parenté ». Rappelons aussi que le système de parenté ne joue pas le même rôle dans toutes les sociétés. Dans la société occidentale, par exemple, la parenté se voit réduite à fort peu de chose, tandis que dans la société africaine traditionnelle, « elle est le principe fondamental qui commande l'ensemble des relations sociales »[421].

Il est important de signaler que l'étude de la parenté est à l'anthropologie ce que la logique est à la philosophie et l'étude du nu aux arts plastiques, la discipline de base[422].

Elle a trait à la répartition des droits et à leur transmission d'une génération à l'autre. Ces droits sont extrêmement divers et leur nature n'a rien de spécifique : « droits d'appartenance au groupe, succession aux charges, héritage de biens, résidence, type d'occupation et bien d'autres choses encore. Tous sont transmissibles selon des modalités indépendantes du sexe et du statut généalogique de l'émetteur ou du destinataire »[423].

Comme il y a lieu de le constater, il n'est guère possible d'épuiser ce sujet si vaste dans ses implications, si multiple dans ses formes.

En rapport avec le thème central de ce livre, il s'agira plutôt de mettre l'accent sur la spécificité de la parenté dans la société africaine : sa forte influence sur le modèle de comportement de l'individu.

Ceci étant, la filiation se détermine socialement et biologiquement, et il y a lieu de distinguer généralement trois types de filiation à savoir patrilinéaire, matrilinéaire et indifférenciée[424].

---

421 D. de Coppert, 1988
422 R. Needham et al., 1971
423 R. Needham, 1988
424 G. P. Murdock, 1972 et J. Maquet, 1967

En ce qui concerne la société africaine, ce sont les deux premiers types de filiation qui sont souvent rencontrés, bien que les clivages ne soient pas aussi nets qu'il n'y paraît en première analyse.

Dans le régime patrilinéaire, le père est la personne la plus importante : ses fils, même adultes et mariés, ne sont que partiellement responsables parce que, selon le père, ils sont inexpérimentés et dans ce sens l'ultime responsabilité lui incombe tant qu'il est en vie. Dans le régime matrilinéaire par contre, c'est l'oncle maternel qui est responsable des fils de sa sœur, le père exerce une certaine autorité tant que les enfants sont encore mineurs.

Il faut rappeler que la matrilinéarité ne va pas nécessairement de pair avec la matrilocalité[425] : c'est souvent la femme qui ira vivre dans la famille de son mari (mariage patrilocal). Quant aux enfants, ils devront retourner, après un certain âge dans le groupe familial de leur mère pour y recevoir l'éducation de leur oncle maternel.

Quant au régime indifférencié, les enfants sont liés à un groupe de parents très proches quel que soit leur rapport généalogique[426].

De cette manière, l'individu est relié par son père ou par sa mère à un ancêtre dans une même lignée et devient fort dépendant de son groupe familial. Celui-ci, même s'il ne l'écrase pas, exerce sur lui une pression sociale considérable.

Quant à l'autorité au sein du groupe, elle est assumée par l'aîné de la génération qui se rapproche le plus de l'ancêtre[427] ; il est assisté comme nous le verrons, par des notables représentant les lignages.

---

425 A. Doucy et al., 1963
426 G. P. Murdock, 1972
427 N. Van Everbroeck, 1974

Revenons sur la pression sociale pour rappeler qu'elle constitue un moyen efficace dont dispose le groupe pour assurer l'obéissance aux normes et aux décisions prises par les anciens au nom du groupe, dans un contexte qui ignore l'existence de la force de police. Elle est aussi un moyen d'amener l'individu à apporter sa contribution au renforcement et à la survie de son groupe familial. Enfin, elle est un moyen de prévention et de répression. Elle s'exerce notamment par la réprobation collective, les tabous et la mise à l'écart[428].

Cette pression sociale est vivable, « jusqu'à un certain point », parce qu'elle présente un certain nombre d'éléments de souplesse dont les plus importants sont la protection de l'individu et la solidarité lignagère[429] : la sécurité sociale et/ou la prise en charge de l'individu par son groupe qui pourvoie à ses besoins essentiels ; cette protection est presque constante de la naissance à la mort.

Quant à la parenté sociologique, la théorie de l'alliance place « le mariage au centre des phénomènes de parenté, car il est un archétype de l'échange. En effet, à partir de la prohibition de l'inceste et de la loi générale de l'échange, il y a lieu de définir une règle d'exogamie qui interdise le mariage à l'intérieur d'un groupe humain et précise du même coup les classes où l'on peut trouver son conjoint »[430]

Enfin, la parenté biologique et/ou sociologique sert de base à l'identification de l'individu et du groupe.

Ces modèles de filiation ayant été rappelés, l'étude va se porter sur l'influence qu'exerce le système de parenté sur les autres domaines de la vie quotidienne, en particulier sur deux domaines qui paraissent plus importants, l'économie et la politique.

---

428 J. Magli, 1983
429 J. G. Penrad, 1988
430 A. G. Gonçales, 1985

1.1. Le système de parenté et l'économie

Dans la société traditionnelle africaine « les rapports de parenté fonctionnent comme rapports de production, rapports politiques et schème idéologique. En langage marxiste, ils sont à la fois superstructure et infrastructure.

Cette plurifonctionnalité de la parenté explique deux faits sur lesquels l'unanimité s'est faite depuis le XIXème siècle (Morgan, Maine) : leur complexité et leur rôle dominant »[431].

Selon Polanyi, l'économie traditionnelle est encastrée dans les institutions sociales[432].

Comme nous le verrons plus loin, les rapports de parenté déterminent également l'autorité de certains sur d'autres en matières politique et religieuse ; ils déterminent les droits des individus sur le sol et ses produits, leur obligation à recevoir, à donner et à coopérer[433].

Il est intéressant de rappeler aussi que « l'armature du process économique est fournie par la maisonnée ou le groupe dont on admet couramment qu'il est non-économique »[434].

En pratique, le sol appartient au clan, tous les membres du clan peuvent l'exploiter en vue de satisfaire les besoins de consommation de leur groupe lignager et ce, sous la responsabilité du chef de clan. Quant aux fruits de la forêt, les arbres, les matériaux de construction, ils sont à celui qui se donne la peine de les cueillir, les abattre ou les extraire[435].

---

431 M. Godelier, 1988
432 K. Polanyi, 1983
433 M. Godelier, 1988
434 M. Sahlins, 1972
435 N. Van Everbroeck, 1974

« En effet, l'absence de propriété privée du sol n'écarte pas la propriété individuelle de la production »[436].

A partir de ce qui précède s'éclairent les formes de travail et d'échange qui caractérisent l'économie traditionnelle[437] : l'essentiel des tâches productives est accompli et contrôlé par un groupe de parents (qui ne se confond pas nécessairement avec la famille, restreinte ou étendue). Le groupe produit la plupart de ce qu'il consomme, ce qui ne signifie pas qu'il ne produise rien pour l'échange et vive en autarcie. Le point essentiel est qu'il produit directement ou indirectement (échange), ce dont il a besoin et seulement pour ses besoins, et ce n'est pas la recherche du profit qui gouverne sa production.

Pour des tâches qui dépassent ses capacités, des groupements plus vastes (clan, village, voire tribu) fournissent leur aide.

Quant aux outils, ils sont simples et faciles à fabriquer, le savoir technique est pour l'essentiel à la portée de chaque individu dans le cadre de la division sexuelle du travail, s'opposant en cela aux connaissances rituelles et magiques.

Il convient enfin de souligner que dans la société traditionnelle, les individus travaillent moins, moins régulièrement et de façon moins monotone que dans les sociétés industrialisées.

Une autre pratique qui montre la prédominance du système de parenté sur l'économie est la suivante : lorsque le seuil économique ou « la totalité du minimum » pour reprendre l'expression de Sahlins, n'est pas atteint, à cause notamment des aléas climatiques ou des empêchements d'ordre socioculturel, la société traditionnelle, au lieu d'agir sur les paramètres économiques tels que

---

436 B. Asso, 1976
437 M. Godelier, 1988

l'allongement du temps de production ou la faible rentabilité de l'outil de production (la houe, la hache, la manchette), préfère agir sur les mécanismes de solidarité parentale dont les plus importants sont « la réciprocité, la redistribution et la coopération »[438].

Avant d'évoquer ces mécanismes, il faut préciser qu'ils ne sont pas liés à la sous-production.

Selon la typologie établie par Sahlins, il y a lieu de distinguer « la réciprocité généralisée » qui est le pôle de solidarité maximale ; elle n'admet pas de contrepartie et c'est elle qui est pratiquée dans le groupe parental ou dans la famille élargie. « Elle prend place surtout entre parents proches où l'obligation de rendre est diffuse et tolère de longs délais. Celui qui a reçu rend lorsque cela est possible, ou lorsque le donateur est dans le besoin. Pour certaines catégories des membres du lignage : vieillards, veufs ou veuves, infirmes, l'impossibilité de rendre ne fait pas cesser les dons et l'entraide dont ils bénéficient ».

Par contre, « la réciprocité équilibrée » a « un caractère plus économique, moins personnel. L'aspect matériel de l'échange y compte autant que l'aspect social et les diverses parties s'accordent sur des principes d'équivalence des échanges. L'équivalence est avant tout une équivalence de l'utilité sociale, de la valeur d'usage des biens et, secondairement une équivalence des dépenses de travail socialement nécessaires à leur production ou à leur obtention »[439].

Enfin, « la réciprocité négative » peut « être considérée comme toute action de nature à se procurer un profit utilitaire, dans le sens que les deux parties s'affrontent en tant qu'intérêts distincts cherchant à maximiser leurs profits aux dépens de l'autre »[440].

---

438 M. Salhins, 1972 et A. Kabou, 1991
439 M. Godelier, 1988
440 M. Sahlins, 1972

Quant à la redistribution, elle est définie comme une relation à l'intérieur du groupe ou une action collective du groupe selon le modèle institutionnel de « centricité » : ce modèle suppose l'existence d'un centre social, très souvent le chef du village vers lequel convergent les biens pour être ensuite redistribués vers la périphérie dans les limites sociales à l'intérieur desquelles les membres sont en relation d'entraide mutuelle.

Elle est la forme de réciprocité couramment utilisée dans la société africaine communautaire, car elle ne crée pas nécessairement l'obligation de rendre.

En ce qui concerne la coopération, elle demeure essentiellement un fait technique. Elle est utilisée dans toute une série de cas : les membres d'un lignage peuvent collaborer sur base individuelle avec ceux d'un autre lignage pour produire la totalité des minima de leurs biens de consommation ou pour constituer dans certaines circonstances, un surplus de biens. Un autre cas est celui des travaux d'utilité collective qui sont réalisés par un groupe composé de membres de différents lignages[441].

Il y a lieu de citer le cas des individus travaillant ensemble au profit de chaque participant, à tour de rôle, une sorte de tontine sur le plan de la production.

Il est également important de rappeler l'influence de la parenté dans l'économie post-coloniale.

En partant de ce qui précède, la crise de gestion de l'entreprise peut être considérée comme une des manifestations importantes du système de parenté dans l'économie moderne.

---

441 M. Sahlins, 1972

Une autre manifestation est la morale basée sur le principe de la solidarité lignagère telle qu'elle s'observe dans les centres urbains. Selon ce principe, malgré la crise économique qui tend à l'affecter, derrière chaque Africain qui a obtenu une promotion, il y a quarante bouches à nourrir.

1.2. Le système de parenté et la politique

Les liens complexes existant entre la parenté et la politique ont été mis à jour par l'anthropologie moderne : il a été « constaté à diverses reprises, que les relations politiques s'expriment aussi dans le langage de la parenté et que les manipulations de la parenté sont un des moyens de stratégie politique. La recherche actuelle le montre en accordant son attention aux situations révélatrices, aux stratégies et manipulations concernant le pouvoir et l'autorité »[442].

La société traditionnelle organisée sur base des clans, des lignages et des alliances résultant des échanges matrimoniaux, n'est pas dépourvue de rapports de prééminence ou de subordination.

En définissant la politique comme le pouvoir réel d'organiser la société, reconnu à un individu ou à un groupe d'individus pour la bonne marche de la collectivité et que ce pouvoir, pour être effectivement réel, doit engager le consentement de la collectivité qui se soumettra aux décisions prises par cette autorité[443], il convient de rappeler que ce pouvoir a existé dans la société traditionnelle africaine.

Comme le fait remarquer Balandier, « les hommes les plus influents se caractérisent par leur position classique (ils sont aristocrates)

442 G. Balendier, 1988
443 Ben-yacine-Touré, 1983

et lignagère (ils sont chefs de famille étendue), par leur situation d'âge (ils ont le statut d'aîné), par leur richesse en bétail et par leur forte personnalité. A défaut d'une autorité politique bien différenciée, la prééminence, le prestige et l'influence résultent de la conjugaison de ces inégalités minimales »[444].

Quant aux sociétés de types segmentaires, la vie politique diffuse se révèle plus par la situation que par les institutions politiques ; il s'agit des sociétés où les structures politiques sont les moins visibles et les plus intermittentes[445].

L'influence du système parental ne s'est pas limitée aux structures politiques traditionnelles, son impact se fait sentir également sur les structures politiques des États modernes.

Rappelons que la plupart des gouvernements africains avaient adopté, dans les premières années de l'indépendance, une politique tendant à construire l'unité nationale. La suppression du multipartisme et du pluralisme syndical était un des principes essentiels de cette politique.

Si ces principes sont, depuis peu, remis en cause dans la plupart des pays africains dans la perspective d'un retour à la démocratie pluraliste, ils ont été le plus souvent les fondements de l'État pendant près de trente ans.

Cette politique d'union nationale n'a pas obtenu les résultats escomptés car le sentiment d'appartenance clanique n'a pas totalement disparu, même chez les agents de l'État au plus haut niveau.

Ainsi, la gestion des affaires publiques, notamment la redistribution des revenus de l'État, les critères de sélection des acteurs

---

444 G. Balandier, 1988
445 M. Sahlins, 1972

dans l'accomplissement de la tâche de l'État, n'échappent pas à la logique parentale et au favoritisme.

Ce point nous amène au terme de l'examen sur l'influence du système parental africain dans les domaines économique et politique.

Dans ce qui vient d'être rappelé à grands traits sur les rapports de parenté, il y a lieu de soutenir le point de vue selon lequel la connaissance des traditions liées au système parental africain, permettra de discerner les aspects sur lesquels les pratiques de gestion de l'entreprise, exigent à être adaptées aux normes socioculturelles africaines.

Il est important de faire remarquer que la société traditionnelle, malgré une apparente stabilité, une continuité dans le temps, a connu une certaine évolution de manière à pouvoir répondre aux besoins fondamentaux des individus.

Elle s'est modifiée à travers le temps par suite des événements majeurs qui ont pu apporter des changements plus ou moins considérables. Il s'agit notamment, au cours de la période historique actuelle, de la traite des noirs, de la colonisation, de l'apparition de nouvelles techniques de production, des deux Guerres mondiales, des crises économiques mondiales, du changement de régimes politiques, du contact avec les autres cultures, etc.[446]

Ces événements majeurs ont affecté certaines valeurs socioculturelles. Il convient de noter en passant, le cas du mariage par arrangement qui a presque disparu.

Des valeurs nouvelles se sont introduites, c'est le cas du désir de gain qui est venu s'ajouter au besoin fondamental, celui d'assurer la survie du lignage.

---

446 D. Bollinger et G. Hofstede, 1987

D'autres valeurs sont moins affectées. Selon Evans-Pritchard, « les valeurs mystiques de la fonction politique ne sont pas entièrement supprimées par le passage de l'ancienne religion au Christianisme ou à l'Islam »[447].

Il en est de même des fonctions rituelles du chef africain ainsi que de nos trois dimensions socio-économiques, à savoir l'esprit communautaire, la hiérarchisation sociale et la pratique de la négociation poussée, la palabre africaine.

Avant de développer notre proposition de modèle des rapports salariaux, disons un mot sur la qualité dans la société africaine subsaharienne.

2. LE CONCEPT DE QUALITÉ DANS LA SOCIÉTÉ AFRICAINE

Comme dans d'autres sociétés connues, la qualité ne peut pas être considérée comme une « découverte » dans la société africaine.

Selon certains auteurs, elle se manifeste particulièrement dans le domaine de l'art.

Mais « l'art pour l'art » n'a presque pas existé dans la société traditionnelle. Contrairement à certaines sociétés, semblablement à d'autres, il a été souvent au service du culte religieux et/ou royal : « les statues avaient pour but d'être le support du double immortel de l'ancêtre après la mort terrestre de celui-ci (…). Placées en un lieu sacré, elles étaient l'objet d'offrandes et de libations »[448].

---

447 M. Fortes et E.E. Evans-Prichard, 1964
448 Cheikh Anta Diop, 1979

Selon Abdoulaye Bathily, « la production artistique a été favorisée par la religion. Cependant, à côté d'un art à fonction religieuse, il existait un art à vocation politique, par exemple, la statue de bronze d'Ifé, et à l'usage domestique : tabourets, portes, etc. En réalité, toutes les activités quotidiennes, religieuses ou profanes, étaient des sources d'inspiration artistique »[449].

Ainsi, l'art africain a été principalement au service de la « *cause sociale* ». Cette dernière expliquant, à mon avis, la grande préoccupation de l'artiste africain de réaliser des œuvres d'une certaine qualité ; en d'autres termes, à travers l'utile, l'artiste cherche à atteindre le beau et l'esthétique.

En effet, pour pouvoir apprécier réellement la valeur de l'art africain, « il faudrait considérer la pureté des lignes, la force des rythmes et leur valeur plastique, sans s'attacher au manque de perfectionnement technique »[450]. Ce dernier était dû au fait que l'artiste travaillait sur une « matière rebelle » avec des instruments dérisoires par rapport aux instruments modernes.

Il convient de faire remarquer que le culte religieux et royal n'est pas le seul facteur explicatif de la qualité de l'art africain, il faudrait aussi prendre en considération le fait que l'artiste, malgré l'absence totale de la concurrence, donnait le meilleur de lui-même, ce qui apparaît selon Cheikh Anta Diop « sous forme de la liberté inventive de rythme plastique toujours diversifiée ».

Comme l'explique Maquet, l'art africain a eu une influence considérable sur certains peintres et sculpteurs occidentaux. Grâce aux musées, aux expositions et aux livres d'art, les formes africaines sont devenues familières, elles sont appréciées et recherchées[451].

---

449 Abdoulay Bathily, 1988
450 Cheikh Anta Diop, 1979
451 J. Maquet, 1967

À part la sculpture africaine, un autre art africain d'une qualité appréciable est la danse et la musique traditionnelles. Ces deux arts sont souvent liés, ils sont connus au travers des troupes itinérantes, du film et surtout du disque.

Transportées dans le nouveau monde depuis le XVème siècle par l'esclavage, la danse et la musique africaines sont une des sources des rythmes d'Amérique latine et du Jazz[452].

Selon certains, il est vrai que, non seulement la qualité mais aussi, la contribution de l'Afrique à la culture universelle se situe essentiellement dans le domaine de l'art.

Il y a lieu de faire remarquer que dès maintenant, cette qualité de l'art africain pourrait atteindre les autres domaines, en particulier le domaine industriel. Un des moyens en est la salarisation des populations non salariées à travers le transfert adéquat de technologies sociales. C'est l'approche qui va être développée dans les chapitres qui suivent.

---

452 Y. Brunhammer, 1988

1. INTRODUCTION

Les différents types de sociétés existant à travers le monde connaissent la vie en communauté. Cette valeur socioculturelle peut être considérée comme une des « valeurs universelles », mais vécue différemment selon les cultures et/ou les conditions socio-économiques.

L'étude réalisée dans le cadre de la société Hermes, dans une quarantaine des pays du Nord les plus riches et du Sud les moins riches et publiée par Hofstede et Bollinger, a permis d'établir une certaine relation entre le niveau de développement technique et cette dimension communautaire.

À quelques exceptions près, les pays riches sont moins communautaires que les pays pauvres aujourd'hui : dans les pays riches, les cultures sont du type individualiste, tandis que les pays pauvres ont conservé l'organisation de la vie en communauté où l'individu vit dans une famille élargie[453].

Il se trouve encore des cultures où l'individu vit dans le clan patrilinéaire ou matrilinéaire, dans lequel se côtoient les oncles, les tantes, les cousins, les cousines et les grands-parents. C'est le cas de la plupart des sociétés traditionnelles en Afrique.

Il convient de souligner que le type de liens que l'individu tissera avec les autres membres de la collectivité dans des institutions

---

453 D. Bollinger et G. Hofstede, 1987

telles l'école, l'Eglise, le parti politique, l'entreprise, le syndicat, etc., sera plus ou moins influencé par l'esprit communautaire, car il a été façonné comme tel dans sa communauté de base.

Ceci étant, cette étude réalisée en Côte d'Ivoire a permis d'identifier un certain nombre de facteurs caractéristiques de cette dimension socioculturelle, dont trois peuvent être retenues dans le cadre de ce travail :

1. L'Africain a tendance à penser en termes de « nous », c'est-à-dire qu'il a la conscience d'appartenir à un groupe dans lequel il est né et auquel il restera fidèle durant toute sa vie ; en échange, le groupe assure sa sécurité ;
2. L'implication de chacun dans son groupe est à base morale ;
3. Les catégories de valeurs ne sont pas les mêmes pour ceux qui sont dans le groupe et pour ceux qui n'en font pas partie ; il y a un certain nombre de points particuliers à chaque groupe social.

Ces facteurs sont aussi proposés par les méthodes des Cercles de Qualité dans la mesure où celles-ci valorisent le temps que l'individu passe pour son groupe d'appartenance.

Dans cette optique, l'introduction de certains aspects des méthodes des Cercles de Qualité relatifs à ces facteurs ne feront qu'adapter cette dimension communautaire déjà présente dans l'entreprise africaine.

2. LES MÉTHODES DES CERCLES DE QUALITÉ ET LE SENTIMENT AFRICAIN DE « NOUS »

Dans la culture communautaire africaine le sentiment d'appartenance est renforcé par la crainte d'un futur incertain qui provoque une anxiété souvent intolérable.

C'est ainsi que dans la société traditionnelle, l'Africain continuait à recevoir un soutien moral et matériel auprès de son groupe lignager.

Il faut souligner qu'avec la crise économique « le système des transferts communautaires » est trop sollicité, à tel point qu'une crise générale de solidarité peut s'ensuivre entraînant un renforcement de la pauvreté. Celle-ci peut accélérer, au niveau national, l'apparition de consciences de classes dans les sociétés jusqu'ici régulées[454].

Dans le cadre des structures modernes, de nouvelles formes de redistribution à base pluriethnique sont apparues. Il s'agit notamment de l'entreprise, des Églises, des clubs de sport, des associations d'anciens élèves, des clubs de services, etc.

Mais contrairement à ce qu'on observe au Japon, l'entreprise africaine n'a pas encore remplacé le groupe familial, elle est un deuxième groupe au service du premier. Cela serait dû au fait que la salarisation en Afrique en est à ses débuts.

Il est important de rappeler que le sentiment d'appartenance au groupe est également prononcé dans la manière de travailler proposée par les méthodes des Cercles de Qualité. C'est ici que ces méthodes peuvent corriger ce sentiment d'appartenance en l'adaptant à la situation et aux besoins de l'entreprise.

---

454 F. R. Mahieu, 1990

Comme le souligne B. Monteil[455], nous aimons tous appartenir et/ou faire partie d'une association, d'une famille, d'une équipe ou d'un Cercle et nous en sommes fiers. Ceci est d'autant vrai que la survie est menacée.

D'ailleurs, lorsqu'on regarde de plus près les contextes socio-économiques dans lesquels le mouvement des Cercles de Qualité a pris naissance, à savoir le Japon, l'Europe et les États-Unis d'Amérique, il y a lieu de faire remarquer que dans le premier cas, celui du Japon, celui-ci sortait de la Deuxième Guerre mondiale presque ruiné et occupé par les États-Unis. Dans le deuxième cas, celui de l'Europe et des États-Unis, les contextes sont caractérisés par la crise économique des années 1970, doublés de la crise du mouvement syndicale.

Enfin, dans l'Afrique subsaharienne, les Cercles de Qualité naîtront dans un contexte socio-économique caractérisé par la crise financière, par le réchauffement climatique et par celle de l'endettement.

Revenons aux méthodes des Cercles de Qualité pour constater que les membres d'un Cercle sont fiers d'appartenir à leur cercle ; ils lui donnent un nom. Celui-ci servira de signe de reconnaissance et il permettra au Cercle de devenir et de rester un groupe de travail identifiable.

Il en est de même dans la société traditionnelle, chaque lignage ou chaque clan porte un nom qui distingue ses membres par rapport aux autres ; ce nom est souvent celui de l'ancêtre, du Totem, du lieu, de la rivière ou parfois un surnom.

Il apparaît que ce sentiment d'appartenance est un des points forts sur lequel peut s'appuyer certains aspects des méthodes des Cercles de Qualité.

---

455 B. Monteil et al., 1985

Mais il présente l'inconvénient principal suivant : la vie en groupe n'encourage pas la prise d'initiatives et des réalisations personnelles ; d'ailleurs la déviance est souvent mal accueillie dans la société traditionnelle.

Il faut noter que cet inconvénient peut être comblé par les méthodes des Cercles de Qualité. En effet, dans les activités des Cercles de Qualité, les membres sont incités à prendre des initiatives au sein du Cercle. Elles seront étudiées et réalisées avec l'accord unanime des membres concernés, après l'approbation du chef d'entreprise pour certaines réalisations qui dépassent la compétence de l'animateur du Cercle de Qualité.

Sur cet aspect relatif à la prise d'initiatives, les responsables et dirigeants ivoiriens interrogés dans le cadre de l'étude Hermès déjà mentionné, ont formulé les deux souhaits suivants : ils sont à 89 % à vouloir préférer un type d'organisation du travail qui laisse aux employés un maximum de liberté et d'initiative ; ils sont à 86 % à préférer une vie professionnelle séparée de la vie privée.

3. LES MÉTHODES DES CERCLES DE QUALITÉ ET LE SENS MORAL DES AFRICAINS

En se référant à la définition de la morale formulée par O. Gelinier : « la morale exprime les comportements, devoirs, valeurs, qui sont généralement respectés dans un groupe sans être directement imposés par contraintes économique ou juridique (…) et que la parole et l'information constituent les deux composantes qui donnent force à la morale »[456]. Il y a lieu de faire remarquer que dans la société traditionnelle, le type de relation existant entre

---

456 O. Gélinier, 1982

l'individu et son groupe d'appartenance est à base « de liens moraux personnalisés et non pas sur la rationalité anonyme », il s'agit très souvent de relations du type « père/fils ou aîné/cadet »[457].

Ces relations engendrent des obligations réciproques, à savoir la protection du cadet par l'aîné, indépendamment des capacités du cadet à pouvoir participer à la vie du groupe et en échange, le cadet doit obéissance envers son aîné.

Il est important de souligner que la chute de productivité engendrée par la crise économique actuelle a affecté sans la détruire, cette tradition basée sur la relation père/fils, dans la mesure où les enfants se voient obligés de contribuer à la survie de leur famille.

Selon l'étude réalisée en Côte d'Ivoire, dans l'entreprise africaine, les relations devraient être du genre « enfant et sa famille étendue », tissées sur base morale, c'est-à-dire la protection de l'employé par l'entreprise indépendamment de ses performances en échange de la loyauté de l'employé vis-à-vis de l'entreprise.

Dans ces conditions, le système américain qui consisterait à licencier un employé devenu moins performant ne peut pas s'intégrer dans ce contexte…

Ce facteur qu'est le sens moral est proposé également par les méthodes des Cercles de Qualité.

Lorsqu'un Cercle est implanté dans un service ou dans un atelier, il l'est sur base du volontariat et la première chose que les participants font au cours de la première réunion est d'établir leur code de conduite. Celui-ci est considéré comme la constitution du Cercle, son éthique ou son code moral.

---

457 M. Abeles et C. Collard, 1985

Cet instrument puissant devrait contenir, pour être plus efficace, plus ou moins dix propositions courtes qui résument la philosophie du Cercle de Qualité. Vu son importance, il est du devoir de tous les membres de veiller à son respect le plus strict. Son observation stricte permet d'éviter les conflits et de rendre plus fortes les sources d'inspiration ; elle permet aussi de minimiser les risques de danger de morale déviante ; enfin, elle permet d'assurer la cohésion du cercle en tant que groupe de travail[458].

Rappelons que dans la culture communautaire africaine, le respect des normes culturelles et des décisions prises par des anciens ou par le chef du village est soumis uniquement au contrôle moral.

Ce dernier ne peut être efficace que lorsque le groupe est arrivé à un certain niveau de maîtrise de la conflictualité interne par la morale de groupe. Celle-ci rend possible le dialogue et donne force à la parole donnée. À ce propos, Gélinier souligne que « toute parole est morale, non par ce qu'elle porte comme contenu moral, mais en tant que parole même, quel que soit son message »[459].

Nous touchons là un autre point fort de la culture communautaire africaine et un apport nouveau des méthodes des Cercles de Qualité dans le management moderne : « l'élargissement du contrôle par liens moraux »[460].

Une autre particularité qui découle des obligations morales de la vie communautaire a été mise en lumière par l'étude réalisée en Côte-d'Ivoire : derrière chaque employé et cadre africains, il y a une famille élargie qui lui demande du temps, de l'argent et surtout de l'attention.

---

458 B. Monteil et al., 1985
459 O. Gelinier, 1982
460 Idem

Il serait immoral qu'un membre du groupe familial vive dans l'opulence, alors que les autres soient dans le besoin. C'est ainsi que le salaire de l'employé et du cadre africains et les autres avantages accordés par l'entreprise ne profitent que partiellement aux intéressés.

Dans le même ordre d'idées, il apparaît que cette autre particularité se retrouve aussi dans les méthodes des Cercles de Qualité, dans la mesure où les réalisations effectuées dans le cadre des activités des Cercles de Qualité profitent à l'entreprise et que les membres des Cercles de Qualité reçoivent très souvent des remerciements et une certaine considération, mais rarement des récompenses financières et, lorsque ces dernières sont octroyées, elles ne tiennent pas compte de la performance individuelle, mais plutôt des efforts collectifs[461].

Il convient de rappeler que ces mêmes obligations morales existent aussi du côté de l'employeur. L'entreprise africaine étant de plus en plus une entreprise familiale, beaucoup d'employeurs ont tendance à vouloir placer leurs parents aux postes de responsabilité.

Cette pratique existe dans toutes les sociétés, mais certains dirigeants africains vont plus loin en fermant sciemment les yeux sur les critères de compétence lors de l'embauche de leurs parents.

Ce qui est intéressant à retenir est que le contrôle par des relations morales comporte un certain nombre d'avantages.

Selon P. Messine, « les travailleurs sont motivés et aussi responsabilisés ; le travail acquiert alors la valeur d'un devoir envers la communauté : l'entreprise, la région et la patrie »[462].

---

461 J. M. Doucy, 1986 et G. Raveleau et F. Marinier, 1983
462 P. Messine, 1989

Un autre avantage est l'élargissement de son usage dans le management moderne grâce aux méthodes des Cercles de qualité.

Il comporte aussi des limites, essentiellement le danger « de morales déviantes », lorsque les sources d'inspiration ne sont pas assez fortes ou assez pures et le risque de manipulation par les plus habiles[463].

Contre ces limites, en ce qui concerne le danger de morales déviantes, le respect strict du code moral par les membres du Cercle de Qualité, aidés par la volonté de se surpasser semble être la solution adéquate.

Quant à la manipulation de certains membres par les plus habiles, les techniques de brainstorming sont conçues de manière à ce que la discussion soit ouverte et que tous les points de vue soient encouragés.

C'est le rôle de l'animateur du Cercle : il doit veiller à ce que chaque participant parle à son tour aussi clairement que possible, de manière à éviter la digression ; il doit aussi encourager les timides à participer au débat afin de faire obstacle aux éventuelles manœuvres d'intimidation[464].

À première vue, ceci paraît simple mais un certain apprentissage s'avère nécessaire avant d'atteindre les résultats escomptés.

463 O. Gelinier, 1982
464 B. Monteil et al., 1985

4. LES MÉTHODES DES CERCLES DE QUALITÉ ET LE FAIT QUE LES CATÉGORIES DE VALEURS SOIENT DIFFÉRENTES D'UN GROUPE SOCIAL À UN AUTRE

Le sentiment d'appartenance à un groupe social qui caractérise l'esprit communautaire comporte un certain nombre de limites. La plus importante est le fait que ce sentiment ne va pas au-delà de son groupe d'appartenance.

De là, découlent des relations dont certains points sont différents d'un groupe social à un autre : chaque groupe élabore des normes de protection et de traitement ainsi que de rituels, différentes de celles des autres groupes sociaux, c'est le particularisme[465].

C'est à ce niveau que se pratique la réciprocité généralisée, c'est-à-dire entre les proches parents.

Pour comprendre cette situation quelque peu contradictoire, il faut prendre en compte le fait que plusieurs groupes sociaux existant se veulent complets pour réaliser leur objectif primordial, la protection de leurs membres.

Ce particularisme se traduit dans l'entreprise par le favoritisme. Cette pratique dont les Africains sont à la fois bénéficiaires et dénonciateurs peut mettre la survie de l'entreprise en péril.

Examinons à présent ce particularisme à la lumière des méthodes des Cercles de Qualité.

Il nous appartient de rappeler d'abord que les Cercles de Qualité comportent également des éléments particuliers fondamentaux qui constituent la base sans laquelle son implantation et son développement ne peuvent se concevoir et se réaliser de manière efficace.

---

465 H. Bourgoin, 1984

Selon la définition du Cercle de Qualité, il est un petit groupe de travail de cinq à douze employés qui ont un lien d'interdépendance entre eux, soit qu'ils travaillent dans la même section, soit qu'ils travaillent au même produit ou au même processus. Le groupe peut comprendre des ouvriers, des agents de maîtrise, des techniciens d'atelier, voire même des délégués du personnel, etc.

Dans ce sens, chaque Cercle est composé sur base d'éléments particuliers, essentiellement sur le fait d'appartenir à un même atelier ou bureau et/ou sur le fait d'avoir la même qualification professionnelle, en d'autres termes, les Cercles de Qualités sont constitués sur base de l'équipe de travail.

Rappelons ce qui a été dit au point 3.1., chaque Cercle se donne un nom et dispose d'un code de conduite dont le contrôle moral ne s'exerce que sur les membres du Cercle. Il dispose également d'un emblème, de papiers à en-tête, etc., il est donc un groupe de travail identifiable ayant un ensemble de valeurs spécifiques.

Enfin, le lancement des Cercles de Qualité ne sera une réussite que dans la mesure où la culture de l'entreprise, son passé, ses objectifs, son environnement interne et externe sont pris en compte. Autant d'éléments qui sont différents d'un Cercle à un autre et d'une entreprise à une autre[466].

Par contre, une fois introduits dans l'entreprise, les Cercles de Qualité ne devraient pas fonctionner comme une organisation dans une organisation et c'est ici qu'ils deviennent une réaction contre les limites du penchant pour le « nous ».

Par leurs activités, les Cercles de Qualité partagent « le projet de l'entreprise »[467] et ils réalisent les objectifs définis par celle-ci.

---

466 G. Raveleau et F. Marinier, 1983
467 G. Archier et H. Serieyx, 1986

De ce fait, ils seront très souvent conduits à sortir de leur orbite (atelier ou bureau) et à s'intéresser non seulement aux activités des autres Cercles mais aussi à la marche de l'entreprise.

Cette participation à la marche de l'entreprise peut se faire de la manière suivante[468] :

- « Les Cercles de Qualité organisent des journées d'information, des visites guidées dans l'entreprise et /ou en dehors de celle-ci, des présentations de leurs activités à la direction générale, etc. ;
- Dans leurs activités, les Cercles de Qualité doivent puiser des informations nécessaires dans leur environnement, interne et externe, ce faisant ils briseront le cloisonnement existant entre différents niveaux hiérarchiques et différents départements de l'entreprise ;
- Un autre moyen est la création d'un cercle « ad hoc » qui est constitué lorsqu'un problème étudié par un Cercle a son origine dans un autre service. Le coordinateur demandera la participation du service concerné par l'étude du problème ».

Il est important de souligner que l'introduction et la réussite des Cercles de Qualité dans l'entreprise nécessitent non seulement l'implication de la hiérarchie et un dialogue à tous les niveaux de l'entreprise.

---

468 B. Monteil et al., 1985

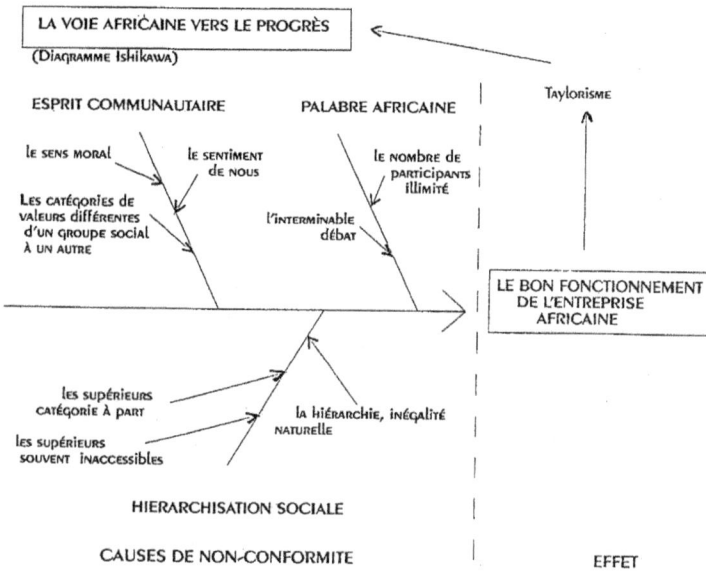

LA VOIE AFRICAINE VERS LE PROGRÈS

(Diagramme Ishikawa)

ESPRIT COMMUNAUTAIRE   PALABRE AFRICAINE   Taylorisme

le sens moral

le sentiment de nous

le nombre de participants illimité

Les catégories de valeurs différentes d'un groupe social à un autre

l'interminable débat

LE BON FONCTIONNEMENT DE L'ENTREPRISE AFRICAINE

les supérieurs catégorie à part

la hiérarchie, inégalité naturelle

les supérieurs souvent inaccessibles

HIERARCHISATION SOCIALE

CAUSES DE NON-CONFORMITE   EFFET

1. INTRODUCTION

La civilisation subsaharienne procède avant tout du verbe qu'il soit parole, rythme ou symbole. Les causeries inévitables à l'heure de la sieste sur « la place à palabres », ou le soir au clair de lune réunissant plusieurs dizaines d'assistants jeunes et vieux suffisent pour s'en convaincre[469].

Selon Gonçalves, « le grand attribut du chef en Afrique est la faculté de palabrer »[470]. Il est significatif de rappeler également que « lors des cérémonies d'intronisation, les premiers conseils donnés au chef portaient sur la manière dont il aurait à rendre la justice »[471].

Examinons à présent la manière dont se déroule la palabre. Précisons d'abord que par palabre il faut entendre, « le débat, le conflit, les affaires. C'est en fait la réduction d'un conflit par le langage, la violence prise humainement dans la discussion. La palabre suppose et implique la franchise totale et la liberté intégrale des participants. Au sens fort du terme, elle est dialogue s'achevant dans la communion »[472].

Ce processus de prise de décision a amené Maquet à le qualifier de la règle de « l'unanimité de la démocratie africaine par rapport à la règle de la majorité de la démocratie occidentale »[473].

---

469 L. V. Thomas, 1988
470 A. C. Gonçales 1985
471 A. Mignot, 1951
472 L. V. Thomas, 1988
473 J. Maquet, 1967

En cas de conflit, les deux parties se rendent devant le juge, généralement le chef du village, « la règle est de ne pas interrompre celui qui plaide. Et même lorsqu'il a arrêté son débit, le juge lui demandera : as-tu fini de parler ? Il ne donnera qu'ensuite la parole à la partie adverse »[474].

Après avoir entendu les parties, le juge livre l'affaire au public pour une discussion générale au cours de laquelle n'importe quel membre du village, en commençant par les vieux, peut intervenir s'il le souhaite. En tenant compte des avis exprimés, le chef du village prendra la décision qui sera appliquée par tous.

Cette manière de conduire le débat devrait retenir notre attention, car elle se rapproche très fort des techniques de brainstorming utilisées par les Cercles de Qualité.

Selon B. Asso, « si l'essence de la démocratie africaine traditionnelle est de rechercher non pas le partage brutal des opinions mais l'harmonie, la pérennité de l'unité, il convient alors de regarder la palabre comme un conflit ritualisé devenu instrument de contrôle social immédiat. Cela dit, l'absence de luttes d'intérêts personnels facilite cette quête d'harmonie »[475].

L'étude réalisée en Côte-d'Ivoire, déjà mentionnée, donne les pourcentages qui permettent de fixer les idées sur l'importance de cette dimension socioculturelle : 97 % des cadres et employés interrogés considèrent le débat comme le seul moyen qui puisse clarifier les problèmes les plus compliqués ; ils sont 73 % pour affirmer que la décision prise collectivement est généralement meilleure que celle prise individuellement ; ensuite 60 % pensent qu'il vaut mieux avoir de bonnes relations professionnelles que d'avoir des salaires élevés ; enfin, 83 % pensent que la plupart des

---

474 R. P. Tempels, 1949
475 B. Asso, 1979

organisations se porteraient mieux si les conflits pouvaient être définitivement éliminés.

Il convient également de rappeler que dans le processus de démocratisation qui touche la société africaine, certains pays avaient choisi la palabre (conférence nationale) comme mode de transition vers le régime démocratique.

Dans ce contexte, la palabre apparaît comme une composante culturelle d'une telle importance, que le management de l'entreprise africaine ne peut, par souci d'efficacité, l'ignorer complètement.

Dans les sections suivantes, l'analyse portera sur la manière dont les techniques de brainstorming peuvent s'appuyer sur cette dimension pour renforcer le système de concertation dans l'entreprise.

2. LES TECHNIQUES DE BRAINSTORMING ET LA PALABRE AFRICAINE

« Deux avis valent mieux qu'un ». Voilà un adage que les Africains ont pris à la lettre.

Dans toutes les cultures connues, la négociation a pour objectif essentiel la satisfaction des besoins fondamentaux de l'homme ; cela ne peut être possible que lorsqu'il y a échange d'idées entre les parties concernées dans l'intention de modifier le type de relations existantes[476].

Dans la culture communautaire africaine, très souvent, les conflits se règlent par la palabre comme nous venons de l'exposer.

---

476 G. Nierenberg, 1970

Le témoignage d'un cadre ivoirien interrogé dans le contexte de l'étude déjà mentionnée permet d'illustrer ce point : lorsqu'un conflit surgit au village entre deux familles, celles-ci se rendent en premier lieu auprès du chef du village afin de l'informer. Celui-ci commencera par les convoquer et par les écouter séparément pour tenter de régler ce problème à son niveau. S'il ne le peut pas, il fait appel à une réunion des sages, connus pour leur compétence approfondie des coutumes et traditions, en cette matière il n'y a pas de codification. « Ce sont les sages qui prennent la décision en termes modérés... mais avec fermeté »[477].

Un autre cadre surenchérit : chez nous, le chef du village est plus que nonagénaire, mais je n'ai jamais observé de lacunes dans l'exercice de sa fonction.

Cela est dû au fait qu'il ne prend que rarement une décision personnelle ; la sentence est toujours collégiale et, si elle exige notre avis, à nous, les intellectuels, le chef nous convoque un dimanche, nous en discutons avec lui (...) puis la décision collective est portée à la connaissance de tous les villageois en assemblée générale.

Ces témoignages contiennent quelques points essentiels dont au moins quatre retiennent notre attention :

- Le premier point est l'aspect participatif au processus de prise de décision, il a été noté dans le premier témoignage que ce sont les sages qui prennent la décision et dans le deuxième témoignage que le chef du village fait appel aux intellectuels ;
- Le deuxième point qui découle du premier est que cet aspect collégial de la prise de décision montre que contrairement à l'opinion généralement répandue, l'autorité du chef n'est pas absolue ;
- Le troisième point est le souci de l'intérêt collectif ;

---

477 H. Bourgoin, 1982

- Le quatrième point est que l'objectif de cette longue palabre n'est pas de réparer le préjudice, ni de châtier le coupable, mais de chercher à rétablir l'atmosphère d'harmonie par le jeu des compensations adéquates[478].

Il est intéressant de rappeler que ces quatre points sont présents dans les méthodes des Cercles de Qualité.

L'élément nouveau dans le deuxième témoignage est l'appel aux intellectuels. Ce fait peut apporter un certain changement dans les rapports sociaux : nous pensons ici à la conception de la société moins traditionnelle chez les intellectuels et, surtout à l'introduction, avec ces derniers, de quelques outils statistiques simples dans le traitement des conflits tels le sondage, l'enquête, l'observation directe, etc., en vue de récolter des informations nécessaires au règlement des conflits.

Revenons aux techniques de brainstorming pour rappeler qu'en pratique, l'animateur réunit les participants et un secrétaire, choisi par eux-mêmes, expose le problème d'une manière claire et précise. Ensuite, chacun peut en discuter, parler à haute voix de n'importe quoi. « À ce stade, on ne cherche pas à corriger, ni à juger les opinions émises, mais à rassembler le maximum d'idées », même celles qui ne sont pas en relation directe avec le problème sont notées[479].

Selon G. Nierenberg, les méthodes de brainstorming produisent des bons résultats parce que dans le groupe « l'activité cérébrale est contagieuse, les idées semblent se développer à force d'être renvoyées comme des balles de l'un à l'autre. L'ambiance détendue de la conversation et le puissant élément d'inspiration qu'est la pensée collective donne un sentiment de sécurité et supprime

---

478 M. Fortes et E. E. Evans-Pritchard, 1964
479 R. Kregoski et al., 1982

les complexes. Sous l'influence de la discussion en groupe, la pensée de l'individu se fait plus vive et beaucoup d'idées neuves et originales viennent au jour qui surpassent de loin celles qui naissent d'une conférence conventionnelle »[480].

Il en est de même pour la palabre africaine, elle permet aux participants de tenir compte de certains détails importants qu'une seule personne aurait pu oublier ou laisser de côté.

Par contre, les séances de brainstorming se distinguent de la palabre africaine sur au moins deux points importants :

- Le nombre réduit de participants (cinq à douze) ayant un lien d'interdépendance ; tandis qu'au cours de la palabre, tous les membres de la communauté peuvent participer, d'où « l'influence des personnes âgées »[481].
- L'utilisation des techniques statistiques. Ces dernières permettent au groupe non seulement de gagner du temps et « de maintenir le moral face à l'incertitude »[482].

Il est important de rappeler que ces techniques statistiques sont la deuxième composante essentielle des méthodes des Cercles de Qualité. Elles sont indispensables dans la gestion de l'entreprise, leur utilisation par les Cercles de Qualités a apporté un changement considérable dans le management moderne. C'est le sujet qui sera abordé dans la section suivante.

---

480 G. Nierenberg, 1970
481 J. Belkhim, 1981
482 D. Bollinger et G. Hostede, 1987

3. LES OUTILS STATISTIQUES ET LA PALABRE AFRICAINE

L'originalité des méthodes des Cercles de Qualité réside dans la combinaison entre l'équipe de travail et l'utilisation des outils statistiques dans le processus de traitement et de solution des problèmes par les Cercles de Qualité.

À propos de l'utilisation des outils statistiques dans la société africaine communautaire, il convient de souligner que si ces instruments doivent être empruntés à l'Occident, les motivations qui conduisent à leur utilisation doivent rester celles de la culture communautaire africaine : il s'agit « de continuer à se situer dans le jeu normal et libre de l'évolution culturelle, de libérer les forces d'expression qui sont précisément aussi des forces d'adaptation à des situations nouvelles ».[483] C'est la grande leçon du Japon pour les Africains.

Ces outils statistiques sont ceux que la hiérarchie utilise quotidiennement dans la conception et le contrôle des tâches et, qui nécessitent une formation mathématique et un certain apprentissage.

Dans le modèle des Cercles de Qualité, ils constituent la composante incontournable pour les raisons principales suivantes : ils servent de support aux activités des Cercles de Qualité ; ils accordent une certaine crédibilité aux résultats que les Cercles de Qualité proposent à la hiérarchie ; ils permettent à la base de la hiérarchie de se former et de développer leur connaissance dans le domaine de la gestion[484].

À ce stade de notre analyse, il y a lieu de se poser la question suivante : les Africains utiliseront-ils les outils statistiques dans le processus de prise de décision dans l'entreprise africaine, eux qui sont habitués à de longues palabres ?

---

483 P. Bungener, 1969
484 D. Bollinger et G. Hofstede, 1987

Avant de tenter de répondre à cette question importante, il faut rappeler que selon certains auteurs, dans la société traditionnelle, les Africains savaient additionner et soustraire des nombres à l'aide des doigts de la main et lors de palabres, les nombres les plus élevés étaient concrétisés par des rangées de pierres, de bâtonnets ou de noix palmistes.

Dans la société africaine moderne, le système d'enseignement ne cesse de former les cadres de niveaux : secondaire, supérieur et universitaire.

Dans cette optique, les outils statistiques pourront apparaître comme moyen nécessaire pour améliorer le processus de prise de décision et surtout comme réaction à l'interminable palabre.

Mais pour atteindre ce résultat, c'est-à-dire gagner du temps, il faudrait que les outils statistiques précèdent la palabre. De cette manière, les participants auront une vue d'ensemble du problème posé, ils pourront établir la distinction entre les points forts et les détails (Diagramme de Pareto). Ils pourront enfin rechercher des solutions qui tiennent compte non seulement de priorités, mais aussi des capacités et moyens dont dispose le groupe pour leur réalisation.

En aidant progressivement les travailleurs à l'utilisation de ces outils statistiques, un des objectifs recherchés, à savoir la rigueur dans la gestion pourrait être atteint. Mais si, et seulement si, le chef d'entreprise est réellement impliqué dans le projet de lancement des Cercles de Qualité. Ce sujet fait l'objet de notre dernier chapitre.

1. INTRODUCTION

« *Tous les animaux sont égaux,*
mais certains sont plus égaux que les autres »
(G. Orwell)

Les inégalités sociales sont un trait commun à toutes les cultures. La différence principale réside dans l'importance que les sociétés accordent à cette notion dans leurs systèmes de fonctionnement économique et social. Certaines sociétés considèrent l'inégalité comme un fait de la nature, tandis que d'autres on fait, depuis un certain temps, de la lutte pour une plus grande égalité, une autre constante de l'histoire.

Selon Hofstede[485], « l'inégalité est accentuée dans les cultures ayant une large distance hiérarchique, comme les cultures communautaires africaines ». Dans celles-ci « le pouvoir ne se partage pas : le supérieur impose, le subordonné exécute »[486].

Ce pouvoir est accepté par nécessité culturelle, révéré par souvenir du sacré, contrôlé par sécurité et contesté par inquiétude[487].

Cette tendance expliquerait-elle l'intervention régulière du chef dans les décisions importantes de la vie quotidienne ? Expliquerait-elle

---

485 E. M. Hernandez, 1992
486 B. Asso, 1979
487 B. Asso, 1979

aussi le fait que ce pouvoir doit être fort pour pouvoir maintenir l'harmonie au sein du groupe ?

Rappelons également que dans la société traditionnelle, « le principe monarchique a conduit à faire du chef l'axe des relations politiques, le symbole de l'unité, de l'exclusivisme, l'incarnation des valeurs essentielles du peuple. Ses titres sont mystiques, dérivés du passé ».[488]

A propos du pouvoir fort, il est important de préciser que selon les expériences qui se déroulent dans les entreprises européennes sur les méthodes des Cercles de Qualité, il constitue un atout non négligeable dans la mesure où le chef d'entreprise peut user de son autorité pour persuader l'encadrement supérieur du bien-fondé des méthodes des Cercles de Qualité. Il peut coordonner et suivre les activités des Cercles de Qualité et, surtout, il donnera les réponses dans le meilleur délai aux propositions faites par les membres des Cercles de Qualité.

Dans ce sens, cette dimension constitue un autre point fort en faveur de la direction par concertation.

Pourtant, l'étude effectuée en Côte-d'Ivoire a mis en évidence quelques traits caractéristiques qui méritent une attention particulière à cause de leur influence dans la gestion de l'entreprise africaine :

- « La hiérarchie est considérée comme une inégalité naturelle ;
- Les subordonnés ont tendance à considérer leurs supérieurs comme une catégorie à part ;
- Les supérieurs sont plus ou moins inaccessibles ».

---

488 C. Mironesco, 1982

2. LES MÉTHODES DES CERCLES DE QUALITÉ ET L'AFFIRMATION SELON LAQUELLE LA HIÉRARCHIE EST UNE INÉGALITÉ NATURELLE

La hiérarchisation sociale en Afrique subsaharienne semble être contradictoire dans un contexte communautaire où tout le monde devrait être mis sur un pied d'égalité.

Toujours est-il qu'elle est acceptée car, elle est d'ordre socioculturel et nécessaire, comme il a été rappelé, pour le maintien de l'harmonie au sein du groupe social.

Cette vision traditionnelle de la hiérarchie explique-t-elle la tendance africaine à considérer la hiérarchie sociale comme un fait de la nature ?

Ce qui est aussi spécifique à la société africaine est le fait d'accepter, non seulement l'inégalité « de manière formelle et/ou informelle », mais surtout de ne pas tenter de limiter certaines de ses manifestations.

Dans cette optique, l'apparition des méthodes des Cercles de Qualité dans la société africaine serait considérée comme un moyen de lutter contre le phénomène de l'inégalité, dans la mesure où elles entraîneront un rapprochement entre le sommet et la base par la réduction des niveaux hiérarchiques.

Le point le plus important sera la participation de travailleur au processus de prise de décision à travers les méthodes des Cercles de Qualité.

Dans la société traditionnelle, les Cercles de Qualité seront aussi une réaction au rapport père/fils, dans le sens que le fils prendra part, et de manière effective, au processus de prise de décision sans se plier, comme la tradition l'y oblige, aux avis exprimés par les anciens. De cette manière il jouera, dans certains cas il faut bien préciser, le rôle réservé traditionnellement au père.

Cette réaction se traduira dans l'entreprise africaine par le fait que la base considérée comme l'enfant dans le domaine de la gestion, va remplir cette fonction en participant aux activités Cercles de Qualité. Cette participation lui donnera le sentiment d'être responsable et d'appartenir à « l'entreprise famille ». Dans cet optique, il ne pourra pas se considérer comme une catégorie ayant ses intérêts propres à défendre.

3. LES MÉTHODES DES CERCLES DE QUALITÉ ET L'AFFIRMATION SELON LAQUELLE LES SUBORDONNÉS CONSIDÈRENT LEURS SUPÉRIEURS COMME UNE CATÉGORIE À PART

Dans la société traditionnelle africaine, il existe encore à l'ouest de l'Afrique, certains groupes sociaux dans lesquels des familles entières sont englobées dans une caste et où les membres de cette caste voient leur place prédéterminée. Tel est le cas de la tribu Manding évoquée par Bourgoin.

L'analyse des structures sociales de cette société permet de constater qu'il existe une nette distinction entre les hommes libres qui occupent le sommet de la hiérarchie et les autres. La communication n'est possible qu'entre gens de la même caste et l'accès à la caste supérieure n'est pas encouragé par la société.

Dans les cultures pluralistes occidentales, l'accès à la strate supérieure est favorisé. Outre le système éducatif, il y a lieu de mentionner « la logique conflictuelle ». Loin d'être toujours un facteur négatif qui déchire le tissu social et affaiblit les liens de la vie sociale, le conflit contribue de bien des manières, au maintien des groupes sociaux et à l'émergence de nouveaux groupements[489].

Dans les cultures communautaires, par contre, les conflits ne sont pas encouragés. C'est pourquoi nous croyons que le changement dans les structures de pouvoir ne peut s'effectuer qu'avec l'introduction des méthodes des Cercles de Qualité. Celles-ci apparaîtront comme une « réaction pacifique » à la norme culturelle admise qu'est la séparation entre les individus n'appartenant pas à la même couche sociale, et dont l'accès à la strate supérieure est encore presque impossible.

Ce changement introduit par les Cercles de Qualité en appelle un autre en profondeur de l'état d'esprit de la part des supérieurs.

Archier, cité par Raveleau Marinier (1983), le résume avec les trois mots-clés suivants :

- L'écoute : c'est une attitude qui consiste à encourager le dialogue avec les subordonnés ;
- L'humilité : c'est une attitude qui consiste à admettre que les subordonnés peuvent avoir de bonnes idées, des idées utiles et en dehors des limites de leur poste de travail ;
- L'assistance : l'encadrement devrait avoir un comportement d'animation, d'aide à la réflexion et à la réalisation des bonnes idées des subordonnés.

De cette manière, les supérieurs s'engageront en permanence dans le projet des Cercles de Qualité et les subordonnés se perfectionneront pour des tâches enrichies et élargies qui sont une source de motivation forte et durable.

---

489 A. Mignot, 1951

4. LES MÉTHODES DES CERCLES DE QUALITÉ ET L'AFFIRMATION SELON LAQUELLE LES SUPÉRIEURS SONT SOUVENT INACCESSIBLES

La distance hiérarchique longue qui caractérise les cultures communautaires africaines, se traduit dans les rapports hiérarchiques par le fait que les supérieurs restent éloignés de la base, comme un bon père est éloigné de ses enfants dans le groupe lignager traditionnel.

Dans l'entreprise africaine, les relations entre cadres supérieurs et personnel d'exécution sont essentiellement descendantes par le biais des ordres d'exécution. Des flux vers le haut, pourtant possibles et nécessaires, ne sont pas encouragés par le système de gestion mis en œuvre.

Ecoutons à ce propos, le témoignage d'un autre cadre ivoirien interrogé dans le cadre de l'étude déjà mentionnée : « le directeur africain a un style de commandement qui se caractérise par l'absence de relations avec son personnel. Certes, lorsque ce dernier, individuellement, souhaite le voir, il ne s'y oppose pas. Mais du point de vue professionnel, il ne se montre pas suffisamment disponible ».

Il est aussi vrai que, dans la société traditionnelle, le chef n'était pas toujours accessible. Selon Mignot[490], « le chef n'assistait qu'aux plus importants des procès. Dans le cas où les notables participaient seuls aux débats, c'était cependant le chef qui, informé par ces derniers, rendait la décision ».

Par contre, dans l'entreprise africaine, lorsque les subordonnés sont réunis par le chef d'entreprise et/ou par les cadres supérieurs, c'est rarement pour échanger ou s'informer, le plus souvent c'est

---

490 A. Mignot, 1951

pour donner des directives ou leurs façons de voir le fonctionnement de l'entreprise.

C'est pourquoi lorsqu'un problème de gestion se pose, ils établissent très souvent difficilement un diagnostic exact.

Dans ce contexte, les méthodes des Cercles de Qualité peuvent rétablir la communication (la palabre) base du management de l'entreprise moderne.

Par leurs activités, les Cercles de Qualité sont amenés à entrer fréquemment en contact avec l'encadrement. C'est notamment le cas lors de demande des informations dont les membres des Cercles de Qualité ont besoin pour le traitement et la solution de problèmes. Un autre cas est la présentation des activités des Cercles de Qualité à la direction générale.

Voilà autant de possibilités que les méthodes des Cercles de Qualité mettent à la disposition de l'entreprise africaine. Celle-ci peut les utiliser pour assurer le transfert du taylorisme en tenant compte de ses contraintes socioéconomiques.

CONCLUSION DE LA QUATRIÈME PARTIE

Dans cette dernière partie, il est question de présenter ce qui semble être l'essentiel de l'enjeu, à savoir les aptitudes de l'entreprise africaine à sortir de la crise de gestion.

A partir de cette analyse, quelques points forts méritent d'être soulignés.

Les Etats africains devraient définir clairement les orientations en matière de développement industriel.

Quant aux organisations syndicales, leurs problèmes de compétence, de formation des militants et de stratégies de modernisation ne sauraient être résolus sans une politique réfléchie en concertation avec le pouvoir public et ce, dans le cadre d'une large démocratisation des institutions politiques, économiques et sociales.

L'entreprise africaine doit concevoir le type de contreparties, pour les travailleurs, adapté aux cultures communautaires.

S'agissant des travailleurs africains, le problème se pose en termes de motivation et de stimulation qui leur sont spécifiques. En effet, « l'entreprise africaine n'a pas encore développé, à part le salaire, les motivations propres à faire accepter les contraintes qu'elle impose »[491].

Elle devrait aussi les transformer en opérateurs polyvalents compte tenu de l'évolution extrêmement rapide dans le domaine des technologies nouvelles. Pour cela, un type de formation adapté au contexte socio-économique dans et hors entreprise s'avère indispensable.

---

491 E. M. Hernandez, 1982

CONCLUSION GÉNÉRALE

1. Ce travail apporte une contribution à la problématique posée par l'organisation du modèle salarial dans la société africaine subsaharienne. L'objectif de départ étant de suggérer, par comparaisons internationales, un modèle africain de salarisation des populations non salariées, qui soit adapté aux contraintes socioéconomiques, à l'histoire et aux traditions nationales.

   En d'autres termes, les techniques managériales étant un produit de la manière de vivre en société, leur transfert est à repenser dans le sens d'une adaptation au contexte socioculturel subsaharien, sans omettre de tenir compte de la diversité de celui-ci.

   Le type d'entreprises visé par ces travaux est essentiellement les petites et moyennes entreprises, celles-ci ont un rôle important à jouer dans ce processus naissant de l'industrialisation du continent africain. Ce rôle ne sera pleinement assuré que lorsqu'on aura utilisé toutes les approches en respectant la diversité des besoins et des situations locales. Autrement exprimé, il faut éviter les dichotomies excessives entre l'État et le secteur privé, entre le développement autocentré et le tout à l'exportation, comme entre la petite et la grande entreprise.

2. S'inspirant de la théorie de Max Weber, Balandier fait remarquer en ce qui concerne les rapports entre la naissance du capitalisme et l'éthique protestante que « les processus de croissance économique et de développement impliquent la force

du social et du culturel ; ce sont des processus étroitement liés et non autonomes »[492].

Cette théorie vient à l'appui de notre démarche. Contrairement aux idées reçues qui donnent une image figée de la culture communautaire africaine et/ou qui considèrent la culture comme un élément neutre ou un obstacle aux innovations technologiques, il y a lieu de noter que les cultures africaines disposent des éléments dynamiques, compatibles avec les méthodes de gestion de l'entreprise moderne. À condition de les valoriser, ces éléments sont susceptibles de créer un type de modèle singulier de rapport salarial auquel correspondraient les choix technologiques.

3. Notre approche consiste à adapter la gestion à la culture en neutralisant les effets moins positifs du groupe lignager et en orientant la production surtout vers l'investissement. Cette démarche nous a conduits à penser qu'au-delà de la diversité culturelle, il y a une certaine permanence dans la manière de vivre en société, c'est-à-dire qu'il y a des dimensions socio-culturelles qui peuvent incarner le modèle africain du capitalisme communautaire.

Le cas du Japon et récemment de la Chine offrent l'exemple des pays qui ont atteint, par l'appropriation technologique, un niveau élevé de la technologie et de la production tout en préservant l'essentiel de leurs traditions nationales.

4. Une plongée aux cœurs des sociétés européenne et japonaise s'est avérée nécessaire en vue d'apprécier l'importance du taylorisme dans le progrès réalisé par les pays industrialisés, à savoir l'intégration de populations nouvelles dans la société

---

492 G. Balandier, 197092

industrielle. Dans cette perspective, le taylorisme en tant que « paradigme organisationnel » ne semble pas être remis en cause, mais le taylorisme comme technique d'organisation ou comme un ensemble de recettes de management social, présente des « lignes de rupture », essentiellement la coupure entre la conception et la fabrication. Certains auteurs disent que Taylor avait préconisé la distinction des fonctions et non pas leur cloisonnement ; ce dernier serait apparu suite à la sur-valorisation des apports scientifiques par rapport à la pratique et à l'évolution de recrutement des ingénieurs non issus de l'encadrement de fabrication qui ont une bonne connaissance du terrain et de leurs parcours au sein des entreprises[493]. Le management participatif, notamment l'école japonaise, re-crée les liens entre les concepteurs et les fabricants à travers la mobilisation du personnel exécutant, d'où l'idée de la rup-ture avec le taylorisme.

5. Dans la société européenne, il a été essentiellement question d'analyser « le chemin de la prospérité », c'est-à-dire le pas-sage de la production unitaire (commande manuelle, métier traditionnel) à la production de masse (automatisation rigide, éclatement des qualifications et déqualification) et à la produc-tion flexible plus la qualité : automatisation programmable, recomposition, nouveau professionnalisme[494].

Cette évolution n'est pas suivie par toutes les entreprises, par tous les secteurs et par toutes les activités économiques, ce qui signifie aussi que les formes traditionnelles ne sont pas dépas-sées. « Elles peuvent coexister et se combiner ».

Cette mutation technologique a entraîné au moins deux consé-quences essentielles, la montée du chômage et la crise du

493 O. Bertrand, 1992
494 M. Strorper et A. J. Scott, 1990

mouvement syndical européen. Les syndicats perdent leurs adhérents et se trouvent affaiblis devant le patronat.

6. Dans la société japonaise, l'accent a été mis sur la voie japonaise vers le progrès ; celle-ci a pris naissance dans un contexte socio-économique caractérisé par l'aggravation de l'instabilité des marchés de grande consommation. Un contexte fort différent de celui qui a présidé à la formation du système taylorien fordien de production, d'où la tradition d'innovation permanente et de flexibilité organisationnelle pour pouvoir répondre à la demande différenciée en quantité et en qualité. De ce fait, cette voie est fondamentalement performante dans la diversité.

L'examen de cette voie japonaise vers le progrès a eu le mérite de montrer notamment qu'il n'existe pas un déterminisme technologique en matière d'organisation de la production et, par conséquent, il n'existe pas un cheminement universel dans le domaine de l'organisation du modèle salarial.

Par rapport au modèle taylorien, la voie japonaise combat, pour rationaliser le travail, la flânerie des encours et celle des stocks, tandis que le taylorisme combat la flânerie des hommes et celles des machines.

7. Cette étude sur les sociétés européenne et japonaise, notamment sur l'évolution de modes de production, nous a conduit à préférer la production flexible compte tenu de certaines de ses caractéristiques et du stade actuel des économies africaines.

8. Ce mode de production permet aux producteurs de passer rapidement d'un processus de fabrication ou d'un produit à un autre, ou d'ajuster le volume de leur production en hausse ou en baisse dans un délai très bref, sans que la productivité en

soit trop affectée…[495] Il est fondé sur l'innovation permanente et sur l'emploi des ouvriers qualifiés… Dans ce sens, il peut moderniser le secteur dominant les économies africaines, à savoir l'artisanat. Ce dernier implique la collaboration et/ou la participation de tous au processus de production ; sous cet aspect, le management participatif lui conviendrait mieux.

De là, découle la suggestion d'introduire certains aspects des méthodes des Cercles de Qualité à travers les dimensions socio-économiques caractéristiques du système parental africain, de manière à capter l'énergie contenue dans ces dimensions sans les détruire mais en les adaptant à l'évolution socio-économique. Il s'agit ici de répondre à la question fondamentale celle de savoir quelles valeurs socio-économiques doit-on développer pour que l'entreprise africaine soit performante ? Il s'agit de l'esprit communautaire, de la négociation très poussée, la palabre africaine et de la hiérarchisation sociale.

Comme il a été souligné dans la quatrième partie de ce travail, ces valeurs essentielles de l'africanité conditionnent énormément la manière de vivre des Africains. Dans la mesure où le management est le produit de la manière de vivre en société traduit dans l'entreprise, la mise en évidence de ces éléments et leur intégration dans le système productif permettrait à l'entreprise de devenir, pour les travailleurs africains, un cadre convivial ou un état proche. Ceci pour montrer aussi que les spécificités culturelles africaines ne sauraient être retenues comme cause essentielle de la crise de la gestion de l'entreprise. Toutefois, eu égard aux pressions qu'elles exercent dans l'environnement socio-économique et qui arrivent jusque dans l'entreprise, elles représentent à nos yeux, une possibilité de concevoir un type de management des hommes proche de la conception africaine des relations humaines.

---

495 M. Strorper et A. J. Scott, 1990

9. Le modèle africain de salarisation de populations non salariées suggère l'adaptation du système éducatif actuel aux besoins exprimés par l'entreprise africaine. Ce système n'a pas suivi l'évolution socio-économique et la question qu'il faut se poser est celle de savoir quel type de formation faudra-t-il donner aux cadres africains pour qu'ils puissent, en matière d'organisation de la production, concilier la croissance économique et les dimensions essentielles de l'africanité ?

Au stade actuel de l'analyse, nous voulons simplement proposer une approche et nourrir le débat sur la recherche d'un système éducatif qui prendra en compte les besoins et l'évolution des économies africaines.

10. Quant aux dimensions socio-économiques caractéristiques des cultures communautaires africaines, elles ont été choisies car elles résistent au temps. L'approche qui a été suivie consiste à les analyser avec le souci de faire ressortir les points de rencontre avec les méthodes des Cercles de Qualité, comme notre proposition de modèle africain d'intégrer les populations nouvelles dans la société industrielle naissante.

Les méthodes des Cercles de Qualité apparaissent dans ce modèle, à la fois compatibles et comme réaction contre ces valeurs de l'Africanité. Il faut préciser, car ceci est important, que ce que nous appelons méthodes des Cercles de Qualité, est cette manière spécifique de vivre dans la société traditionnelle communautaire exprimée en termes nouveaux ; elles sont utilisées dans un sens proche de celui du paradigme organisationnel.

11. Dans cette optique, l'élément socio-économique, qui est l'esprit communautaire, présente des traits caractéristiques semblables à ceux proposés par la manière de travailler en groupe dans les Cercles de Qualité. Ces derniers apparaissent comme réaction contre le cloisonnement qui caractérise les groupes sociaux traditionnels et les différents services d'une même entreprise.

12. Au terme de notre travail, l'analogie a été établie entre la palabre africaine et les méthodes de brainstorming. La palabre a pour objectif d'établir et/ou de rétablir l'atmosphère d'entente et d'harmonie nécessaire à la vie en groupe. Elle apparaît dans le contexte actuel comme une composante socioculturelle importante sur laquelle les techniques de brainstorming peuvent s'appuyer pour introduire la direction par concertation dans l'entreprise africaine.

Le point de rencontre a été également trouvé entre les méthodes des Cercles de Qualité et la hiérarchisation sociale. Dans le contexte traditionnel, les jeunes personnes sont nettement subordonnées aux plus âgées pour leur éducation et pour leur survie en échange de l'obéissance.

Ces traits caractéristiques qui sont le paternalisme et la dépendance ne sont pas une entrave au progrès. Le cas des nouveaux pays industrialisés d'Asie montre que ces éléments ne sont pas incompatibles avec le développement économique. Qui plus est, la hiérarchisation sociale joue un rôle central en faveur du projet des Cercles de Qualité à condition que toute la hiérarchie, surtout la direction générale, soit impliquée sans réserve.

Au terme de notre travail sur la contribution aux efforts de l'organisation du modèle salarial subsaharienne, voici une voie originale vers la prospérité en accord avec les cultures communautaires.

Il est important de souligner que ce modèle n'est pas statique, il devrait évoluer avec le contexte socioéconomique, il devrait également subir certaines modifications en vue de s'adapter à la diversité culturelle et des besoins. Car il n'y a pas une Afrique homogène mais des Afrique multiples, c'est-à-dire que les pays africains sont confrontés à des situations différentes ; sont différentes également leurs histoires, tout comme le sont les héritages de la colonisation et de la décolonisation.

Le but, en proposant cette voie, est de permettre au moins l'orientation du début de l'ère industrielle et au plus, servir de modèle de développement industriel. Il faut insister, car on ne le dira jamais assez, l'absence d'un modèle clairement défini constitue une faiblesse qui ne peut pas faciliter le développement industriel durable. Il ne reste plus qu'à passer à l'action.

BIBLIOGRAPHIE

ABDOULAYE, B., 1988, « Afrique noire, Histoire précolo-
niale », in *Encyclopediae Universalis,* vol.1, Paris, pp. 448-449.

ABELES, M. & COLLARD, C, 1985, *Age, pouvoir et société en
Afrique noire,* Karthala, Paris.

ACP/CEE, 1987, *Statistiques de base,* Eurostat, Bruxelles.

AFCERQ, 1989 « Qualité sans frontières », in *Rapport,* 2ème
Convention Nationale des Cercles de Qualité, Paris.

AFCERQ, 1985, « Présentation, but, fonctionnement, activités historique », in *Bulletin d'Information,* 6ème édition
5/85, Paris. AGBLEMAGNON & al., 1958, « Aspects de la
culture noire », in *Cahier,* n° 24, Fayard, Paris.

AKIRA, E., 1987, « L'entreprise japonaise en crise », in *Revue
Gestion 2000,* n° 1, Louvain-la-Neuve, pp. 75-90.

ALALUF, M., 1992, « Qualification : peut-on distinguer
les classements techniques des classements sociaux ? », in
Problèmes économiques, n° 2294, 7 octobre, Paris, pp. 22-25.

ALALUF, M., 1989, « Des habits neufs pour l'entreprise ? », in
Critique Régionale, n° 17, mars, Bruxelles, pp. I-IV.

ALALUF, M., 1989, « Flexibilité, Précarité et c[ie] : une contre-
culture d'entreprise ? », in *La Revue Nouvelle,* n° 2, février, Bruxelles, pp. 54-64. ALALUF, M., 1987, « Emploi
et Chômage éclatés », in *Socialisme,* n° 201, mai-juin,
Bruxelles, pp. 218-223.

ALALUF, M., 1986, *Le temps du labeur : formation, emploi et qualification en sociologie du travail,* Éditions de l'ULB, Bruxelles.

ALALUF, M. & STROOBANTS, M., 1989, « Technologies
nouvelles : les enjeux déplacés », in *Technologies nouvelles de
l'information et Société,* n° 3, vol. 1, PUQ, Québec, pp. 57-67.

ALBANE & CALLIES, 1980, « Le groupe informel », in *Revue
Française de Gestion,* n° 27-28, septembre-octobre, Paris, pp.

179-186. ALONSO, P., 1996, *Femmes employées. La construction sociale sexuée du salariat*, L'Harmattan, Paris.

ALTER, N., 1993, « La crise structurale des modèles d'organisation », in *Sociologie du Travail*, n° 1/93, Paris, pp. 75-86.

ALTER, N., 1990, *La gestion du désordre en entreprise*, L'Harmattan, Paris.

ANDERS, R., 1963, *L'Afrique africaine*, Editions Les sept couleurs, Paris.

ARCHIER, G. & SERIEYX, H., 1986, *Pilotes du 3ème type*, Seuil, Paris. ARCHIER, G. & SERIEYX, H., 1984, *L'entreprise du 3ème type*, Seuil, Paris.

AROULE, P. & al., 1994, « Compétence, stratégie et efficacité des groupes industriels indiens », in *Revue Française de Gestion*, n° 44, février, Paris, pp. 95-99.

ASSO, B., 1976, *Le Chef d'État africain : l'expérience des États africains de succession française*, Albatros, Paris.

B.I.T., 1990, *Le développement de l'entrepreneurship dans l'entreprise publique : le cas de l'Algérie*, Genève.

B.I.T., 1990, *Services publics : le défi de la productivité*, Genève.

B.I.T., 1983, *Le management des institutions de formation au management : les liaisons avec l'environnement*, Genève.

B.I.T., 1989, *L'efficacité des institutions de formation au management en Afrique : problèmes et perspectives*, Genève.

B.I.T., 1989 *Accroître la productivité et améliorer la qualité de la vie au travail*, Genève.

B.I.T., 1987, *Améliorer la maintenance dans les pays en développement : l'approche de O.I.T.*, Genève.

B.I.T., 1987, *Projet d'assistance à la planification du développement et à la gestion économique. Mémorandum technique sur la planification des ressources humaines*, Genève.

B.I.T., 1987, *Rapport au gouvernement de la République du Zaïre en matière d'appui aux artisans du secteur non structuré de Kinshasa*, Genève.

B.I.T., 1986, *La formation des cadres en Afrique de l'ouest : quelques éléments de réflexion*, Genève.

B.I.T., 1986, *Le rôle des Organisations d'employeurs dans la promotion de la formation à la gestion*, Genève.

B.I.T., 1986, *Réflexions pour une politique de l'emploi au Zaïre,* Pecta, Addis Abeba.

B.I.T., 1985, « Programme des activités industrielles », *Rapport II,* IXe Session, Genève.

B.I.T., 1984, *Note technique sur le développement et l'utilisation de moyens pédagogiques dans les institutions africaines : l'expérience de l'École Supérieure de Gestion des Entreprises (ESGE) de Dakar,* Genève.

B.I.T., 1984, *Quel management pour l'Afrique ? Rapport du séminaire régional sur les problèmes de gestion des entreprises publiques. (Bujumbura : 20-26 juillet 83),* Genève.

B.I.T., 1981, *Introduction à l'étude du travail,* 2ème édition, Genève.

B.I.T., 1981, *La durée du travail dans les P.V.D.,* Genève.

B.I.T., 1981, *La participation des travailleurs aux décisions dans l'entreprise,* Genève.

B.I.T., 1981, *Les moyens de communication de masse pour la formation à la gestion de la petite entreprise rurale,* Genève.

B.I.T., 1978, *Le conseil en management, Guide pour la profession,* Genève.

B.I.T., S. D., « Managers et entreprises efficaces pour le développement : programme de l'O.I.T. pour la formation à la gestion », in *Bulletin d'information,* Genève.

BADOUIN, R., 1975, *Les agricultures de subsistance et le développement économique,* A. Pédone, Paris.

BALANDIER, G., 1988, « Anthropologie politique », in *Encyclopediae Universalis,* vol. 2, Paris, pp. 268-271.

BALANDIER, G., 1985, *Sociologies des Brazzavilles Noires,* Presses de la Fondation Nationale des Sciences Politiques, Paris.

BALANDIER, G., 1977, *Histoires des autres,* Stock, Paris.

BALANDIER, G., 1974, *Anthropo-Logique,* P.U.F, Paris.

BALANDIER, G. (dir), 1970, *Sociologie des mutations,* Anthropos, Paris.

BALANDIER, G., 1968, *Le détour, Pouvoir et modernité,* Fayard, Paris.

BALANDIER, G. 1967, *Anthropologie politique,* P.U.F, Paris.

BALANDIER, G., 1963, *Sociologie actuelle de l'Afrique noire,* 2ème éd., P.U.F, Paris.

BALANDIER, G., 1957, *Afrique ambiguë,* Pion, Paris.

Banque du Congo belge, 1959, *Rapport d'activités 1909-1959.* Éditions L. Cuppers, Bruxelles.

Banque mondiale, 1991, « Statistiques sur l'endettement des PVD en 1991 », in *Bulletin de l'Afrique noire,* n° 1573, janvier 1992, pp. 10-12. Banque mondiale, 1989, *L'Afrique subsaharienne, de la crise à une croissance durable.*

Banque mondiale, 1986, « La scène économique : vue d'ensemble », *Rapport annuel 1986,* pp. 37-49.

BAREL, Y., 1984, *La société du vide,* Seuil, Paris.

BARON, X., 1986, « L'aménagement du temps de travail : un outil de gestion », in *Revue Française de Gestion,* n° 58, juin-juillet-août, Paris, pp. 29-38.

BEAUD, M., 1985, *L'art de la thèse, Comment préparer et rédiger une thèse de doctorat, un mémoire de D.E.A. ou de maîtrise ou tout autre travail universitaire,* La Découverte, Paris.

BELKHIM, J., 1981, *Les intellectuels et le pouvoir, essai sur la domination des manuels par les intellectuels,* Anthropos, Paris.

BELL, D., 1979, *Les contradictions culturelles du capitalisme,* P.U.F, Paris. BEN YACINE-TOURE, 1983, *L'Afrique, l'épreuve de l'indépendance,* L'Harmattan, Paris.

BENET, J., 1947, « Le capitalisme libéral et le droit au travail », in *Cahiers du Rhône, n°XXI,* mai, Seuil, Paris.

BERNUS, S. (dir), 1986, *Les fils et le neveu, jeu et enjeu de la parenté touarègue,* Éditions de la Maison des Sciences de l'Homme, Paris. BERQUE, A., 1976, « Les paysans-ouvriers » in *Publications Orientalistes de France,* Paris.

BERTRAND, O., 1992, « L'évolution des qualifications professionnelles », in *Futuribles* n° 168, septembre, Paris, pp. 3-24.

BIRNBAUM, P., 1984, *Dimension du pouvoir,* P.U.F, Paris.

BLAKE, R. R. & MOUTON, J. S., 1987, *Culture d'équipe, Team Building,* Organisation, Paris.

BLAKE, R. R. & MOUTON, J. S., 1987, *La 3ème dimension du management.* Organisation, Paris.

BOERI, D., 1987, *Le nouveau travail manuel : enrichissement des tâches et groupes autonomes,* Organisation, Paris.

BOLLE DE BAL, M., 1988, « Fondements culturels de l'efficacité japonais », in *Revue Française de Gestion,* n° 67, janvier-février, Paris, pp. 103-107.

BOLLE DE BAL, M., 1985, *La tentation communautaire, les paradoxes de la reliance et de la contre-culture,* Éditions ULB, Bruxelles.

BOLLE DE BAL, M., 1958, *Relations humaines et Relations industrielles,* Institut de Sociologie Solvay, U.L.B., Bruxelles.

BOLLINGER, D. & HOFSTEDE, G., 1987, *Les différences culturelles dans le management, comment chaque pays gère-t-il ses hommes ?* Editions d'Organisation, Paris. BORZEIX, A. & LINHART, D., 1988, « La participation : un clairobscur », in *Sociologie du travail,* n° 1-88, Paris, pp. 37-53.

BOLTANSKI, L. & CHIAPELLO, E., 2004, *Le nouvel esprit du capitalisme,* Gallimard, Paris.

BOUCHE, D., 1968, *Les villages de liberté en Afrique noire française,* 18871910, Mouton, Paris.

BOURDIEU, P., 1982, *Ce que parler veut dire,* Fayard, Paris.

BOURDOISEAU, Y., 1976, *Savoir négocier, dans la vie privée, sociale et professionnelle,* Bibliothèque CEPL, Paris.

BOURGOIN, H., 1984, *L'Afrique malade de management,* Jean Picollec, Paris.

BOURRICAUD, D. F., 1961, *Esquisse d'une théorie de l'autorité,* Librairie Plan, Paris.

BOUTANG, Y. M., 1998, *L'esclavage au salariat, Economie historique du salariat bridé,* PUF, Paris.

BOUVIER, P., 1978-1979, *Économie du travail dans les PVD. Cours de la 1ère candidature,* Institut du Travail, ULB, Édition 78-79, Bruxelles.

BOUVIER, P., 1967, « Les obstacles sociologiques au développement du Congo », in *Revue Tiers-Monde,* extrait du Tome VIII n° 30, avril mai-juin, P.U.F, Paris.

BOUVIER, P., 1965, *L'accession du Congo belge à l'indépendance, essai d'analyse sociologique,* Institut de Sociologie, ULB, Bruxelles.

BRAECKMAN, C., 1991, « L'Afrique sans excuses ? », in *Le Soir,* 20 décembre, Bruxelles.

BRESSON, Y., 1993, *L'après salariat, Une nouvelle approche de l'économie,* 2ème édition, Economica, Paris.

BRICARD, G., 1927, *L'organisation scientifique du Travail,* Armand Colin, Paris.

BRICNET, F. & CENDRON, J. P., 1982, *Japon : sabre, paravent, miroir,* Éd. Ouvrières, Paris.

BRIMM, M., 1984, « La diffusion des innovations en matière d'organisation », in *Revue Française de Gestion,* n° 45, mars-avril-mai, Paris, pp. 107-118.

BRUNHAMMER, Y, 1988, « Style 1925 », in *Encyclopediae Universalis,* vol. 17, Paris, pp. 304-306.

BUNGENER, J., 1969, « Importance de la culture dans le processus de modernisation », in *Symposium sur la culture africaine,* 21 juillet au 1er août, Alger.

C.F.D.T. 1985, « Action économique pour l'emploi », in *Rapport au Bureau National,* novembre, Paris.

C.I.S.L., 1989, « Relever le défi du développement en Afrique », in *Conférence panafricaine,* 25-27 octobre, Nairobi.

C.I.S.L., 1988, *Décisions du 14ème Congrès mondial,* 14-18 mars, Melbourne.

C.I.S.L., 1988, « Les effets de la crise de la dette sur les travailleurs africains : la réaction syndicale », in *La Conférence Régionale,* 20-21 juillet, Mbabane.

C.S.C. 1985, « Nouveaux régimes de temps de travail », in *Publication du Groupe de Travail Entreprise,* Bruxelles.

CADART, J., 1983, *Les modes de scrutin des dix-huit pays libres de l'Europe Occidentale,* P.U.F, Paris.

CALLIES, A., 1980, « Le groupe informel », in *Revue Française de Gestion,* n° 27-28, septembre-octobre, Paris, pp. 239-240.

CANALE, J. S., 1958, *Afrique noire, La culture et les hommes,* Éditions Sociales, Sorbonne, Paris.

CARLOS, G., 2004, « le management à la japonaise et le redressement de Nissan » in *Cahier du Japon,* n° 99, Tokyo, pp. 41-45.

CARLU, P., 1984, « Pour un système de contrôle de la qualité de la gestion », in *Revue Française de Gestion,* n° 46, juin-juillet-août, Paris, pp. 83-96.

CARTON, L., 1989, « Flexibilité socio-économique et... Rigidités culturelles », in *La Revue nouvelle* n° 2, février, Bruxelles, pp. 145-150. CASASSIUS-MONTERO, C, 1989, « Les différentes approches dans les comparaisons internationales du travail industriel », in *Sociologie du Travail* n° 2, Paris, pp. 5-6.

CEDIOM, S. D. *Code zaïrois du travail (Ordonnance-loi du 9 août 1967),* Bruxelles.

CEGOS, 1982, *Pratique des Cercles de Qualité,* Hommes et Techniques, Paris.

Centre d'Études Ethnologiques de Bandundu (Zaïre), 1968, « L'organisation sociale et politique chez les Yansi, Teke et Borna », in *Rapport et Compte rendu du IVème Séminaire d'Études ethno-pastorales*, Bandundu.

Centre d'Études prospectives, 1966, *L'Afrique en devenir,* P.U.F, Paris. CHAMBART de LAUWE, P. H., 1975, *La culture et le pouvoir,* Stock/ Monde ouvert, Paris.

CHANARON, J. J. & PERRIN, J., 1986, « Science, technologie et modes d'organisation du travail », in *Sociologie du Travail,* n° 1-86, Paris, pp. 23-40.

CHAUMONT R. & RASSE, P., 1984, « Nouvelles technologies et nouveaux droits des travailleurs », in *Sociologie du Travail,* n° 4, Paris, pp. 528-534.

CHAUVEAU, B., 1986, « L'évolution de la technique est plus rapide que celle des mentalités », in *Revue Française de Gestion,* n° 60, novembre-décembre, Paris, pp. 53-60.

CHEIKH ANTA DIOP, 1982, *L'Unité culturelle de l'Afrique noire,* Présence Africaine, Paris.

CHEIKH ANTA DIOP, 1979, *Nations nègres et culture,* 2 vol, Présence Africaine, Paris.

CHEVALIER, F. & TREPO, G., 1986, « Cercles de Qualité : une intégration problématique dans la gestion de l'entreprise », in *Revue Française de Gestion,* n° 60, novembre-décembre, Paris, pp. 32-44. CHEVALIER, M., 1985, « Caractéristiques essentielles des lignes et cellules flexibles de production » in *Nouvelles de la Science et des Technologies* n° 4, vol. 3, décembre, Bruxelles, pp. 19-23.

CHEVALIER, M. et JACQUILLAT, 1972, *Principes et techniques du gouvernement des entreprises,* Organisation, Paris.

COBIN, R., 1959, « Situation de l'art nègre », in *Présence Africaine,* juin-juillet, Paris, pp. 52-66.

COHENDET, P. & al., 1987, *La productique : Concepts, méthodes, mise en œuvre,* Economica, Paris.

COLLEYN, J. P., 1986, *Éléments d'anthropologie sociale et culturelle,* Presses de l'ULB, 4ème édition, Bruxelles.

COMMISSARIAT GÉNÉRAL AU PLAN, 1990, « L'usine du futur, l'entreprise communicante et intégrée », in *Rapport du groupe de perspective,* La Documentation française, Paris.

COMMISSION DES COMMUNAUTÉS EUROPÉENNES, 1986, «
L'Europe des citoyens » Dossiers, in *Courrier,* n° 100, novembre-décembre, Bruxelles.

COMMISSION DES COMMUNAUTÉS EUROPÉENNES, 1974, «
Conférence sur l'organisation du travail, évolution technique et motivation de l'homme », in *Rapports de la Commission,* novembre, Bruxelles, pp. 5-7.

CONSEIL DE L'EUROPE, 1981, *Bilan et perspectives sur la coopération culturelle en Europe,* Bruxelles.

CONSEIL NATIONAL DU TRAVAIL (CNT), 1987, *Convention collective de travail n° 42 et 42 bis du 10 novembre 87,* Bruxelles.

CONSTANTIN, H., 1971, *Psychologie de la négociation, Économie privée,* P.U.F, Paris.

CONSTANTY, H., 1991, « Les percées scientifiques japonaises et leurs applications industrielles », in *Problèmes économiques,* n° 2219, 3 avril, Paris, pp. 9-13.

CORIAT, B., 1990, *Penser à l'envers,* Christian Bourgeois, Paris.

CORIAT, B., 1990, *L'atelier et le robot,* Christian Bourgeois, Paris.

CORIAT, B., 1989, « Post-fordisme : quelles perspectives pour l'évolution du rapport salarial ? », in *Problèmes économiques,* n° 2138, 30 août, Paris, pp. 14-2 1.

CORNEVIN, R., 1980, *Histoire de l'Afrique contemporaine, de la Deuxième Guerre mondiale à nos jours,* Payot, Paris.

CORNEVIN, R., 1963, *Histoire du Congo-Léopoldville,* Berger-Perrault, Paris.

CORNEVIN, R., 1956, H*istoire de l'Afrique, des origines à nos jours,* Payot, Paris.

COURDY, J. C., 1981, *Les Japonais, la vie de tous les jours dans l'Empire du Soleil Levant,* Seuil, Paris.

CROZIER, M., 1988, « Une approche sociologique des stratégies dans les organisations », in *Revue Française de Gestion,* n° 67, janvier-février, Paris, pp.61-73.

CROZIER, M., 1976, *On ne change pas la société par décret,* Grasset, Paris.

CROZIER, M., 1971, *La société bloquée,* Seuil, Paris.

CROZIER, M., 1964, *Le phénomène bureaucratique,* Seuil, Paris.

CROZIER, M. & FRIEDBERG, E., 1977, *L'acteur et le système,* Seuil, Paris.

D'ARCY, F. (dir), 1985, *La représentation,* Economica, Paris.

D'IRIBARNE, P., 1989, « Formes nationales du lien social et fonctionnement d'entreprises », in *Comparaisons Internationales,* n° 5 – 4ème trimestre, Paris, pp. 37-45.

D'IRIBARNE, P., 1989, *La logique de l'honneur, Gestion des entreprises et traditions nationales,* Seuil, Paris.

D'IRIBARNE, P., 1987, « Ce qui est universel et ce qui ne l'est pas », in *Revue Française de Gestion,* n° 64, septembre-octobre, Paris, pp. 6-9. D'IRIBARNE, P., 1985, « La gestion à la Française », in *Revue Française de Gestion,* n° 50, janvier-février, Paris, pp. 5-13.

DAVIDSON, B., 1981, *Les Africains,* Seuil, Paris.

DEAKIN, S., & al., 2007, « L'évolution du droit du travail : évaluation et comparaison des régimes réglementaires » in *R.I.T.,* 2007/3-4, vol. 146, Genève.

DE COPPET, D., 1988, « Systèmes de parenté, Fondements de la parenté », in *Encyclopediae Universalis,* vol. 13, Paris, pp. 1070-1073.

DE MARICOURT, 1984, « Et si le système d'écriture japonaise était plus efficace que le nôtre ? », in *Revue Française de Gestion,* n° 45, mars-avril-mai, Paris, pp. 85-87.

DE PEDRALO, D.P., 1949, *Manuel scientifique de l'Afrique noire,* Payot, Paris.

DE SOUABE & ZYRIANE, P., 1988 « Zaibatsu », in *Encyclopediae Universalis,* Thesaurus Index 3, Paris, p. 3207.

De WOOT, P., 1988, « Réforme de l'entreprise », in *Encyclopediae Universalis,* vol. 6, Paris, pp. 1199-1204.

DECHAUX, J.H., 1990, « Les échanges économiques au sein de la parentèle », in *Sociologie du Travail,* n° 1-90, Paris, pp. 73-94. DEL VECCHIO, G., 1961, « Suffrage universel et capacité politique », in *Bulletin Européen,* n° 23, septembre-octobre, Paris.

DELALANDE, P., 1987, *Gestion de l'entreprise industrielle en Afrique,* Economica, Paris.

DELMAS, C, 1961, *Histoire de la civilisation européenne,* Que sais-je ? P.U.F, Paris.

DESAUNAY, G., 1987, « Les relations humaines dans les entreprises ivoiriennes », in *Revue Française de Gestion,* n° 64, septembre-octobre, Paris, pp. 95-101.

DESCHEPPER, M., 1987, « La loi du 17 mars 1987 : feu vert pour une plus grande flexibilité dans l'organisation du temps de travail », in *Chronique de droit social,* n° 7, Bruxelles, pp. 201-209.

DESJEUX, D., 1987, *Stratégies paysannes en Afrique noire, le Congo (essai sur la gestion de l'incertitude),* L'Harmattan, Paris.

DESMAREZ, P. & STROOBANTS, M., 1989, « L'entreprise : évidence ou symptôme d'un problème ? » in *Critique Régionale* n° 17, mars, Bruxelles, pp. 1-15.

DESMAREZ, P., 1989, « Distinguer et expliquer sur la méthode de comparaison internationale », in *Comparaisons Internationales,* n° 5 – 4ème trimestre, Paris, pp. 7-16.

DESMAREZ, P., 1985, *La sociologie industrielle aux Etats-unis,* Armand Colin, Paris.

DIMITRI, W., 1976, « Vers des relations postindustrielles ? » in *Revue Française des Affaires Sociales,* n° 4, octobre-novembre, Paris.

DION, L., 1971, *Société et Politique : la vie des Groupes, Fondements de la société libérale,* Université de Laval, Québec.

DOUCHY, A. & al., 1963, *Matériaux pour servir à l'étude des aspects économiques et sociaux de neuf provinces de la République du Congo,* Institut de Sociologie, ULB, Bruxelles.

DOUCHY, A. & BOUVIER, P., 1970, *Introduction à l'économie sociale du Tiers Monde,* Institut de Sociologie, ULB, Bruxelles.

DOUCHY, A. & FELDHEIM, P., 1963, *Travailleurs indigènes et productivité du travail au Congo belge,* Institut de Sociologie, ULB, Bruxelles.

DOUCHY, A. & FELDHEIM, P., 1952, *Problèmes du travail et politique sociale au Congo belge,* Édition de la Librairie Encyclopédique, Bruxelles. DOUCHY, J. M., 1986, *Vers le « Zéro défaut » dans l'entreprise,* Dunod, Paris.

DRANCOURT, M., 1989, *L'économie volontaire, l'exemple du Japon,* Odile Jacob, Paris.

DUBAR, C., 1991, *La socialisation, construction des identités sociales et professionnelles,* Arnaud Colin, Paris.

DUCHESNE, F., 1984, « La CGT, les salariés et les nouvelles technologies », in *Sociologie du Travail,* n° 4, Paris, pp. 541-547.

DUMONT, L., 1989, *Essai sur l'individualisme, une perspective anthropologique sur l'idéologie moderne,* Seuil, Paris.

DUMONT, L., 1977, *Homo Aequalis, genèse et épanouissement de l'idéologie économique,* Gallimard, Paris.

DUROSELLE, J. B., 1965, *L'idée d'Europe dans l'histoire,* Denoël, Paris. DUVAL, H. & al., 1970, *Référendum et plébiscite,* Armand Colin, Paris. EDEM KODJO, 1986, *L'avenir économique du continent africain,* Afrique Éditions, Kinshasa.

EDEM KODJO, 1985, *Et demain l'Afrique,* Stock, Paris.

EDMOND, J. P. & DENUIT, F., 1987, « Préparer la gestion de l'an 2000 : former aujourd'hui les professionnels de demain, » in *Gestion 2000,* n° 1, Louvain-la-Neuve, pp. 189-203.

EVANS-PRITCHARD, E. E., 1973, *Parenté et mariage chez les Nuer,* Payot, Paris.

EYRAUD, F. & al., 1988, « Des entreprises face aux technologies flexibles : une analyse de la dynamique du changement », in *Sociologie du Travail,* n° 1, Paris, pp. 55-75.

EYRAUD, F. & al., 1990, « Marché professionnel et marché interne du travail en G.B. et en France », in *Revue Internationale du Travail,* vol. 129, n° 4, Genève, pp. 551-567.

F.E.B. (Fédération des Entreprises de Belgique), 1985, « Journée des entreprises de Belgique, Entreprendre en 1985 », in *Rapports des Commissions,* Bruxelles.

F.E.B. (Fédération des Entreprises de Belgique), 1985, *La flexibilité dans l'aménagement du temps de travail,* Bruxelles.

F.M.I. (Fonds Monétaire International), 1988, « L'ajustement de la politique industrielle en Afrique subsaharienne », in *Finances et Développement,* mars, Washington, pp. 36-39.

FABRE, D. & LACROIX, J., 1975, *Communauté du Sud,* 2 vol, Collection série 7, Inédit, U.G.E., Paris.

FAURE, G. & al., 1984, *Le consensus : mythe et réalités,* Economica, Paris.

FEIGENBAUM, E. & Me CORDUCK, P., 1984, *La cinquième génération, le pari de l'intelligence artificielle à l'aube du 21ème siècle,* Inter Editions, Paris.

FERRY, N. & GOGUE, J. M., 1984, « Une nouvelle méthode de gestion de la qualité », in *Revue Française de Gestion,* n° 45, mars-avril-mai, Paris, pp. 19-25.

FONDATION ROI BAUDOUIN, S. D. *Le travail dans l'avenir, cinq idées* (Les lauréats du concours dialogue pour l'avenir), Bruxelles.

FORTES, M. & EVANS-PRITCHARD, E. E., 1964, *Les systèmes politiques africains,* PUF, Paris.

FOSSEART, E., 1977, *La société,* tomes I, II, III et IV, Seuil, Paris. FOTTORINO, E., 1991, « L'Afrique et son économie mystère », in *Le Monde,* 22 novembre, Paris.

FOURASTIE, J., 1961, *La grande métamorphose du XXème siècle,* PUF, Paris.

FREEDMAN, D., 1993, « Entreprise, apport des sciences exactes au management et nouvelle science du management », in *Problèmes économiques,* n° 2337, 11 août, pp. 1-6.

FREYSSENET, M., 1992, « Processus et formes sociales d'automatisation, le paradigme sociologique », in *Sociologie du Travail,* n° 4, Paris, pp. 469-495.

FRIDENSON, P., 1987, « Un tournant taylorien de la société française (1904-1918) », in *Annales ESC,* n° 5, septembre-octobre, Paris, pp. 1033-1060.

FRIEDLÀNDER, 1988, « Accumulation primitive », in *Encyclopediae Universalis,* Thesaurus, Index 1, Paris, pp. 25.

FRIEDMANN, G., 1964, *Le travail en miettes,* Gallimard, Paris.

FRIEDMANN, G., 1963, *Où va le travail humain ?* Gallimard, Paris. FRIEDMANN, G., 1946, *Problèmes humains du machinisme industriel,* Gallimard, Paris.

FRISH, J., 1988, « Travail et non-travail », in *Encyclopediae Universalis,* vol. 18, Paris, pp. 216-218.

FRYDMAN, R., 1988, « Marché (économie de) », in *Encyclopediae Universalis,* vol. 11, Paris, pp. 702-707.

GAGEY, F., 1985, *Comprendre l'économie africaine, Textes choisis,* L'Harmattan, Paris.

GALBRAITH, J. K., 1967, *Le nouvel état industriel, essai sur le système économique américain,* Gallimard, Paris.

GASSANA, M., 1982, *Le syndicalisme et ses incidences socio-politiques en Afrique, cas de l'UNTZa,* PUZ, Kinshasa.

GASTALDI, D., 1984, « Gestion : les théories dominantes des cinq dernières années », in *Revue Française de Gestion,* n° 45, mars-avril-mai, Paris, pp. 31-39.

GAUDEMET, J., 1963, *Les communautés familiales,* Marcel Rivières et Cie, Paris.

GAZZO, E., 1986, « Y a-t-il une culture européenne ? » in *Courrier CE/ACP,* n° 100, novembre-décembre, Bruxelles, pp. 93-95. GELINIER, O., 1982, *Morale de la compétitivité, leçons du Japon pour la France,* Hommes et Techniques, Paris.

GELINIER, O., 1968, *Direction Participative par Objectifs,* Hommes et Techniques, Paris.

GEORGES, S., 1988, *Jusqu'au cou : enquête sur la dette du Tiers monde,* La Découverte, Paris.

GERWIN, D. & TARONDEAU, J. C., 1981, « Ateliers flexibles : une analyse internationale », in *Revue Française de Gestion,* n° 31, mai-juin-juillet-août, Paris, pp. 80-93.

GIRI, J., 1993, « Afrique-Asie : des évolutions divergentes. Pourquoi ? », in *Futuribles,* n° 172, janvier, pp. 33-43.

GODELIER, M., 1988, « Anthropologie économique », in *Encyclopediae Universalis,* vol. 2, Paris, pp. 247-249.

GOETSCHY, L, 1989, « Avant-propos », in *Sociologie du Travail,* n° 2, Paris, pp. 149-152.

GOFFMAN, E., 1981, *Façon de parler,* Minuit, Paris.

GOFFMAN, E., 1973, *La mise en scène de la vie quotidienne 1, la présentation de soi,* Minuit, Paris.

GONÇALVES, AC, 1985, *Kongo, le lignage contre l'État,* Instituto de Investigaçao Cientifica Tropical, Universidade de Evora.

GROUX, G. & LEVY, C, 1985, « Mobilisation collective et Productivité économique : le cas des CQ. dans la sidérurgie », in *Revue Française de Sociologie,* XXVI, janvier-février-mars, CNRS, Paris, pp. 7095.

GUBBELS, R., 1977, *Organisation et humanisme,* C.E.R.S.E., Bruxelles.

GUILLAIN, R., 1969, *Japon, troisième grand,* Seuil, Paris.

HARDWICK, M., 1971, *Découverte du Japon,* Librairie Larousse, Paris. HASEGAWA, M., 1985, « Langue et culture japonaises », in *Cahier du Japon,* n° 25, automne, Tokyo, pp. 67-80.

HEIRMAN, J.C. & RIJCKAERT, O., 2002, *La flexibilité – Etudes pratiques de droit social,* Kluwer, Bruxelles.

HERITIER, F., 1981, *L'exercice de la parenté*, Gallimard, Paris.

HERMEL, P., 1989, *Qualité et management stratégiques, du mythique au réel*, Organisation, Paris.

HERMEL, P., 1988, *Le management participatif, sens, réalités, actions*, Organisation, Paris.

HERNANDEZ, E. M., 1992, « Pour un modèle continent de DPO : le cas de l'Afrique », in *Direction et Gestion des Entreprises*, n° 135, mars-avril, Paris, pp. 23-33.

HIDEO ISHIDA, 1980, « Les conditions de travail : une comparaison avec l'Europe », in *Revue Française de Gestion*, n° 27-28, septembre-octobre, Paris, pp. 155-163.

HIROATSU, N., 1991, « Le syndicalisme japonais à la croisée des chemins », in *Problèmes économiques*, n° 2237, 21 août, Paris, pp. 26-32. HOFSTEDE, G., 1987, « Relativité culturelle des pratiques et théories de l'organisation », in *Revue Française de Gestion*, n° 64, septembre-octobre, pp. 10-21.

HOFSTEDE, G. et BOLLINGER, D., 1970, *Les différences culturelles dans le management, Comment chaque pays gère-t-il ses hommes ?* Editions d'Organisation, Paris.

HOGGART, R., 1970, *La culture du pauvre*, Minuit, Paris.

HORMAN, D., 1991, « Syndicalisme et management participatif »,

CRISP, *Courrier Hebdomadaire*, n° 1342-1343, Bruxelles, p. 147.

HUGON, P. & al., 1977, *La petite production marchande et l'emploi dans le secteur informel, le cas africain, Annexe V, Sous-traitance en Asie*, Institut d'Etudes du Développement Économique et Social, Université de Paris 1, Paris.

HUMPHREY, J., 1989, « Au-delà de la critique du déterminisme technologique, Comparaison entre pays développés et pays en voie de développement », in *Sociologie du Travail*, n° 2, Paris, pp. 163-173.

I.A.C.T., 1991, « L'usine du futur », in *Bulletin* n°39, mai-juin, Bruxelles.

I.A.C.T., 1989, « Les enseignements d'un système de flexibilité saisonnière des horaires », in *Périodique bimestriel*, n° 27, janvier-février, Bruxelles.

I.A.C.T., 1988, « Nouvelles technologies. Enjeu ? Négociation ? » in *Périodique bimestriel*, n° 26, novembre-décembre, Bruxelles.

I.A.C.T., 1988, « Chômage et flexibilité de la main-d'œuvre : les enseignements de l'expérience suédoise » in *Périodique bimestriel*, n° 24, mai-juin, Bruxelles.

I.A.C.T., 1985, « *Utilisation de la méthode des CQ pour l'amélioration des conditions de travail, « La cinquième équipe » »*, in *Périodique bimestriel*, n° 6, janvier-février, Bruxelles.

I.A.C.T., 1985, « Les nouvelles formes d'organisation du travail », in *Bulletin d'Information* n° 8, mai-juin, Bruxelles.

I.A.C.T., 1984, « Se préoccuper de qualité de la vie au travail, est-ce bien nécessaire ? », in *Bulletin d'Information*, n° 1, mars-avril, Bruxelles. I.A.C.T., 1984, *Au pupitre d'une raffinerie de pétrole commandé par ordinateur, Monographie de réalisations ergonomiques : une approche sociotechnique*, Bruxelles.

I.A.C.T., 1980, « Les nouvelles formes d'organisation du travail », in *Lettre d'Information* n° 2/6, Bruxelles.

I.A.C.T., 1980, *Description du système de travail en 6 équipes dans une centrale électrique*, Bruxelles.

I.A.C.T., 1976, *Restructuration des tâches et machines automatiques de production*, Bruxelles.

I.A.C.T., 1975, *Etude de Groupes semi-autonomes dans une entreprise d'électronique*, Bruxelles.

I.A.C.T., 1975, Travail en groupe et satisfaction au travail dans un atelier de confection, une transformation du travail à la chaîne et annexe, Bruxelles.

IMBERT, J., (dir), 1957, *Histoire des Institutions et des faits sociaux, des origines au Xème siècle et du Xème siècle au XXème siècle*, PUF, Paris.

INSTITUT FRANÇAIS DES RELATIONS INTERNATIONALES (IFRI) 1992, *Société africaines et développement*, Masson, Paris.

INTER NATIONS, 1980, *Lois électorales, Documentation sur la politique et la société dans la République Fédérale d'Allemagne*, Bonn.

ISHIKAWA, K., 1984, *La gestion de la qualité : outils et applications pratiques*, Dunod, Paris.

IWAI, K., 2007, « L'entreprise dans l'économie capitaliste postindustrielle » in *Cahier du Japon*, Automne, n° 111, Tokyo, pp. 913.

IWAI, K., & KOBAYASHI, Y., 2004, « Pour un nouveau modèle de gestion des entreprises japonaises » in *Cahier du Japon*, Printemps, n° 99, Tokyo, pp. 46-52.

JANNE, H., 1976, *Le système social,* Edition de l'ULB, Bruxelles. JOLIVET, M., 1984, *Le consensus : mythe et réalités (ouvrage collectif)*, Economica, Paris.

JOSEPH, B., 1988, « Entreprise, L'entreprise dans la société postindustrielle, in *Encyclopediae Universalis*, vol. 6, Paris, pp. 1204-1205.

Jô, Shigeyuki, 2006, « La promotion à l'ancienneté : un système révolu » in *Cahier du Japon,* n° 109, Hiver, Tokyo, pp.33-38. JUDET, P., 1981, *Les nouveaux pays industriels*, Ed. Ouvrières, Paris.

JUILLERAT, B., 1971, *Les bases de l'organisation sociale chez les Mouktélé (Nord-Cameroun) Structures lignagères et mariage*, Université de Paris 1, Paris.

JURAN, J. M., 1983, *Gestion de la Qualité*, Afnor, Paris.

JUSE, 1983, *Les principes généraux des CQ*, 2ème Edition, GC Circle Hedd Quaters, Tokyo.

JYOTI, G., 1984, « Le style de management indien », in *Revue Françoise de Gestion,* n° 44, Janvier-février, pp. 80-85.

KABOU, A., 1991, *Et si l'Afrique refusait le développement ?* L'Harmattan, Paris.

KAMATA, S., 1982, *Japon, l'envers du miracle*, Maspero, Paris.

KANAWATY, G. & al., 1981, « Les nouvelles formes d'organisation du travail : quelques expériences sur le terrain », in *Revue Internationale du Travail,* n° 3, vol. 120, mai-juin, Genève, pp. 187-301.

KASHIRO, K., 1981, « Une voie pour le syndicalisme des années 1980 », in *Cahier du Japon*, n° 8, Tokyo, pp. 18-27.

KAWAZOE, N., 1986, « Le style de vie japonais : diversité ou désordre ? » in *Cahier du Japon,* n° 28, Tokyo, pp. 44-51.

KESTER, G. & SCHIPHORST, F., 1987, *Participation des travailleurs et développement, Manuel d'éducation ouvrière*, Institut d'Etudes Sociales, La Haye.

KISHIMOTO, S., 2004, « Renforcer l'industrie japonaise du contenu » in *Cahier du Japon*, Automne, n° 101, Tokyo, pp. 44-49. KOYAMA KEN-ICHI, 1985, « Une réforme pour l'avenir », in *Cahier du Japon*, n° 25, Tokyo, pp. 44-50.

KRESGOSKI & al., 1982, *Comment lancer et animer les Cercles de Qualité ?* Editions d'Organisation, Paris.

LADRIERE, J., 1977, *Les enjeux de la rationalité, défi de la science et de la technologie aux cultures*, Aubier-Montaigne/UNESCO, Paris.

LAMBIN, J. J., 1987, « Le contôle de la qualité dans le domaine des services », in *Revue Gestion 2000*, n° 1, Louvain-la-Neuve, pp. 63-75.

LANDES, D., 1977, *L'Europe technicienne*, Gallimard, Paris.

LANDY, P., 1988, « Japon géographie », in *Encyclopediae Universalis*, vol. 10, Paris, pp. 405-408.

LAPASSADE, G., 1974, *Groupes, Organisations, Institutions*, Editions d'Organisation, Paris.

LAUTIER, J., 1967, *L'Afrique déchirée, 1° De l'anarchie à la dictature, 2° De la magie à la technologie*, Éditions Planète, Paris.

LAVILLE, J. L., 1993, « Participation des salariés et travail productif », in *Sociologie du Travail*, n° 1793, Paris, pp. 27-47.

LAWOFF, D. G., 1988, « Le Zaïre », in *Encyclopediae Universalis*, vol. 18, Paris, pp. 1187-1188, 1190, 1193-1199.

LE DUIGON, J. C., & LE BRIS, R., 1998, *Demain l'emploi, Travail, emploi et salariat, Quelle dynamique ?* Editions Ouvrières, Paris.

LEBORGNE, D. et LIPIETZ, A., 1992, « L'après-fordisme : idées fausses et questions ouvertes », in *Problèmes économiques*, n° 2260, 29 janvier, Paris, pp. 13-23.

LECLERCQ, C, 1971, *Le principe de la majorité*, Armand Colin, Paris. LEMAITRE, N., 1984, « La culture d'entreprise, facteur de performance », in *Revue Française de Gestion*, n° 47-48, septembre-octobre, Paris, pp. 153-161.

LERETAILLE, L., 1988, « Artisanat », in *Encyclopedia Universalis,* volume 2, Paris, p. 827b.

LEROY, R., 1989, « La machine consensuelle : le poids sans le contrepoids », in *La Revue Nouvelle* n° 2, février, Bruxelles, pp. 187197.

LEVINSON, C, 1973, *L'inflation mondiale et les firmes multinationales,* Seuil, Paris.

LE VINSON, H., 1968, *L'art de diriger, la philosophie du meneur d'hommes,* Publi-Union, Paris.

LINHART, D. & al., 1992, *Le travail en puces,* P.U.F, Paris.

LINHART, D., 1993, « A propos du post-taylorisme », in *Sociologie du Travail,* n° 1, Paris, pp. 75-86.

LINHART, D., 1991, *Le torticolis de l'Autriche, L'éternelle modernisation des entreprises françaises,* Seuil, Paris.

LINHART, D., 1982, « Pour une prospective du travail », in *Sociologie du Travail,* n° 2, avril-mai-juin, Paris, pp. 178-191.

LION, A., 1982, *L'insécurité sociale, paupérisation et solidarité,* Ed. Ouvrières, Paris.

LIPIETZ, A., 1986, *Mirages et miracles, Problèmes de l'industrialisation dans le tiers-monde,* La Découverte, Paris.

LORINO, P., 1989, *L'économiste et le manageur,* La Découverte, Paris. LOROT, P. & SCHWOB, T., 1986, *Singapour, Taiwan, Hong Kong, Corée du Sud, Les nouveaux conquérants ?* Hatier, Paris.

LOUVET, A., 1989, « De la pratique à la théorie… nouvelle », in *La Revue nouvelle,* n° 2, février, Bruxelles, pp. 171-186.

MABONA, A., 1962, « Éléments de la culture africaine », in *Présence Africaine,* 2ème trimestre, Paris, pp. 144-150.

MAGLI, J. & al., 1983, *Matriarcat et/ou pouvoir des femmes ?* Éd. Française des Femmes, Paris.

MAHIEU, F. R., 1990, *Les fondements de la crise économique en Afrique,* L'Harmattan, Paris.

MAHIEUX, F., 1986, « Les Conseils des années 1980 » in *Revue Française de Gestion,* n° 55, janvier-février, Paris, pp. 65-66.

MALIGNIER, B., 1979, *Les fonctions du médiateur,* PUF, Paris.

MAMADOU DIA, 1992, « Développement et valeurs culturelles en Afrique subsaharienne », in *Problèmes économiques,* n° 2281, 24 juin, Paris, pp. 28-32.

MANDEL, E., 1988, « Capitalisme », in *Encyclopediae Universalis,* vol. 4, Paris, pp. 189-195.

MAQUET, J., 1988, « Afrique noire – Civilisation traditionnelle, Africanité », in *Encyclopediae Universalis,* vol. 1, Paris, pp. 454-456.

MAQUET, J., 1967, *Africanité, Traditionnelle et modernité,* Présence Africaine, Paris

MARQUEL, J., 1962, *Les civilisations noires : histoire, techniques, arts, sociétés,* Marabout Universitaire, Paris.

MARX, K., 1924, *Le Capital, Le procès de la production du capital,* Tome IV, Alfred Costes, Paris.

MASSERON, J. P., 1966, *Le pouvoir et la justice en Afrique noire francophone et à Madagascar,* A. Pedone, Paris.

MATHIEU, M., 1987, « Taylor et Peters au pays d'Arjuna », in *Revue Française de Gestion,* n° 64, octobre-novembre, Paris pp. 22-32.

MAURICE, M., 1993, « Les nouveaux systèmes productifs, entre taylorisme et toyotisme », in *Sociologie du Travail,* n° 1, Paris, pp. 89-98. MAURICE, M., 1990, « Le Japon : modèle ou jeu de miroir ? », in
Sociologie du Travail, n° 1, Paris, pp. 1-18.

MAURICE, M., 1989, « Nouvelles techniques et nouveau modèle d'entreprise : changement et reproduction sociale », in *Critique Régionale* n° 17, mars, Bruxelles, pp. 17-29.

MAURICE, M., 1988, « Salariat », in *Encyclopediae Universalis,* vol. 16, Paris, pp. 392-397.

MAURICE, M., 1988, « Méthode comparative et analyse sociétale, les implications théoriques des comparaisons internationales », in *Sociologie du Travail* n° 2, Paris, pp. 175-191.

MAURICE, M., 1987, « L'effet formateur de l'organisation du travail au Japon », in *Problèmes économiques,* n° 2045, 21 octobre, Paris, pp. 2732.

MAURICE, M., SELLIER, F. & SILVESTRE, J. J., 1982, *Politique d'éducation et Organisation industrielle en France et en Allemagne,* PUF, Paris.

MAURY, R., 1990, *Les patrons japonais parlent,* Seuil, Paris.

MAURY, R., 1988, « Gestion de l'entreprise, Evolution des Conceptions », in *Encyclopediae Universalis,* vol. 6, Paris, pp. 1181-1188. MEILLASSAUX, C, 1986, *Anthropologie de l'esclavage : le ventre de fer et d'argent,* PUF, Paris.

MEILLASSAUX, C, 1990, *Femmes, greniers et capitaux,* Maspero, Paris. MERAND, P., 1984, *La vie quotidienne en Afrique noire,* L'Harmattan, Paris.

MESSINE, P., 1989, *Les saturnien, quand les patrons réinventent la société,* La Découverte, Paris.

MEYNARD, A. & SALAH-BEY, 1963, *Le syndicalisme africain,* Payot, Paris.

MEYNAUD, J., (dir) 1963, *Etudes politiques vaudoises,* R. Bellanger à la Ferté-Bernard (Sarthe), Lausanne.

MIGNOT, A., 1951, *La terre et le pouvoir chez les Guins du Sud-Est du Togo,* Université la Sorbonne, Série Afrique n° 8, Paris.

MINARIK, E., 1987, *Motivation individuelle, clé du succès de l'entreprise,* **Editions d'**Organisation, Paris.

MINAYDA-KPASUA II, 1986, *Les possibilités d'extension des CQ : cas de l'Afrique noire,* mémoire Psychologie du Travail, Université de Neuchâtel.

MINISTÈRE JAPONAIS DES AFFAIRES ÉTRANGÈRES, S. D. « Les rapports sociaux », in *La vie au Japon,* Tokyo, pp. 1-4.

MIREVAUX, E., 1950, *Philosophie du libéralisme,* Flammarion, Paris. MIRONESCO, C, 1982, *La logique du conflit, théories et mythes de la sociologie politique contemporaine,* Favre, Paris.

MOMMEN, E., 1989, « Haro sur les bureaucraties, sus à la qualité », in *La Revue Nouvelle,* n° 2, février, Bruxelles, pp. 151-170.

MONTEIL, B. et al., 1985, *Les outils des Cercles et de l'amélioration de la Qualité,* Organisation, Paris.

MONTEIL, B. et al., 1983, *Cercles de Qualité et de progrès pour une nouvelle compétitivité*, Organisation, Paris.

MOREAU, M., 1976, *Le Japon d'aujourd'hui*, Armand Colin, Paris. MORRISSON, C, 1992, « Ajustement et équité : un bilan nuancé », in *Problèmes économiques*, n° 2281, 24 juin, Paris, pp. 25-28.

MOTTEZ, B., 1988, « Travail », in *Encyclopediae Universalis*, vol. 18, Paris, pp. 210-211.

MOURIAUX, R., 1989, *Le syndicalisme face à la crise*, La Découverte, Paris.

MURDOCK, G.P., 1972, *De la structure sociale*, Payot, Paris.

MUTTANGA KATUMPA, 1988, *La parenté lulua-Kasaï et la fraternité chrétienne : source pour une approche comparative*, mémoire, Teologia Universita Pontifica, Rome.

NAKANE, C, 1973, *La société japonaise*, Ministère Japonais des Affaires Étrangères, Tokyo.

NAKAMURA, K., 2005, « La fabrication est vitale pour le Japon » in *Cahier du Japon*, n° 106, Hiver, Tokyo, pp. 44-50.

NAVILLE, P., 1988, « Nouvelle division du travail », in *Encyclopediae Universalis*, vol. 18, Paris, pp. 213-216.

NEEDHAM, R., (dir) 1971, *La parenté en question, onze contributions à la théorie anthropologique*, Seuil, Paris.

NEUVILLE, J., 1979, *Naissance et croissance du syndicalisme*, Tome 1, Ed. Ouvrières, Bruxelles.

NIERENBERG, G., 1970, *L'art de persuader et de bien négocier*, Tchou, Paris.

NOBORU, K., 1986, « Le style de vie japonais : diversité ou désordre ? », in *Cahier du Japon*, n° 28, Tokyo, pp. 44-51.

O.C.D.E., 1992, *Nouvelles technologies et développement des entreprises en Afrique*, Paris.

O.C.D.E., 1992 *La gestion du progrès technologique dans les pays les moins avancés*, Paris.

O.C.D.E., 1985, *Afrique subsaharienne : de la crise au redressement*, Paris.

OFFICE BELGE POUR L'AMÉLIORATION DE LA PRODUCTIVITÉ, 1975, *Étude des Groupes Semi-autonomes dans une entreprise d'électronique*, Bruxelles.

OFFICE FRANCO-JAPONAIS, 1985, « Les réformes de base », in *Japon économie,* n°180, février, Paris.

OFFICE FRANCO-JAPONAIS, 1985, « L'ère de la communication », in *Japon économie,* n°187, 31 octobre, Paris.

OFFICE FRANCO-JAPONAIS, 1984, « Les salaires », in *Japon économie* n° 169, février, Paris.

OFFICE FRANCO-JAPONAIS, 1983, « Informatisation et emploi », in *Japon économie,* n°160, 29 avril, Paris.

OFFICE FRANCO-JAPONAIS,   1983, « La coopération économique », in *Japon économie,* n°161, 30 novembre, Paris.

OFFICE FRANCO-JAPONAIS, 1983, « Accès au marché japonais », in *Japon économie,* n°166, 30 novembre, Paris.

OFFICE FRANCO-JAPONAIS, 1983, « Niveau de vie », in *Japon économie,* n°167, 30 décembre, Paris.

OFFICE FRANCO-JAPONAIS, 1982, « Les dirigeants d'entreprises », in *Japon économie,* n°149, 6 mai, Paris.

OFFICE FRANCO-JAPONAIS, 1981, « Les Japonais veulent travailler », in *Japon économie,* n°144, 25 novembre, Paris.

OFFICE FRANCO-JAPONAIS, 1981, « Les Cercles de Contrôle de la Qualité », in *Japon économie,* n° 145, 28 décembre, Paris.

OFFICE FRANCO-JAPONAIS, 1980, « L'emploi », in *Japon économie,* n°127, 15 février, Paris.

OFFICE FRANCO-JAPONAIS, 1980, « La sécurité sociale », in *Japon économie,* n°126, 5 janvier, Paris.

OFFICE FRANCO-JAPONAIS, 1980, « Le travail », in *Japon économie,* n°130, 15 mai, Paris.

OFFICE FRANCO-JAPONAIS, 1980, « Le secteur bancaire », in *Japon économie,* n°136, 25 novembre, Paris.

OFFICE FRANCO-JAPONAIS, 1979, « Les relations du travail », in *Japon économie,* n°118, 5 janvier, Paris.

OFFICE FRANCO-JAPONAIS, 1980, « Les sociétés leaders », in *Japon économie,* n°134, octobre, Paris.

OFFICE FRANCO-JAPONAIS, 1978, « Opinions sur le Japon », in *Japon économie,* n°116, 6 novembre, Paris.

OFFICE FRANCO-JAPONAIS, 1980, « Tradition et changement », in *Japon économie,* n°137, 25 décembre, Paris.

OGATA, T., 1985 « Les jeunes travailleurs sur le qui-vive », in *Cahier du Japon,* n°25, Tokyo, pp. 62-66.

OGUS, A., 1988, « L'organisation scientifique du travail », in *Encyclopediae Universalis,* vol. 18, Paris, pp. 218-221.

OKAMOTO, H., 1985, « L'entreprise et la famille », in *Cahier du Japon,* n° 24, Tokyo, pp. 56-58.

OLONO, P. R., 1984, « Comment concilier tradition et modernité dans l'entreprise africaine », in *Revue Française de Gestion,* n° 64, septembre-octobre, Paris, pp. 91-94.

OMINAMI, C., 1986, Le *tiers-monde dans la crise,* La Découverte, Paris. ORTSMAN, O., 1986, « Mise en œuvre des nouvelles technologies : leçons suédoises », in *Revue Française de Gestion*, n° 55, janvier-février, Paris, pp. 7-11.

OUCHI, W., 1985, *M. Un nouvel esprit d'entreprise,* Inter-éditions, Paris.

OUCHI, W., 1982, *Théorie Z,* Inter-éditions, Paris.

PAGES, M. & al., 1979, *L'emprise de l'organisation,* PUF, Paris. PALASTHY, 1983, *Le défi Palasthy, Travailler 6 heures par jour ?* Duculot, Louvain-la-Neuve.

PAQUIN, M., 1986, *L'organisation du travail,* ARC, Montréal.

PARADEISE, C., 1987, « Des savoirs aux compétences : qualification et régulation des marchés du travail », in *Sociologie du Travail,* n°1, Paris, pp. 37-47.

PELES, 1987, « Les aspects juridiques de la flexibilité », in *Socialisme* n° 201, mai-juin, Bruxelles, pp. 203-217.

PELISSIER, R., 1977, *Les guerres grises, Résistance et révoltes en Angola (1845-1941)*, Pélissier, Paris.

PENRAD, J. G., 1988, « Chefferie (anthropologie politique) », in *Encyclopediae Universalis,* vol. 4, Paris, pp. 693-694.

PERENNES, J. J. et Puel, H., 1992, « Pays en développement. Démocratie et développement au Sud », in *Problèmes économiques,* n° 2268, 11 mars, Paris, pp. 1-5.

PERETTI, J. M. & TARONDEAU, J. C., 1984, « Nouvelles approches des politiques du personnel dans les entreprises chinoises », in *Revue Française de Gestion,* n° 45, mars-avril, Paris, pp. 88-93. PERIN, F., 1960, *Les institutions politiques du Congo indépendant au 30 juin 1960,* Institut Politique Congolais, Léopoldville.

PERRET, B. & ROUSTANG, G., 1993, « L'économie contre la société », in *Esprit,* février, Paris, pp. 124-131.

PETERS, T. & WATERMAN, R., 1983, *Le prix de l'excellence, les secrets des meilleures entreprises,* Inter-éditions, Paris.

PINCHOT, G., 1986, *Intraprendre.* Organisation, Paris.

PIORE, M. J. & SABEL, C. F., 1984, *Les chemins de la prospérité, De la production de masse à la production souple,* Hachette, Paris.

PIOTET, F. 1984, « Nouvelles technologies, nouveaux droits, positions, propositions et actions de la C.F.D.T. », in *Sociologie du Travail* n° 4, Paris, pp. 535-540.

POITRINEAU, A., 1988, « Agricole (Révolution) », in *Encyclopediae Universalis,* vol. 1, Paris, pp. 551-557.

POLANYI, K., 1983, *La grande transformation,* Gallimard, Paris.

PONS, F., 1963, Le *Japon, un cas de développement sans inflation,* PUF, Paris.

POUILLON, F., (dir) 1976, *L'anthropologie économique, courants et problèmes,* Maspero, Paris.

PRACQ, 1993, *Revue,* n° 32, mars-avril, Bruxelles.

PRACQ, 1990, *Revue* n° 21, juin-juillet-août, Bruxelles.

PRACQ, 1989, *Revue,* n° 17, juin-juillet, Bruxelles.

PRACQ, 1989, *Revue,* n° 16, mars-avril, Bruxelles.

PRACQ, 1989, *Revue,* n° 15, décembre-janvier, Bruxelles.

PROST, G., 1976, *Les équipes semi-autonomes : une nouvelle organisation du travail,* Organisation, Paris.

PROTH, J. M., 1982, « La flexibilité des systèmes de production : les évolutions possibles », in *Revue Française de Gestion,* n° 35, mars-avril-mai, Paris, pp. 13-20.

RAJAUD, Y., 1984, « L'appropriation psychologique de la stratégie », in *Revue Française de Gestion,* n° 45, mars-avril-mai, Paris, pp. 26-30.

RAVELEAU, G. & MARINIER, F., 1983, *Les Cercles de Qualité Français,* Éd. Entreprise moderne, Paris.

RAYER, J., 1984, « Pour une pédagogie du social », in *Revue Française de Gestion,* n° 46, juin-juillet-août, Paris, pp. 99-101.

REID, D., 1986, « Genèse du fayolisme », in *Sociologie du Travail,* n° 1, Paris, pp. 75-93.

REIX, R., 1987, « Principes d'une politique de flexibilité dans l'entreprise », in *Revue Française de Gestion,* n° 11, septembre-octobre, Paris, pp. 22-108.

REMAN, P., 1989, « Syndicalisme et social : s'est-ce trompé d'histoire d'amour ? », in *La Revue Nouvelle* n° 2, février 89, Bruxelles, pp. 139144.

RESZELER, A., 1979, *L'unité de la culture européenne,* Fonds Européens de Coopération, Bruxelles.

REZSOHAZY, R. & KERKHOFS, J., 1984, *L'univers des Belges, valeurs anciennes et valeurs nouvelles dans les années 1980,* CIAO, Louvain-la-Neuve.

ROBIN, R., 1981, « Le consensus à la japonaise, un itinéraire de l'énergie collective », in *Japon économie,* n° 144, 25 novembre, Paris, pp. 4-9.

ROUTIER, A., 1992, « De la conquête à la consolidation des marchés, le virage délicat de l'industrie automobile japonaise », in *Problèmes économiques,* n° 2267, 18 mars, Paris, pp. 14-19.

S.F.H.O.M. (collectif) 1976, *La traite des noirs par l'Atlantique,* Paris.

SAHLINS, M., 1975, *Age de pierre, âge d'abondance,* Gallimard, Paris. SAHNOUN, P., 1986, *Le sponsoring, mode l'emploi,* Chotard et associés, Paris.

SAIAS, M., 1988, « Nouvelles méthodes, Entreprise, Gestion de l'entreprise », in *Encyclopediae Universalis,* vol. 6, Paris, pp. 1188-1190. SAINSAULIEU, R., 1983 *La démocratie en Organisation,* CNRS, Paris. SALMON, P., 1986, *Introduction à l'histoire de l'Afrique,* Hayez, Bruxelles.

SALOMON, J., 1992, « Les choix technologiques dans les pays les moins avancés », in *Problèmes économiques,* n° 2266, 11 mars, Paris, pp. 5-10.

SAMIR AMIN & al., 1980, *L'avenir industriel de l'Afrique*, L'Harmattan, Paris.

SAUBOIN, M., 1985, « Le management des entreprises en Afrique : dimensions spécifiques de la formation des cadres et de la négociation », in *Gestion 2000,* n° 4, Louvain-la-Neuve, pp. 51-70.

SCHAFF, A., 1987, *Les nouveaux chemins, les effets sociaux de la nouvelle révolution industrielle,* Eperonniers, Bruxelles.

SCHELLING, T., 1986, *Stratégie du conflit,* PUF, Paris.

SCHNEIDER, B., (Club de Rome), 1987, *L'Afrique face à ses priorités,* Economica, Paris. SCHULDERS, G., 1990, *S'unir, le défi des États d'Afrique Centrale,* L'Harmattan, Paris.

ES, J. M., 1957, *L'homme : les genres, les styles, les modes de vie, les civilisations, la colonisation, l'éducation, la liberté, les groupements fonctionnels,* Nouvelles Éditions Latines, Paris.

SEGRESTIN, D., 1993, « A propos du nouveau modèle productif : questions d'efficience, questions de légitimité », in *Sociologie du Travail,* n° 1, Paris, pp. 49-61.

SEIKI ATSUSHI, 2005, « Préparer la société au vieillissement de la population » in *Cahier du Japon,* n° 105, Automne, Tokyo, pp. 22-27. SERIEYX, H., 1983, *Mobiliser l'intelligence de l'entreprise, Cercles de Qualité et Cercles de Pilotage,* Organisation, Paris.

SERVAN-SCHREIBER, J. J., 1967, *Le défi américain,* Denoël, Paris.

SHIMADA, H., 1991, *Le système d'emploi japonais,* Institut japonais du Travail, Tokyo.

SIDIKI, D., 1985, *Violence technologique et développement : la question africaine du développement,* L'Harmattan, Paris.

SOCIÉTÉ INTERNATIONALE POUR L'INFORMATION SUR L'ÉDUCATION, 1990, *Le Japon d'aujourd'hui,* Tokyo.

SOME, C, 1985, « Regards sur l'entreprise africaine », in *Jeune Afrique économie,* n° 53-54, décembre – janvier 1985, Paris, p. 27-37.

STALPORT, L., 1987, « Nécessité fait… convention », in *Socialisme,* n° 202-203, mai-juin, Bruxelles, p. 349-354.

STOCKER, C. & GOVAERTS, P., 1987, « Face aux mutations technologiques accélérées de l'entreprise, favoriser l'acceptation et la préparation du changement et une gestion participative », in *Gestion 2000,* n° 87, Louvain-la-Neuve, pp. 177-187.

STOETZEL, J., 1983, *Les valeurs du temps présent : une enquête européenne*, PUF, Paris.

STORPER, M. & SCOTT, J. A., 1990, « L'organisation du travail et les marchés locaux de l'emploi à l'ère de la production flexible », in *Revue Internationale du Travail,* vol. 129, n° 5, Genève, pp. 633-654.

STROOBANTS, M., 1989, « Technologies nouvelles : les enjeux déplacés », in *Technologies de l'information et Société,* n° 3, volume 1, PUQ, Québec, pp. 57-67.

SUZUKI, H., 1982, « Les japonais n'ont pas besoin d'originalité », in *Cahier du Japon* n° 12, Tokyo, pp. 24-30.

SZYBOWIZ, A. & MAGISTRALI, S., 1988, *Sponsoring et mécénat, l'exemple de l'environnement,* Organisation, Paris.

TAKAFUSA NAKAMURA, 1989, *Le développement économique du Japon moderne,* Ministère Japonais des Affaires Étrangères, Tokyo.

TANAKA, T., 2007, « Les Japonais et le Shinto » in *Cahier du Japon,* n° 111, Automne, Tokyo, pp. 53-55.

TEMPELS, P., 1949, *La philosophie bantoue,* Présence Africaine, Paris.

TESTART, A., 1986, *Essai sur les fondements de la division sexuelle du travail chez les chasseurs-cueilleurs,* École des Hautes Études en Sciences Sociales, Paris.

TEVOEDJRE, A., 1977, *La pauvreté, richesse des peuples,* Ed. Ouvrières, Paris.

THIERRY, D., 1985, « Les stratégies d'aménagement du temps de travail », in *Revue Française de Gestion,* n° 50, janvier-février, Paris, pp. 105-113.

THOMAS, L.V., 1988, « L'Afrique noire, littérature traditionnelle », in *Encyclopediae Universalis,* vol. 1, Paris, pp. 463-469.

TOFFLER, A., 1971, *Le choc du futur,* Denoël, Paris.

TOKUGAWA, T., & NAKAMURA, A., 2007, « Les vertus éducatives du bushidô » in *Cahier du Japon,* n° 111, Automne, Tokyo, pp. 56-60.

TOURAINE, A., & al., 1984, *Le consensus : mythe et réalités* (collectif), Economica, Paris.

TOURAINE, A., 1988, « La société industrielle », in *Encyclopedia Universalis,* volume 18, Paris, p. 211.

TOURAINE, A., 1988, « La société programmée », in *Encyclopediae Universalis,* vol. 18, Paris, p. 212.

TOURAINE, A., 1988, « Travail, le pouvoir dans l'entreprise », in *Encyclopediae Universalis,* vol. 18, Paris, pp. 211-213.

TOURAINE, A., 1968, *La société post-industrielle, naissance d'une société,* Denoël, Paris.

TREMPE, R., 1971, *Les mineurs de Carnaux,* 2 vols, Ed. Ouvrières, Paris.

TURCQ, D., 1979, « Les salaires dans l'entreprise », in *Publications Orientalistes de France,* E713, janvier, février, mars, avril, Paris. TURCQ, D., 1978, « La prise de décision dans l'entreprise », in *Publications Orientalistes de France,* E712, juillet-août, septembre, Paris. TURCQ, D., 1978, « L'emploi à vie dans l'entreprise », in *Publications Orientalistes de France,* E 711, mai-juin, Paris.

UNESCO, 1980, *Domination ou partage ? Développement endogène et transfert des connaissances,* Paris.

UNESCO, 1979, *Dimension participative de la planification en Côte d'Ivoire,* Paris.

UNESCO, 1979, *La traite négrière du XVème au XIXème siècle, Histoire générale de l'Afrique,* Études et documents 2, Paris.

UNESCO, 1970, *Les droits culturels en tant que droits de l'homme,* Paris.

UNESCO, 1961, *Un rendez-vous africain,* Paris.

UNESCO, 1954, *Implications sociales de l'industrialisation et de 'urbanisation en Afrique au Sud du Sahara,* Institut International Africain, Paris. UNESCO, 1953, *Sociétés, Traditions et Technologie,* Paris.

UNTZa (Union Nationale des Travailleurs du Zaïre) 1986, « Connaissez-vous le Zaïre et sa population ? », *IIIème Congrès ordinaire*, 68 août, Kinshasa.

UNTZa (Union Nationale des Travailleurs du Zaïre) 1985, « Le développement socio-économique du Zaïre », in *Séminaire sur la recherche syndicale* (sous le patronage de U.G.T.C.I. et la C.I.S.L.), Bouaké.

VADINE, E., 1974, *L'archéologie au Japon,* Nagel, Genève.

VAN EVERBROECK, N, & EKOND'E MPUTELA, 1974, *Histoire, croyances, organisation clanique politique, sociale et familiale des Ekonda et de leurs Batoa,* Musée Royal de l'Afrique Centrale, Bruxelles.

VANDERMOSTEN, M., 1989, « Le syndicalisme revu et corrigé par les employés », in *La Revue Nouvelle* n° 2, février, Bruxelles, pp. 113121.

VARAGNAC, A.,1948, *Civilisation traditionnelle et genre de vie,* Albin Michel, Paris.

VELTZ, P. & ZARIFIAN, P., 1993, « Vers de nouveaux modèles d'organisation ? », in *Sociologie du Travail,* n° 1, Paris, pp. 3-25. VILLETTE, M., 1988, *L'homme qui croyait au management,* Seuil, Paris. VOLLE, J., 1982, *Comment les Japonais qui produisaient mal produisent-ils maintenant trop bien ?* Hommes et Techniques, Paris.

WATAMABE, S., 1970, « L'esprit d'entreprise et les petites affaires industrielles au Japon », in *Revue Internationale du Travail,* n° 6, vol. 102, décembre, Genève, p. 559.

WEYDERT, J., 1938, *Les Balubas chez eux. Étude ethnographique,* Heffingen, Grand-Duché de Luxembourg

WIESNER, G., 1993, « La gestion des ressources humaines dans la recherche-développement : une comparaison Allemagne-Japon », in *Problèmes économiques,* n° 2335, 21 juillet, Paris, pp. 24-31.

WILKIN, L., S. D., *Principes généraux de l'organisation et de gestion,* ULB., Bruxelles.

WRIGHT, R., 1955, *Bandoeng, 1.500.000.000 d'hommes,* Calmann-Levy, Paris.

YAMAORI, T., 2005, « Les Japonais et leurs représentations de la nature » in *Cahier du Japon,* n° 106, Hiver, Tokyo, pp. 51-56. YOSHIHIKO, S., 1981, « Le nouveau syndicalisme », in *Cahier du Japon,* n° 8, Tokyo, pp. 6-35.

YOUNG, G., 1988, « Zaïre, la période coloniale : le Congo belge », in *Encyclopediae Universalis,* vol. 18, Paris, pp. 1187-1198.

YUTAKA, T., 1974, *Panorama de l'histoire culturelle du Japon,* Ministère Japonais des Affaires Étrangères, Tokyo.

TABLE DES MATIÈRES

AVERTISSEMENT 7

INTRODUCTION 9

PREMIÈRE PARTIE:
L'ÉVOLUTION HISTORIQUE
DU MANAGEMENT 15

INTRODUCTION 17

CHAPITRE I 21
  1. LE SYSTÈME TAYLORIEN
    DE PRODUCTION 21
  2. LA ROTATION ET L'ÉLARGISSEMENT
    DES TÂCHES 26

CHAPITRE II 29
  1. INTRODUCTION 29
  1.1. L'école des relations humaines 30
  1.2. L'enrichissement des tâches 32
  1.3. Les groupes semi-autonomes de travail 35
  1.4. L'intrapreneuriat 36

CHAPITRE III 40
  1. LE MODÈLE DES CERCLES DE QUALITÉ ... 40
  1.1. La définition des Cercles de Qualité 42
  1.2. Les outils, les fondements et les principes généraux
    des Cercles de Qualité 43
  1.2.1. Le groupe de travail 45

1.2.2. Les méthodes statistiques 46

1.2.3. Les Remue-méninges ou Brainstorming 46

1.2.4. La collecte des informations 49

1.2.5. Le Diagramme de Pareto 50

1.2.6. Le diagramme causes-effet ou Ishikawa 52

1.3. Le programme de formation à la qualité 56

1.3.1. La formation de l'animateur à la qualité 56

1.3.2. La formation des participants à la qualité 57

2. LA GESTION TOTALE DE LA QUALITÉ 58

**3. LA FLEXIBILITÉ DES SYSTÈMES
PRODUCTIFS** 60

**4. LA FLEXIBILITÉ DE LA DURÉE DU
TEMPS DE TRAVAIL** 62

CONCLUSION DE LA PREMIERE PARTIE 66

**DEUXIÈME PARTIE:
LA SOCIÉTÉ EUROPÉENNE** 69

INTRODUCTION 71

CHAPITRE I 76

1. L'HISTORIQUE DU CAPITALISME 76

2. L'ARTISANAT INDUSTRIEL 81

CHAPITRE II 86

CHAPITRE III 92

1. INTRODUCTION 92

2. LA SPÉCIALISATION SOUPLE 96

**3. LES CARACTÉRISTIQUES PRINCIPALES
DE LA SPÉCIALISATION SOUPLE** 99

CHAPITRE IV 102
  1. INTRODUCTION 102
  2. HISTORIQUE DU MOUVEMENT
     DES CERCLES DE QUALITÉ EUROPÉEN . . . 105
    2.1. En France 105
    2.2. En Belgique 107
    2.3. Au niveau européen 109
  3. LA PRESSION DE LA CONCURRENCE
     ET LES NOUVELLES ASPIRATIONS DES
     TRAVAILLEURS 112
  4. LES VOIES D'ACCÈS AU MANAGEMENT
     DE LA QUALITÉ 114
  5. LES OBSTACLES AU CHANGEMENT 117
    5.1. L'attitude de l'encadrement 118
    5.2. L'attitude des organisations syndicales 120
    CONCLUSION DE LA DEUXIEME PARTIE 125

TROISIÈME PARTIE:
LA SOCIÉTÉ JAPONAISE 127

INTRODUCTION 129

CHAPITRE I 133
  1. LE SYSTÈME ONIEN DE
     PRODUCTION 133
    1.1. La méthode Kan Ban 135
    1.2. L'autonomation et l'auto-activation 136
  2. LES RELATIONS INDUSTRIELLES 137

CHAPITRE II 141
  1. L'ATTACHEMENT DE L'INDIVIDU À SON
     GROUPE FAMILIAL « IÉ » 141
  2. L'INTERDÉPENDANCE MUTUELLE 144
  3. LA CONCERTATION TRÈS POUSSÉE, LE
     « PROCESS RINGI » 146

CHAPITRE III 150
1. LE SYSTÈME DE L'EMPLOI À
   VIE « SHUSIN KOYO » 150
1.1. *L'évolution historique* 150
1.2. *Le fonctionnement du système de l'emploi à vie* ... 152
2. LE SYSTÈME DE SALAIRE ET DE
   PROMOTION BASÉ SUR
   L'ANCIENNETÉ 154
3. LE SYSTÈME SYNDICAL JAPONAIS 157
3.1. *Historique du mouvement syndical japonais* 158
3.2. *L'organisation interne du mouvement syndical* 161
4. LES PRESTATIONS SPÉCIALES ET
   AUTRES AVANTAGES EN NATURE 163
5. LES MÉCANISMES DE PRISE DE DÉCISION
   DANS L'ENTREPRISE JAPONAISE 164
5.1. *« Nemawashi Suru » et « Ringi »* 166
5.2. *Les différents types de « Ringi »* 167
5.3. *Les inconvénients du système japonais*
     de prise de décision 168

CHAPITRE IV 170
1. INTRODUCTION 170
2. LA NAISSANCE DU MOUVEMENT DES
   CERCLES DE QUALITÉ ET LA
   FORMATION DU SYSTÈME ONIEN
   DE PRODUCTION 171
3. APRÈS LA CRÉATION DES CERCLES DE
   QUALITÉ 174
4. LES OBJECTIFS DES CERCLES DE QUALITÉ
   JAPONAIS 176
4.1. *Les objectifs opérationnels* 176
4.2. *Les objectifs relationnels* 178
4.3. *Les objectifs d'intégration ou d'adhésion* 179

CHAPITRE V 180
CONCLUSION DE LA TROISIÈME PARTIE 181

QUATRIÈME PARTIE:
LA SOCIÉTÉ AFRICAINE 183

INTRODUCTION 185

CHAPITRE I 189
   1. INTRODUCTION 189
   2. LE SYSTÈME DE GESTION DE
   L'ENTREPRISE AFRICAINE 194
   2.1. L'évolution historique 194
   2.2. Les relations humaines dans l'entreprise africaine .. 196
   2.3. La position des cadres africains 200
   2.4. La formation dans l'entreprise africaine 202
   2.5. Le processus de prise de décision dans l'entreprise
      africaine 205
   3. LE RÔLE DU GOUVERNEMENT
      AFRICAIN 209
   4. LES ORGANISATIONS SYNDICALES
      AFRICAINES 212

CHAPITRE II 217
   1. LE SYSTÈME PARENTAL AFRICAIN 217
   1.1. Le système de parenté et l'économie 221
   1.2. Le système de parenté et la politique 225
   2. LE CONCEPT DE QUALITÉ DANS
      LA SOCIÉTÉ AFRICAINE 228

CHAPITRE III 231
   1. INTRODUCTION 231
   2. LES MÉTHODES DES CERCLES DE
      QUALITÉ ET LE SENTIMENT
      AFRICAIN DE « NOUS » 233
   3. LES MÉTHODES DES CERCLES DE
      QUALITÉ ET LE SENS MORAL DES
      AFRICAINS 235

4. LES MÉTHODES DES CERCLES DE QUALITÉ
ET LE FAIT QUE LES CATÉGORIES DE
VALEURS SOIENT DIFFÉRENTES D'UN
GROUPE SOCIAL À UN AUTRE 240

CHAPITRE IV 244
1. INTRODUCTION 244
2. LES TECHNIQUES DE BRAINSTORMING
ET LA PALABRE AFRICAINE 246
3. LES OUTILS STATISTIQUES ET
LA PALABRE AFRICAINE 250

CHAPITRE V 252
1. INTRODUCTION 252
2. LES MÉTHODES DES CERCLES DE
QUALITÉ ET L'AFFIRMATION SELON
LAQUELLE LA HIÉRARCHIE EST UNE
INÉGALITÉ NATURELLE 254
3. LES MÉTHODES DES CERCLES DE QUALITÉ
ET L'AFFIRMATION SELON LAQUELLE LES
SUBORDONNÉS CONSIDÈRENT LEURS
SUPÉRIEURS COMME UNE
CATÉGORIE À PART 255
4. LES MÉTHODES DES CERCLES DE
QUALITÉ ET L'AFFIRMATION SELON
LAQUELLE LES SUPÉRIEURS
SONT SOUVENT INACCESSIBLES 257
CONCLUSION DE LA QUATRIÈME PARTIE ... 258

CONCLUSION GÉNÉRALE 260

BIBLIOGRAPHIE 268

Né le 05/12/1952 à Mbujimayi/ Kasa·f Oriental.
Etudes primaires et secondaires à Mbujimayi. J'ai
travaillé au Ministère du Travail et de la Pré-
voyance Sociale avant de poursuivre mes études
universitaires à L'Université Libre de Bruxelles en
Sciences du Travail.
En 1982, j'ai terminé ma licence et, en 1994 j'ai
soutenu ma thèse de doctorat avec grande distinction. Le titre « Essai de description d'une voie
africaine de formation des rapports salariaux –
comparaison internationale ». Thèse annexe :
« Les démocraties africaines devraient adopter un
système électoral combinant le scrutin majoritaire
et la représentation proportionnée ».
Activités professionnelles, Scientifiques et publication :
1995 : chercheur libre à l'Institut du Travail à ULB.
Conseiller financier et en organisation du travail
à ce jour.
Approche africaine de mutualité de santé. Projet
non réalisé en RD Congo.
Le livre « le salariat africain ».

La maison d'édition

Qui arrête de progresser, arrête d'être bon!

En se basant sur notre slogan, c'est notre désir de trouver de nouveaux manuscrits et de les faire publier. Depuis plusieurs décennies déjà, nous avons donné nos cœurs aux livres et nous nous engageons pour chacun de nos auteurs et chaque livre personnellement.

Nous faisons pour chaque manuscrit une relecture en quelques semaines. La relecture est gratuite et sans engagement.

Pour plus d'informations sur notre maison d'édition et nos livres, reportez-vous à notre site:

www.novumpublishing.fr